Chères lectrices,

« Cet enfant que j'aime est-il réellement le mien ? » se demande Lee Garvey le héros du *Combat d'un homme* (Amours d'Aujourd'hui N° 833). Cette interrogation qui en réalité va bien au-delà des doutes d'un père angoissé, soulève une question complexe et passionnante. Comment peut-on définir la paternité ? Est-ce le simple résultat d'un test ADN ? Ou, plus justement, la mission, faite d'amour et de patience, qui consiste à éduquer, accompagner son enfant et à lui donner les armes nécessaires pour affronter sa vie d'adulte…

Parmi les titres au programme du mois d'août, un autre roman — *La revanche du bonheur* (N° 834) — apporte un éclairage enrichissant sur cette question. Enceinte d'un homme qu'elle n'aime plus, Jennifer n'attend qu'une chose de ce dernier : qu'il reconnaisse leur bébé. Mais ce que cet homme lui refuse, un autre va le lui offrir. Un homme merveilleux dont elle comprend tout de suite, avec son instinct de mère, qu'il sera le père idéal pour son enfant.

Ainsi, au fil des pages de ce livre bouleversant, vient se substituer à la notion de simple géniteur une image sensible et généreuse, celle de « père de cœur ».

Bonne lecture à toutes !

La responsable de collection

D0995512

Le poids du soupçon

REBECCA WINTERS

Le poids du soupçon

HARLEQUIN

AMOURS D'AUJOURD'HUI

*Cet ouvrage a été publié en langue anglaise
sous le titre :*
ACCIDENTALLY YOURS

Traduction française de
ODILE RETZ

HARLEQUIN®

est une marque déposée du Groupe Harlequin
et Amours d'Aujourd'hui®
est une marque déposée d'Harlequin S.A.

Photo de couverture :
© JAMES DARELL / GETTY IMAGES

*Toute représentation ou reproduction, par quelque procédé que ce soit, constituerait
une contrefaçon sanctionnée par les articles 425 et suivants du Code pénal.*
© 2001, Rebecca Winters. © 2003, Traduction française : Harlequin S.A.
83-85, boulevard Vincent-Auriol, 75013 PARIS — Tél. : 01 42 16 63 63
Service Lectrices — Tél. : 01 45 82 47 47
ISBN 2-280-07834-1 — ISSN 1264-0409

1.

Lorsque Max Calder remarqua la Chrysler blanche qui zig-zaguait dans son rétroviseur, il était déjà trop tard.

Il pila brutalement. Dans un crissement de pneus, la voiture folle le percuta, projeta son Audi sur une Buick garée le long du trottoir, puis s'écrasa contre la portière arrière : les trois véhicules se retrouvèrent alors côté à côte, l'arrière de l'Audi bloqué entre la Chrysler et la Buick.

Une cacophonie de jurons en russe, en japonais et en coréen s'éleva aussitôt du siège arrière. Surpris par cet accident qui n'était pas censé se produire avant Palm Avenue, les passagers de Max exprimaient leur mécontentement dans leurs langues maternelles respectives.

Dans le jargon du FBI, les occupants de la voiture de Max étaient appelés « figurants ». Ils avaient été recrutés par un « régisseur », un membre de la mafia russe spécialisé dans le montage d'accidents truqués, pour y jouer le rôle des passagers.

Après les accidents, avec la complicité de médecins et d'avocats corrompus, les figurants rédigeaient de fausses déclarations faisant état de blessures fictives afin d'être indemnisés par les compagnies d'assurance. Une fois les fonds débloqués, les médecins et les avocats empochaient une portion des bénéfices et reversaient le reste de la somme aux régisseurs. Ces derniers prélevaient leur part du gâteau et se servaient du reste pour payer les figurants.

— Ça, très, très mauvais... Gros ennuis... Police ! balbutiait, affolée, la figurante d'origine polonaise assise à l'avant, qui manifestement n'aurait pas demandé mieux que de prendre le large. Max était inquiet lui aussi, mais pas du tout pour les mêmes raisons que Sofia. Cet accident imprévu ne lui disait rien qui vaille, et même si, à première vue, aucun des figurants n'était blessé, il était hors de question de les laisser filer avant d'avoir tiré la situation au clair.

Evidemment, il pouvait très bien s'agir d'un hasard, mais Max ne pouvait écarter l'éventualité que l'accident ait été volontairement provoqué par un agent de police agissant à couvert, pour des raisons que le FBI lui révèlerait plus tard.

Une autre hypothèse, plus inquiétante celle-là, était qu'un membre quelconque de la mafia, ayant des soupçons à son égard, ait décidé d'utiliser cette méthode classique pour le supprimer. Dans ce cas, il avait raté son coup, mais on pouvait craindre qu'il ne lâche pas l'affaire avant d'être arrivé à ses fins.

De plus, si Max avait bel et bien été démasqué, ses collègues du FBI pouvaient dire adieu au gros coup de filet qu'ils préparaient patiemment depuis plus d'un an.

L'opération « Autos Tamponneuses », pilotée par le FBI en collaboration avec la police, le procureur du district de Californie-du-Sud et le syndicat des assureurs californiens avait déjà donné de très bons résultats, notamment grâce à un vaste réseau d'agents doubles infiltrés dans la mafia, auquel Max appartenait. Mais cet accident risquait de tout compromettre... Et dire qu'il était à deux doigts de pénétrer les échelons les plus élevés de l'organisation !

Petit à petit, un attroupement s'était formé autour des voitures. Le boulevard El Cajon est l'une des artères principales de San Diego, et, à midi, la foule y était dense. Ayant baissé la vitre de son côté, Max entendit des gens crier pour qu'on alerte les secours.

L'un des passagers à l'arrière lui tapa nerveusement sur l'épaule.

— Qu'est-ce qu'on fait, maintenant, Anatoli ? lui demanda-t-il.

Max savait que les figurants vivaient constamment dans la peur de se faire prendre.

— Ne t'inquiète pas, Sergeï, lui répondit-il en russe d'un ton rassurant. Laissons les choses suivre leurs cours. Il y a assez de témoins pour confirmer que c'est le conducteur de la Chrysler qui est en tort. Si vous gardez tous votre calme, on réussira à tourner la situation à notre avantage et à faire en sorte que Nikolaï soit content.

Mais Nikolaï Gromiko, un conducteur qui avait été promu régisseur dans la région de San Diego quelques mois auparavant, n'était jamais content. Et Max ne le savait que trop bien.

En dépit de sa récente promotion, il en voulait à Max d'avoir gravi les échelons trois fois plus vite que lui. Il lui en voulait tout particulièrement depuis que Boris, son supérieur, lui avait laissé entendre que Max serait nommé régisseur de toutes les grandes villes de la côte le mois suivant.

La fonction de régisseur des villes côtières était un poste clé, car celui qui s'y montrait efficace avait l'assurance de grimper très rapidement dans la hiérarchie de la mafia. Nikolaï était ambitieux, il convoitait ce poste depuis des mois, et supportait mal que Max ait été choisi à sa place.

Sous prétexte d'organiser le travail des conducteurs dont il avait la charge, Nikolaï les convoquait de plus en plus souvent à des réunions qui avaient lieu chez sa petite amie, Galena Pedrovna.

En réalité, Nikolaï ne cherchait qu'à multiplier les occasions de faire étalage de son autorité, en terrorisant Galena et sa fille Irina et en harcelant Max. Après quelques verres d'alcool, Nikolaï se mettait à le provoquer sur des détails sans importance, comme la couleur de ses T-shirts ou la marque de ses cigarettes. Comme Max le laissait faire sans réagir, Nikolaï finissait par disparaître dans la chambre à coucher pour déverser son venin sur Galena.

Entre les membres du gang, la tension était permanente. Chacun était constamment sur ses gardes, et cette méfiance ajoutée aux différences de nationalité rendait les antagonismes personnels quasi inévitables, voire explosifs et dangereux. Il n'était pas impossible que la haine de Nikolaï soit devenue si intense qu'il ait décidé de prendre les choses en main lui-même et de se débarrasser de Max pour des raisons purement personnelles.

— Choi Jin est blessé à la main ! s'écria Hebi, après avoir lâché une nouvelle bordée de jurons en japonais.

Max jeta un coup d'œil dans le rétroviseur, et vit que le Coréen soutenait de la main gauche son poignet meurtri. Malheureusement, les blessures faisaient partie des risques du métier, les figurants le savaient.

Mais Choi Jin était sur le terrain pour la première fois, et le fait que les choses ne se soient pas déroulées comme prévu inquiétait Max. Comme tous les figurants, Choi Jin opérait sous des identités multiples et risquait de se retrouver dans une situation délicate si la police posait trop de questions. La souffrance physique, l'attente relativement longue d'un salaire qui transitait d'abord par les médecins et les avocats impliqués dans le processus, puis par les régisseurs... Max craignait que tout cela ne pousse Choi Jin à décider que le jeu n'en valait pas la chandelle.

Il devait à tout prix l'éviter. Il lui avait fallu neuf mois d'un travail de fourmi pour réussir à infiltrer le clan de San Diego. Aujourd'hui, il avait gagné leur confiance, mais sa position demeurait fragile. En tant que conducteur de la voiture « cible », il devait veiller à limiter les dommages subis par les figurants et à les fidéliser. Or, au moindre changement de programme, ils paniquaient et risquaient de devenir incontrôlables.

— Tout va bien, Choi Jin, dit Max en parlant lentement, car le Coréen ne connaissait pas plus d'une vingtaine de mots d'anglais. Ne dis rien ! C'est moi qui parle, d'accord ?

Choi Jin hocha la tête.

Max se tourna vers Hebi, qui parlait anglais à peu près correctement et connaissait un peu de coréen. Les deux figurants habitaient le même immeuble.

— Dis à Choi Jin que ça n'a aucune importance que cet accident n'ait pas été mis en scène par nous. Qu'il fasse exactement ce qu'on lui a appris, et tout se passera bien.

Hebi obtempéra.

Max aurait bien voulu prendre son téléphone pour prévenir Jack que la mission était compromise, mais il était hors de question d'avoir ce genre de conversation devant les autres. Jack Poletti était son meilleur ami depuis qu'ils avaient travaillé ensemble à la police de New York, et aussi son contact principal. A l'heure qu'il était, Jack devait probablement se demander pourquoi Max n'était pas apparu au moment prévu sur les lieux du faux accident.

Alors que Max descendait de l'Audi, une Passat beige métallisé flambant neuve arriva en sens inverse. C'était la voiture « pilon », celle qui devait percuter Max au cours de l'accident truqué de Palm Avenue.

Oleg, le conducteur, échangea un bref coup d'œil avec Max puis s'éloigna rapidement. Max savait qu'il allait immédiatement contacter Nikolaï et le prévenir que l'accident qu'ils avaient si soigneusement mis au point ne s'était pas déroulé selon leurs plans.

Si c'était Nikolaï qui avait organisé l'accrochage avec la Chrysler, la suite n'était pas difficile à deviner. Il s'empresserait de contacter Boris pour lui dire que Max était un incompétent notoire, incapable de mener à bien le travail le plus élémentaire, et ferait tout pour le dénigrer afin qu'il soit rétrogradé.

Des sirènes retentirent au loin, annonçant l'arrivée des secours. Max se dirigea vers la Chrysler. Avant l'arrivée de la police, il voulait voir le conducteur, regarder en face celui qu'on avait peut-être chargé de le tuer...

— Vous êtes vraiment sûres que vous n'avez rien, les filles ? demanda Gabi Peris à ses deux passagères.

Elle était bouleversée. Elle venait de causer un accident et n'osait même pas imaginer à quel point il aurait pu être grave. Qui plus est, les deux adolescentes qu'elle transportait étaient enceintes, et Gabi était affolée à l'idée qu'elles puissent être blessées.

Ce bel après-midi de septembre qu'elles avaient prévu de passer à la plage risquait fort de se terminer au service des urgences ...

— Mais oui, Gabi, je te jure, la rassura Juanita.

— Et toi, Sandra ? demanda Gabi en regardant par-dessus son épaule.

— J'ai eu sacrément la trouille, répondit l'adolescente, mais maintenant ça va.

Gabi aurait bien aimé pouvoir en dire autant. Elle avait peur pour les bébés des deux jeunes filles, et ne pouvait qu'espérer de toutes ses forces que le choc les ait épargnés. Juanita n'était enceinte que de trois mois, mais le bébé de Sandra devait naître six semaines plus tard, et c'était surtout pour elle que Gabi était inquiète.

Mais il fallait garder la tête froide, retrouver son calme. Gabi se força à respirer profondément pour ralentir les battements de son cœur. Elle examina rapidement les deux jeunes filles. Elles avaient l'air secoué mais, apparemment, aucune d'entre elles n'était blessée. Elle se félicita d'avoir insisté pour qu'elles bouclent leur ceinture. Sans cela, il y aurait eu des dégâts, c'était certain. Néanmoins, seul un examen médical complet aux Urgences permettrait d'établir avec certitude que tout allait bien.

C'est aux passagers de l'autre voiture qu'il fallait penser maintenant.

Heureusement, le bruit des sirènes se rapprochait.

— L'ambulance n'est plus très loin, les filles, on va pouvoir vous examiner.

— Je n'irai pas à l'hôpital !

— Sandra, si les médecins disent que Juanita et toi devez aller à l'hôpital, vous irez. Ne t'inquiète pas pour les frais, je paierai tout.

Les finances de Gabi étaient loin d'être brillantes. Son déménagement de New York vers la côte Ouest avait coûté cher. De plus, elle essayait de mettre de l'argent de côté pour s'acheter un appartement. Mais l'accident était arrivé par sa faute, et elle en assumerait les conséquences. Il était hors de question que la direction du Village paye les pots cassés.

Le Village était un foyer d'accueil pour adolescentes financé et géré par de riches citoyens de San Diego. Des jeunes filles victimes d'abus sexuels, fugueuses ou négligées par leurs familles y trouvaient un refuge provisoire où on les aidait à surmonter leurs problèmes.

Les adolescentes enceintes y étaient logées, conseillées, et suivies médicalement pendant toute la durée de leur grossesse. Après leur accouchement, le Village les hébergeait jusqu'à ce qu'elles aient trouvé un travail, un toit, et une crèche correcte pour leur enfant.

Gabi avait déjà fait du bénévolat pour des organismes du même type à New York et à Miami, même si son travail d'avocate ne lui avait pas toujours permis d'y consacrer autant de temps qu'elle l'aurait souhaité.

Depuis son arrivée à San Diego, elle était de permanence au Village trois jours et trois nuits par mois. Elle intervenait dans les situations d'urgence, lorsque des adolescentes en difficulté contactaient le bureau d'accueil pour demander du secours. Sa mission consistait à aller les chercher et à les amener au Village.

Pauvres Sandra et Juanita ! songea-t-elle, honteuse. En principe, elle était là pour les aider, et non pour leur créer des problèmes supplémentaires !

— Gabi, regarde ! s'écria Juanita en lui tapant sur l'épaule. Voilà le conducteur de l'autre voiture ! Dis donc, il m'a l'air d'être sacrément beau..., et sacrément en colère !

Gabi fut forcée de constater que Juanita avait doublement raison.

Grand, brun, la peau mate et la carrure athlétique, l'homme qui s'approchait de leur voiture était d'une beauté à couper le souffle.

A vue de nez, il devait avoir des origines slaves, et peut-être un peu de sang irlandais, à en juger par ses yeux verts où flambait une lueur d'irritation. Gabi était spécialisée dans les questions juridiques liées à l'immigration et à la naturalisation, et elle était passée maîtresse dans l'art de deviner les origines de quelqu'un au premier coup d'œil.

En revanche, il n'y avait nul besoin de compétences particulières pour s'apercevoir que l'homme était furieux. Il fallait avouer que l'élégante Audi noire, dont on devinait qu'elle venait à peine d'être achetée, était en piteux état. Gabi compatissait volontiers, d'autant plus qu'elle se trouvait maintenant elle-même privée de voiture.

14

La Chrysler qu'elle avait achetée d'occasion à son arrivée à San Diego allait devoir faire un séjour prolongé au garage, et elle se maudit intérieurement d'avoir voulu être économe et de n'avoir pas souscrit une police d'assurance prévoyant une voiture de remplacement en cas d'accident.

L'homme inclina la tête et jeta un coup d'œil par la vitre baissée.

— Bonjour, mesdames. Quelqu'un est-il blessé dans votre voiture ?

Il avait une voix grave et sensuelle, et un accent russe assez prononcé.

Il portait un T-shirt noir moulant qui le rendait encore plus séduisant. Gabi croisa son regard et baissa vivement les yeux, surprise de sa propre réaction. C'était la première fois qu'elle éprouvait ce genre de sentiment depuis la mort de son mari, quinze mois plus tôt.

— Je crois que tout le monde va bien. Et chez vous, rien de cassé ?

— L'un des passagers est blessé à la main, mais les autres vont bien.

— Je ne peux vous dire à quel point je suis confuse, dit-elle en bafouillant un peu, décidément troublée par cet homme. Se reprenant, elle saisit un papier et un stylo et se mit à y griffonner quelques informations. Pendant qu'elle écrivait, il la scruta avec attention.

— Tenez, dit-elle en levant les yeux, voici mon nom et mon numéro de téléphone, ainsi que les coordonnées de ma compagnie d'assurance. Si je peux faire quoi que ce soit, surtout, n'hésitez pas à me contacter.

Il la fixa encore un bref instant, puis se saisit du papier qu'elle lui tendait.

— Merci, dit-il, glissant la main dans la poche arrière de son pantalon pour en sortir une carte de visite. Vous pouvez me joindre à ce numéro dans la journée.

Gabi hocha la tête et fourra la carte dans son portefeuille sans la regarder. Elle considéra les trois voitures enchevêtrées et les fragments de tôle tordus, et soupira.

— Je n'aurais jamais cru être capable de provoquer autant de dégâts à moi toute seule. Pourtant, je n'allais pas très vite.

— Ce n'est pas dû à la vitesse, mais à l'angle de l'impact. Il faudra une dépanneuse…, je redoute beaucoup, pour séparer les véhicules et dégager les passagers.

Gabi écoutait ce discours un peu maladroit avec curiosité. Le vocabulaire de son interlocuteur, associé à son accent, faillit lui arracher un sourire. Mais elle se ravisa. La situation, en effet, prêtait davantage à pleurer qu'à rire, d'autant plus qu'elle en était la cause.

— S'il faut une dépanneuse, je paierai les frais, dit-elle à Max. C'est moi qui ai provoqué cet accident, et il va sans dire que j'en prends l'entière responsabilité.

— Votre honnêteté est rafraîchissante, lui répondit Max après une courte pause.

La colère se devinait encore derrière ses paroles mais, après tout, elle était légitime. Surtout compte tenu de l'état de sa voiture, se dit-elle en jetant un nouveau coup d'œil sur l'Audi toute cabossée.

Cette voiture était réellement magnifique. C'était inhabituel pour un immigrant de posséder une voiture aussi luxueuse. Mais peut-être l'avait-il empruntée à un employeur. Et peut-être même l'avait-il fait sans sa permission...

Gabi se sentit un peu mal à l'aise de le soupçonner. Elle savait à quel point la situation des étrangers qui venaient dans son pays dans l'espoir d'une vie meilleure était difficile, et connaissait les innombrables problèmes auxquels ils étaient confrontés.

Dans l'immédiat, son problème principal, c'était elle ! Mais cet homme l'intriguait. Elle regarda dans sa direction et vit qu'il était occupé à expliquer la situation à l'un des agents de police qui venaient d'arriver sur les lieux. L'ambulance et les pompiers étaient arrivés aussi, et les voitures ne tardèrent pas à être cernées de secouristes qui réfléchissaient au moyen le plus rapide et le plus efficace d'extraire les passagers des carcasses.

L'un des policier se dirigea vers Gabi.

— Comment vous sentez-vous, madame ?

— Je suis encore un peu secouée, monsieur l'agent, mais à part ça tout va bien.

— Vous en êtes bien sûre ?

— Tout à fait sûre. Nous avions toutes nos ceintures de sécurité, ce qui nous a protégées. Mais les jeunes filles à l'arrière sont enceintes toutes les deux, et il faudrait les examiner.

— Les secouristes vont s'en occuper. Maintenant, vous voulez bien m'expliquer ce qui s'est passé ici ?

Il ouvrit la portière et l'aida à descendre de la voiture.

Le contact de son pied droit nu avec l'asphalte brûlant lui arracha un léger cri de douleur.

— Je vous demande juste une seconde.

Elle attrapa sa sandalette cassée à l'intérieur de la voiture et y glissa son pied.

Le conducteur de l'Audi lui tournait à moitié le dos, mais Gabi eut l'impression très nette qu'il écoutait leur conversation.

— Voilà, monsieur l'agent : les filles et moi étions en route pour la plage. Alors que je tournais à gauche pour m'engager dans la file de gauche du boulevard, expliqua-t-elle en indiquant le carrefour derrière elle, la lanière de ma sandalette s'est accrochée à la pédale de l'accélérateur. Elle montra sa jambe droite et poursuivit. J'ai essayé de freiner, mais mon pied était coincé. La voiture a été déportée sur la droite alors que j'essayai toujours de libérer mon pied. La lanière a fini par se casser, mais trop tard pour me permettre d'éviter la collision avec l'Audi. Je suis la seule responsable, monsieur l'agent.

Le policier secoua la tête, incrédule.

— Je croyais qu'on me les avait toutes faites, mais le coup de la sandalette coincée, je dois dire que c'est une première.

— Pour moi aussi, monsieur l'agent, insista Gabi, protestant de sa bonne foi. J'ai vraiment eu très peur, vous savez.

— Je crois bien, madame.

— Inutile de vous dire que c'est la dernière fois que je conduis en sandalettes.

En fait, avec ou sans sandalettes, il allait lui falloir un certain temps avant d'envisager de reprendre le volant.

Le policier resta indifférent à sa dernière remarque. Visiblement, il n'était pas d'humeur à faire la conversation et désirait sans doute expédier les formalités le plus rapidement possible. Elle-même ne demandait pas mieux.

— Il me faut quelques renseignements pour le rapport, madame. Commençons par votre permis de conduire.

Elle chercha son portefeuille dans son sac, y prit son permis de conduire et le tendit à l'agent.

Pendant qu'il l'examinait et qu'il reportait ses coordonnées sur le procès-verbal de l'accident, elle jeta un coup d'œil par-dessus son épaule. L'un des pompiers avait réussi à faire avancer suffisamment sa voiture pour pouvoir dégager les passagers. Ainsi qu'elle le prévoyait, des infirmiers étaient en train de faire monter les deux jeunes filles dans une ambulance. Apparemment, un des passagers de l'autre voiture allait également être transporté à l'hôpital. D'après ce qu'elle voyait, tous les occupants de l'Audi étaient d'origine étrangère.

— Monsieur l'agent, pensez-vous que je pourrais accompagner mes deux passagères à l'hôpital ? Elles viennent du Village et sont sous ma responsabilité. Je suis sûre qu'elles ont besoin d'être rassurées.

— Vous travaillez là-bas ?

— Oui, en tant que bénévole.

L'agent hocha la tête.

— Dans ce cas, allez-y. Un de nos hommes viendra vous trouver à l'hôpital pour finir de remplir la paperasse. Je vais vous donner une carte avec les adresses des garages où on amène les voitures accidentées. Vous pourrez appeler le numéro que j'ai entouré à partir de 9 h demain matin pour savoir où elle est et avoir le détail des réparations nécessaires.

Elle pouvait partir ! Quel soulagement !

— Merci beaucoup, monsieur l'agent, lui répondit-t-elle avec un sourire reconnaissant.

— A votre service, ma p'tite dame.

Les passagers de l'autre voiture étaient plongés dans une discussion animée. Dès que le conducteur vit que Gabi venait vers eux, il arrêta de parler et la regarda s'approcher.

— Excusez-moi de vous interrompre, lui dit-elle, mais je voulais juste vous dire encore une fois combien je suis désolée. Si je peux faire quoi que ce soit pour vous ou vos amis, n'hésitez surtout pas à me le faire savoir.

Il lui lança un regard vide de toute expression.

— Tout le monde va très bien, dit-il d'un ton qui coupait court à tout autre commentaire.

Elle savait parfaitement que c'était faux, mais à l'évidence il ne désirait pas s'étendre, et, de toutes façons, il n'y avait rien qu'elle puisse faire pour le moment. D'ailleurs l'ambulance l'attendait, et elle devait partir.

Alors qu'elle grimpait à l'arrière du véhicule, elle remarqua que la femme blonde et l'homme d'origine asiatique qu'elle avait aperçus dans l'Audi s'éloignaient, descendant l'avenue en marchant à grands pas. Avant qu'elle n'ait réussi à voir ce que faisaient le conducteur et les autres passagers de l'Audi, la porte de l'ambulance se referma.

Elle aurait voulu pouvoir faire quelque chose pour eux. Elle se sentait si affreusement mal d'être responsable de tout ça. Une chance que tout le monde soit encore en vie et en un seul morceau... Même si ce n'était certes pas grâce à elle, songea-t-elle tristement.

La première ambulance venait de partir. Il fallait agir vite.

— Vas-t'en, maintenant, souffla Max à Sergeï. Moi, j'accompagne Choi Jin à l'hôpital et je te téléphone plus tard.

Sergeï ne se fit pas prier. Comme les autres, il était à bout de nerfs et n'attendait qu'un mot pour partir. Dès qu'il eut disparu dans la foule, Max se dirigea vers les portes de la deuxième ambulance. L'un des infirmiers était déjà occupé à soigner Choi Jin qui, tétanisé par la peur, semblait au bord de l'évanouissement.

— A quel hôpital allez-vous conduire mon ami ? demanda Max.

— Bay Shore, répondit l'ambulancier, laconique.

— Et les deux jeunes filles dans l'autre ambulance ?

— J'sais pas. Demandez au chauffeur.

Max se dirigea vers l'avant de l'ambulance et questionna le chauffeur, qui lui dit que Gabi et les filles avaient été emmenées à l'hôpital Sainte-Elizabeth. Il retourna à l'arrière et s'installa à côté de Choi Jin. Max était impatient d'arriver à l'hôpital. Dès que Choi Jin serait pris en charge par les médecins, il serait enfin seul et pourrait passer ce coup de téléphone décisif qui devait rester totalement secret.

Afin de ne pas éveiller les soupçons de Choi Jin, Max resta avec lui pendant les interminables formalités d'inscription au service des urgences de l'hôpital. Enfin, une infirmière vint le chercher pour le conduire dans une chambre. Max lui murmura à l'oreille qu'il le rejoindrait dès qu'il aurait prévenu Nikolaï.

De toute évidence, Choi Jin n'avait aucune envie qu'on le laisse seul. Mais il savait aussi que Max était obligé de contacter Nikolaï et, d'ailleurs, il n'avait aucun moyen de le retenir de force auprès de lui, surtout avec un poignet dans l'état du sien.

Max estima qu'il était plus prudent de rester à l'intérieur de l'hôpital. Nikolaï l'avait peut-être fait suivre, et il ne voulait pas prendre le risque de tomber sur l'un de ses acolytes à l'extérieur. Il se faufila dans un couloir qui donnait sur le service des urgences et menait à la pharmacie. Plusieurs portes s'alignaient de part et d'autre du couloir. Il jeta un coup d'œil à travers la vitre de la première et inspecta rapidement la pièce. C'était un petit bureau. Il était vide.

Après s'être assuré qu'il n'y avait personne alentour, il se glissa à l'intérieur puis se plaça dans un angle de la pièce qui le rendait invisible depuis le couloir. Il sortit précipitamment son téléphone portable de sa poche et composa le numéro de Jack. Il n'eut pas à attendre longtemps pour entendre le soupir de soulagement de son ami.

— Max ! Enfin ! Mais bon sang, mon vieux, qu'est-ce qui s'est passé ? Tous nos gars étaient fins prêts sur Palm Avenue, bardés de caméras vidéo, et voilà qu'on apprend que tu es sur El Cajon, coincé dans un accident avec deux autres voitures !

La réaction de Jack permettait d'ores et déjà d'éliminer une première hypothèse. Puisqu'il n'était au courant de rien, la conductrice de la Chrysler ne travaillait pas pour la police.

— Ce qui s'est passé, je voudrais bien le savoir, murmura Max dans son téléphone. A voix basse, il raconta l'accident à Jack, qui conclut son récit par un sifflement épaté.

— Un vrai accident à la place d'un faux... C'est une sacrée histoire !

— Possible que ce soit un vrai accident. Mais si ce n'est pas le cas, cela signifie soit que Nikolaï a décidé de se débarrasser de moi, soit que j'ai été démasqué et qu'on m'a mis un tueur

21

à gages sur le dos. En tout cas, je ne ferai rien avant d'avoir rassemblé suffisamment de renseignements sur la femme qui conduisait la Chrysler.

— Qu'est-ce que tu as sur elle ? demanda Jack.

Max consulta le papier que Gabi lui avait donné.

— Elle s'appelle Gabi Peris. J'ai les coordonnées de sa compagnie d'assurance, son numéro de téléphone, et le numéro de sa plaque d'immatriculation.

Il dicta ces informations à Jack et reprit :

— Je reste en ligne pendant que tu cherches son adresse.

— D'accord.

Pendant que Max attendait, il entendit soudain des voix dans le corridor. Il y avait des gens juste devant la porte. Un instant, il crut qu'ils allaient entrer dans la pièce. Heureusement, ils s'éloignèrent.

— Max ? Elle vit au 1291 West Oak, appartement 4. C'est dans le quartier italien.

Max connaissait bien ce quartier. Il y avait là-bas un petit restaurant qui lui rappelait l'une de ses cantines préférées à New York.

— Nous en saurons plus dès que j'aurai une copie des informations qu'elle a données à l'agent qui a rédigé le procès- verbal de l'accident.

— Jack ? Fais-moi plaisir et envoie illico quelqu'un à l'hôpital Sainte-Elizabeth. C'est là qu'elle a accompagné ses passagères, des adolescentes, enceintes toutes les deux. Les formalités d'inscription à l'hôpital sont très longues, et elles risquent d'être coincées là-bas un bon bout de temps. Assez en tout cas pour que je puisse aller faire un tour chez elle et voir ce que je peux y trouver.

— Dès qu'on aura raccroché, je mets Crandall sur le coup.

— Très bien. Dis-lui de me contacter sur mon portable aussitôt qu'il aura une idée du temps dont je dispose.

— Donne-moi un signalement de ta conductrice, pour qu'il puisse la repérer.

— Elle est brune. Les cheveux attachés en queue-de-cheval. La peau mate, les yeux marron foncé. Probablement d'origine italienne. Elle mesure environ un mètre soixante-dix. Elle est mince... Très bien faite, ajouta-t-il après avoir hésité un instant. « Et elle a des jambes magnifiques », songea-t-il à part soi. Elle porte un short blanc très simple, reprit-il, une chemisette jaune sans manches et des sandales en cuir. Une lanière de la sandale droite est cassée.

Pas plus que l'agent de police qui avait interrogé Gabi, Max ne croyait un seul instant à cette histoire de lanière coincée.

— Elle porte du vernis couleur corail sur les ongles des mains et des pieds, continua-t-il. Max appréciait ce genre de détail chez une femme.

— Ce n'est plus un signalement, ça, grommela Jack avec impatience, c'est un roman-fleuve.

Max fronça les sourcils. Cette femme était bien trop attirante pour être au-dessus de tout soupçon. On cherchait à lui tendre un piège.

— Elle n'est pas d'ici, Jack. Je suis sûr que la mafia l'a fait venir de la côte Est pour me liquider. Elle a l'accent du New Jersey. Si tu l'entendais parler, tu serais d'accord avec moi.

— L'accent du pays...

— Exactement. Max jeta un coup d'œil sur sa montre. Ecoute, il faut que j'appelle Nikolaï et que je fasse semblant de ne pas savoir qu'il y a quelques heures quelqu'un a essayé de me transformer en mauvais souvenir.

— Max, s'ils avaient vraiment voulu t'éliminer, tu serais mort à l'heure qu'il est, crois-moi. Cette femme n'est probablement qu'une innocente qui n'a rien à voir avec la mafia. Des accidents pareils arrivent à des milliers de gens tous les jours.

— Je n'en suis pas si sûr. Quelqu'un de haut placé pourrait avoir des soupçons à mon égard. Cet accident n'aurait alors été qu'un moyen habile de me jeter entre les pattes de cette femme. C'est une recette vieille comme le monde... On se sert d'une femme intéressante comme appât, et, une fois que la victime a mordu à l'hameçon et que sa vigilance est endormie, la belle n'a aucun mal à lui soutirer tout ce qu'elle veut savoir.

— Si c'est vraiment un coup monté, ça ne peut venir que de Nikolaï. Tu sais bien qu'il en a après toi. Il ne raterait pour rien au monde une occasion de te compromettre.

— Si c'est lui qui l'a envoyée pour faire son sale boulot, je te garantis que je réussirai à le savoir, répondit Max, contenant sa colère.

— Attends-toi à ce que Crandall t'appelle assez rapidement.

— Oui, merci.

— Sois prudent !

— Ne t'inquiète pas.

— Et Max, n'oublie pas qu'il peut très bien s'agir d'une jeune femme parfaitement innocente qui a juste eu la malchance de percuter ta voiture. Je te rappellerai plus tard.

Jack raccrocha. Si la jeune femme était innocente, songea Max, la façon dont elle l'avait dévisagé avec douceur de ses jolis yeux bruns était pour le moins flatteuse. Il fallait se rendre à l'évidence, il s'était senti immédiatement attiré par elle. Comme si la situation n'était pas déjà suffisamment compliquée !

Max composa le numéro de Nikolaï sur son portable.

— Da ?

— Nikolaï, c'est Anatoli, murmura Max, s'exprimant de nouveau en russe.

— Tiens donc, quelle bonne surprise ! s'exclama Nikolaï d'un ton ironique. Pourquoi as-tu attendu si longtemps avant de m'appeler, Kuzmina ?

— Je me suis dit qu'Oleg t'avait sûrement déjà prévenu.

— Il m'a juste dit que tu avais eu un accident qui n'était pas prévu au programme, dit Nikolaï, manifestement enchanté.

C'est ça, Gromiko, songea Max, un accident qui était prévu à *ton* programme pour te débarrasser de moi.

— Oui. C'est une femme qui a percuté l'Audi. Elle est à Sainte-Elizabeth avec ses deux passagères. Moi, je suis à l'hôpital de Bay Shore avec Choi Jin.

— Qu'est-ce qui lui est arrivé ?

— Sa main est peut-être cassée.

— Et tes autres figurants ? s'enquit Nikolaï, savourant par avance l'annonce d'une mauvaise nouvelle supplémentaire.

— Ils vont bien. Ils sont partis à pied dès que la police a eu fini de les interroger. Quant à la voiture, on peut faire une croix dessus. Mais, même si c'est un accident qu'on n'a pas prévu, dit Max, faisant des efforts pour ne pas trahir sa colère, on devrait récupérer des indemnités intéressantes.

— C'est toi qui le dis, Kuzmina. Espérons que Boris verra les choses de la même façon. Il n'aime pas beaucoup qu'on abîme le matériel... Surtout quand c'est à cause d'une femme, ajouta-t-il d'un ton railleur. Ça ne sera pas du meilleur effet pour ta carrière, j'en ai peur.

Nikolaï essayait à peine de dissimuler sa jubilation et son absurde sentiment de supériorité virile. Sa joie était si évidente que Max fut convaincu que c'était lui qui avait organisé l'accident. D'un côté, il était rassurant de savoir qu'il n'avait pas été démasqué mais, de l'autre, il allait devoir redoubler de prudence avec Nikolaï.

Gromiko était un homme arrogant et sans scrupules, connu pour sa brutalité envers les femmes et sa cruauté envers ses ennemis. Son tempérament violent et imprévisible terrorisait certains des membres du réseau. Dévoré par l'ambition, il attendait avec impatience le jour où lui, pauvre émigré russe

25

d'origine modeste, prendrait sa revanche en devenant le chef de l'ensemble du réseau au sud de la Californie. Pour le moment, il gravissait les échelons dans les règles, mais sa soif de pouvoir était si grande que Max s'attendait à tout moment à le voir perdre patience et s'emparer des commandes par la force. Une chose était sûre, il détestait Max et rêvait d'en être débarrassé.

— Quand tu auras lu la copie du procès-verbal, tu verras que l'accident était inévitable et que c'est la femme qui est responsable, expliqua Max d'une voix calme. Le prochain accident est pour quand ?

— Nous n'avons pas encore fixé de date. Probablement dans deux semaines. Pour le moment, en tout cas, je suis obligé de te suspendre. Ce n'est pas de gaîté de cœur, mais tu comprends bien que je dois suivre les consignes. Un conseil d'ami, Kuzmina, inscris-toi à un cours de conduite préventive en attendant que les choses se calment...

Max était ulcéré par tant de duplicité. Lui conseiller de prendre des cours de conduite était le moyen le plus efficace de le faire revenir en bas de l'échelle et de retarder sa promotion au poste de régisseur. Ce dernier coup bas ne faisait que renforcer ses soupçons à l'égard de Nikolaï.

Mais Max avait absolument besoin de cette promotion. Il fallait qu'il monte en grade pour pouvoir atteindre les têtes pensantes du réseau et le démanteler. C'est pourquoi il fallait jouer serré, rebondir.

— Comment as-tu deviné que j'avais justement envie de prendre un peu de vacances ? Deux semaines, c'est parfait. Merci, Nikolaï.

A en juger par le silence à l'autre bout de la ligne, Nikolaï n'appréciait guère cette pirouette.

— Ça me donnera le temps de me faire un peu d'argent de poche avec mon autre job, continua Max sur le même ton désinvolte. Au revoir, Nikolaï, passe une bonne journée.

Max coupa son téléphone et quitta la pièce pour aller rejoindre Choi Jin. Il le trouva assis sur une table d'examen, un bras en écharpe et la même expression terrorisée sur le visage. Il attendait ses radios.

Max prit de l'argent dans son portefeuille et le lui tendit.

— Quand le docteur te dira que tu peux partir, tu prendras un taxi et tu rentreras chez toi. Tu sauras dire où tu habites ?

L'autre hocha la tête, l'air contrarié.

Comprenant qu'il aurait préféré qu'il reste auprès de lui, Max lui montra son téléphone.

— Je t'appellerai chez toi un peu plus tard. D'accord ?

— D'accord.

Max regarda cet homme qui semblait totalement perdu, et un sentiment de malaise l'envahit. Ce n'était pas la première fois qu'il éprouvait cela. Tant d'immigrants se trouvaient dans la misère à leur arrivée. Certains d'entre eux, comme Nikolaï et sa clique, devenaient des criminels endurcis. Mais la plupart des figurants, comme tous ceux qui se trouvaient dans sa voiture aujourd'hui, s'étaient tournés vers l'illégalité en dernier recours, simplement pour survivre.

La terreur dans laquelle vivait Choi Jin venait aussi de sa mauvaise conscience. Max était persuadé que, si on leur donnait une chance, des gens comme lui pouvaient mener une vie honnête.

— Je dois aller travailler maintenant, dit-il à Choi Jin, qui le regardait sans comprendre. Travailler, répéta-t-il en articulant lentement.

Après avoir quitté la chambre, Max demanda à une infirmière de faire appeler un taxi pour Choi Jin quand ses examens seraient terminés. Puis il se mit en quête de la cafétéria.

Alors qu'il était en train de manger un sandwich, son téléphone sonna. Max consulta l'écran pour connaître l'origine de l'appel. C'était Karin Vriend, la fleuriste chez laquelle il travaillait à temps partiel comme livreur. Ni elle ni son mari n'avaient la moindre idée de sa véritable identité.

— Anatoli ? Enfin ! Je pensais que je n'arriverais jamais à vous joindre !

— Je prends mon déjeuner, dit-il en utilisant son fort accent russe. Que puis-je faire pour vous, Karin ?

— Je téléphone pour vous avertir qu'il y a eu un appel pour vous à la boutique. C'était une femme. Elle m'a dit qu'elle s'appelait Gabi Peris — Max sentit un coup au ventre — et que vous aviez eu un accident. Est-ce que vous êtes blessé ?

— Non, tout va très bien.

— Quel soulagement ! Elle a dit qu'elle se sentait affreusement mal parce que l'accident était arrivé par sa faute. Elle était sincèrement préoccupée pour vous et vos amis, et elle ne m'a pas parlé d'elle une seule seconde. Je lui ai demandé si elle avait été blessée et elle m'a répondu que non, mais je me suis demandé si ce n'était pas par pudeur. Elle a l'air d'être une femme tellement bien...

— Elle n'a rien. L'accident n'était pas grave.

— Elle semblait charmante, en tout cas, insista Karin.

Elle aimait Anatoli comme un fils et s'affligeait toujours de le voir sans compagne.

— Et vous ne trouvez pas que c'est très délicat de sa part d'avoir téléphoné ? reprit Karin. Je pense vraiment que vous devriez la rappeler, Anatoli. Mieux, vous devriez lui apporter un bouquet de fleurs.

Karin venait de lui donner une idée.

— Je vais y réfléchir, Karin. Il entendit un signal sur la ligne, lui indiquant que quelqu'un essayait de le joindre. Maintenant, pardonnez-moi, je vous prie, j'ai un autre appel.

— Bien sûr, Anatoli. Au revoir, et pensez à ce que je vous ai dit !

Max prit l'autre appel. C'était Crandall.

— Quelles nouvelles, Crandall ? Mme Peris est-elle toujours à l'hôpital ?

— Oui. Je lui ai dit que la police m'avait envoyé pour terminer le rapport sur l'accident. Le médecin a décidé que les adolescentes devaient être gardées en observation pendant environ une heure. Mme Peris restera avec elles et les raccompagnera ensuite au Village en taxi.

Max poussa un soupir satisfait. S'il se dépêchait, il aurait largement le temps de fouiller l'appartement.

— Crandall, tu me dis exactement ce que je voulais entendre.

— Quelle est la suite du programme ?

— Je suis à l'hôpital de Bay Shore. Dès que tu peux, viens me retrouver à l'arrière du bâtiment dans une camionnette maquillée avec un logo de compagnie téléphonique. Trouve-moi aussi un bleu de travail.

— Je serai là dans une demi-heure.

— Merci, Crandall.

Il raccrocha.

Maintenant que Nikolaï avait obtenu à peu près ce qu'il voulait et que Max était hors jeu pour quelque temps, il ne risquait sans doute plus d'être suivi par l'un de ses hommes. Mais il valait mieux rester sur ses gardes à l'extérieur. Le moindre faux pas pouvait être fatal.

Pourtant, il fallait à tout prix qu'il s'introduise dans l'appartement de cette femme. Il était convaincu qu'il y trouverait les réponses aux questions qu'il se posait.

2.

L'infirmière entra dans la chambre où Sandra, Juanita et
Gabi attendaient le verdict des médecins.

— Tout est en ordre, dit-elle après avoir vérifié leurs réflexes
une dernière fois. Vous allez pouvoir rentrer chez vous, les
filles !

Toutes trois poussèrent un soupir de soulagement. Gabi demanda
à l'infirmière si la réception pouvait leur appeler un taxi.

— Bien sûr. Mais n'oubliez pas, mesdemoiselles les futures
mamans ! Le docteur a dit que, si de quelconques symptômes
post-traumatiques apparaissaient chez l'une d'entre vous, il faudrait revenir immédiatement. Il veut vous voir avec des bébés
en bonne santé. Compris ?

— Oui, m'dame ! répondirent Sandra et Juanita en chœur.

— Il y a une infirmière de permanence au Village, l'informa
Gabi.

— Voilà une excellente nouvelle, dit son interlocutrice en
souriant. Bien, je vais m'occuper de votre taxi.

En remplissant les formulaires d'accueil, Gabi avait précisé
que la facture devait être établie à son nom, et elle espérait que
les examens ne reviendraient pas trop cher. En tout cas, les filles
avaient l'air d'être en pleine forme, c'était l'essentiel.

Sur le chemin du retour, Gabi pria pour que le taxi n'ait
pas d'accident. Elle ne fut totalement rassurée qu'après avoir

accompagné Sandra et Juanita à l'intérieur du foyer. Elle expliqua la situation à l'infirmière en chef, qui promit de surveiller les deux jeunes filles de près.

Gabi se tourna vers Sandra et Juanita.

— Les filles, je suis vraiment désolée de ce qui s'est passé aujourd'hui. Je passerai vous voir dans quelques jours et nous irons pique-niquer au parc, d'accord ?

Le parc n'était qu'à un pâté de maisons du Village, elles pourraient y aller à pied.

— Merci de nous avoir accompagnées à l'hôpital, dit Sandra.

— Oui, *muchas gracias*, Gabi ! renchérit Juanita.

— Je ne vous aurais laissées seules pour rien au monde. Et s'il faut remercier quelqu'un, c'est plutôt le ciel ! Heureusement qu'aucune d'entre nous n'a été blessée...

Gabi les embrassa toutes les deux, puis quitta le bâtiment par la porte principale.

Elle serait volontiers rentrée chez elle à pied, mais avec cette fichue sandale qui tombait sans arrêt, le chemin promettait d'être plutôt inconfortable. Elle ne voulait pas non plus dépenser le peu d'argent qui lui restait dans un taxi, et décida donc de prendre le bus, qui s'arrêtait juste au coin de sa rue.

Depuis qu'elle était arrivée à San Diego, sa clientèle n'avait cessé d'augmenter, mais quasiment l'intégralité de ses honoraires lui servait à payer les quelques dettes qu'avait laissées son mari et à rembourser les dernières mensualités de son prêt étudiant. Elle voulait absolument s'acquitter de ces obligations aussi vite que possible, afin de pouvoir recommencer à faire des économies. En Floride, elle avait déjà accumulé une belle somme mais, avec les prix exorbitants de l'immobilier en Californie, elle allait devoir mettre un capital considérable sur la table pour obtenir un emprunt et acheter un appartement. Elle se forçait donc tant bien que mal à limiter ses dépenses au strict nécessaire.

Paul était enseignant, et il adorait la mer. Ils étaient mariés depuis à peine deux ans et demi lorsqu'un accident de bateau au large de Miami avait mis brutalement fin à ses jours.

Paul et elle n'ayant pas d'enfant, la solitude et le chagrin frappèrent Gabi de plein fouet. Pendant plusieurs mois, la douleur l'avait envahie jusqu'à devenir insupportable. Elle avait essayé de se ressaisir, de résister à cette peine qui la torturait, mais ce combat de tous les instants lui prenait toutes ses forces. Gabi dépérissait à vue d'œil, et elle était sur le point de sombrer quand son patron, un homme énergique qui avait fondé à New York et à Miami plusieurs cabinets juridiques spécialisés dans les questions liées à l'immigration, décida d'avoir une conversation sérieuse avec elle.

Il voulait l'aider à se sortir de cet état, et lui proposa deux solutions. Il pouvait soit la renvoyer à New York pour travailler dans le cabinet où il l'avait engagée au début de sa carrière, ce qui lui permettrait d'être plus près de sa famille, soit lui confier l'ouverture d'un nouveau cabinet qu'il comptait implanter à San Diego. Il l'encouragea vivement à accepter la deuxième solution, persuadé qu'un changement total d'environnement lui ferait le plus grand bien.

Gabi lui fut très reconnaissante de lui donner cette chance de prendre un nouveau départ, et elle accepta. La soutenant jusqu'au bout, son patron l'aida à financer son déménagement et fournit les fonds nécessaires à l'ouverture du nouveau cabinet.

Avant de quitter Miami, elle vendit la voiture que Paul et elle venaient juste d'acquérir, afin de ne pas avoir à en rembourser les traites. A San Diego, elle acheta un véhicule d'occasion avec une partie de la petite somme versée par l'assurance à la mort de Paul, paya en liquide, et mit le reste sur un compte d'épargne. Quant à leur mobilier, elle le fit transporter dans un garde-meubles en attendant d'emménager dans un endroit à elle.

Alors que Gabi visitait un musée de San Diego, elle fit la connaissance d'Allison Townsend, une jeune femme qui se préparait à devenir religieuse. Allison était à la recherche d'un endroit calme et chaleureux où elle pourrait loger en attendant d'entrer au couvent comme novice. Dès leur première rencontre, Gabi et Ally s'entendirent à merveille. Très vite, elles décidèrent d'emménager en colocation dans un meublé. Une fois qu'elle aurait économisé assez d'argent, Gabi souhaitait s'installer dans un immeuble en copropriété au bord de la mer.

Pas un seul instant depuis son arrivée, Gabi n'avait regretté d'avoir quitté la Floride. Elle adorait la mer et la plage de San Diego, appréciait énormément la compagnie d'Ally, et le cabinet tournait si bien qu'elle venait juste d'engager une assistante, laquelle devait prendre ses fonctions le mois suivant.

Tout se mettait donc en place à merveille. Mais les images d'une vie passée remplie de bonheur et de tendresse venaient encore la tourmenter parfois. Généralement, cela arrivait lorsque quelque chose allait de travers. Comme cet accident, aujourd'hui...

Elle essaya de se blinder intérieurement, songeant que, ce soir-là, elle allait devoir se dépêtrer de ses souvenirs sans le soutien de sa colocataire. La retraite qu'Ally accomplissait avec d'autres religieuses risquait de durer encore une bonne semaine.

Comme souvent dans le quartier italien, le rez-de-chaussée de l'immeuble de Gabi était occupé par des boutiques.

Tandis que Crandall faisait le guet dans la camionnette maquillée, Max, vêtu d'un bleu de travail et muni d'une caisse à outils, se faufila à l'intérieur. Parmi les boîtes aux lettres en bas de l'escalier, il repéra celle de l'appartement n° 4, s'assura que personne ne pouvait le voir, et se mit en devoir d'en fouiller le contenu.

Des publicités... Une enveloppe qui semblait provenir d'une administration... C'était une lettre de rappel de la préfecture de police... Mme Peris était donc en retard pour payer ses contraventions ! Somme toute, cela tendait plutôt à prouver qu'elle était comme tout le monde.

En revanche, la présence d'un exemplaire de *L'Etude des Médias* indiquait plutôt le contraire. Cette revue, qui décortiquait la presse et dressait les profils critiques de journalistes connus, n'était pas à la portée du premier venu. Il fallait une certaine subtilité pour assimiler pleinement les analyses qu'elle contenait. Lui-même aimait la lire dès qu'il en avait l'occasion.

Quant au *New Yorker*, il ne signalait probablement rien de particulier... Mais à y réfléchir, ce magazine se lisait surtout sur la côte Est, et le fait qu'elle y soit abonnée signifiait peut-être qu'elle vivait là-bas en temps normal, et donc qu'elle était ici en mission... D'autant plus qu'elle était également abonnée à la *Gazette des propriétaires d'armes,* se dit Max stupéfait, en découvrant la brochure. Pratiquait-elle le tir en guise de loisir ? C'était tout de même assez peu courant...

Le dernier magazine ne fit que le préoccuper davantage. Qu'est-ce qui pouvait bien l'intéresser dans le *Bulletin de l'immigration aux Etats-Unis* ? Ses yeux glissèrent rapidement sur le sommaire et il fronça les sourcils : le dossier du mois portait sur la récente vague d'immigration en provenance de Russie dans la région de Portland.

Se souvenant que le temps lui était compté, Max remit tout en place et monta les escaliers quatre à quatre. Des échos de musique salsa, des bruits de télévision lui parvenaient à travers les portes. Il flottait une odeur d'ail et de sauce tomate qui lui rappela son enfance et le quartier italien de New York.

L'appartement 4 était au bout du couloir. Il n'y avait pas de sonnette. Il frappa. Si quelqu'un lui ouvrait, il prétendrait que l'on avait signalé un problème sur les lignes téléphoniques de l'immeuble et qu'il venait vérifier si tout fonctionnait.

Mais personne ne répondit. Il crocheta la serrure, se glissa à l'intérieur, et consulta sa montre. Il lui restait assez de temps pour fouiller l'appartement, et, si jamais la femme revenait plus tôt que prévu, Crandall créerait une diversion pour lui laisser le temps de filer.

La pièce principale était un salon-cuisine de petite taille et à peine meublé. Il n'y avait qu'un vieux canapé fatigué, une table en formica avec deux chaises, un fauteuil club usé et une vieille lampe à pied. Avec ses murs nus, ses peintures défraîchies et ses fenêtres sans rideaux, l'apparence générale de la pièce était plutôt sinistre.

De plus, il n'y avait ni télévision ni radio, ni ordinateur ni téléphone. Aucun élément de contact avec le monde extérieur... Peut-être n'avait-elle pas de quoi s'offrir tous ces équipements. Ou peut-être qu'elle avait décidé de boycotter d'un coup tous les moyens de communication modernes, afin d'avoir la paix une bonne fois. Ce genre d'envie lui venait parfois à lui-même.

Un petit couloir menait à une salle de bains minuscule où il n'y avait de place que pour une douche. Il ouvrit l'armoire à pharmacie et y trouva du brillant à lèvres, des pansements, des pastilles pour la gorge, de la crème solaire et de l'aspirine.

La chambre à coucher aussi était très petite, et la chaleur y était étouffante. On avait placé un ventilateur sur la penderie. Il fut surpris de voir un crucifix suspendu au-dessus de l'un des lits jumeaux. Partageait-elle son appartement avec quelqu'un ? Il s'approcha de la table de nuit placée entre les deux lits et y trouva une Bible et un recueil de mots croisés niveau 4. Les trois quarts des grilles avaient été remplies.

Max commençait à trouver son inventaire un peu monotone. Mais, en ouvrant la penderie, il découvrit, fixé sur l'intérieur de la porte avec des punaises, un fanion des *Barrio Gents*, une équipe de stickball New-Yorkaise.

S'il voulait des indices confirmant que Gabi Peris venait de la côte Est, il était servi !

Variante urbaine du base-ball, le stickball était né sur le bitume de New York. Max le savait bien pour avoir passé une partie de son enfance dans le quartier populaire du Bronx, où il y jouait tous les jours. A l'âge de sept ans, il avait perdu ses parents dans un accident de métro et avait déménagé dans un autre quartier. Mais pour rien au monde il n'aurait cessé de pratiquer ce sport qu'il adorait. Lorsqu'il travaillait à la police de New York, lui et Jack avaient même monté une équipe avec des collègues.

Le stickball s'était tellement développé qu'il était devenu un sport national. Le premier tournoi annuel devait avoir lieu cette année et opposer sept équipes de San Diego, de New York et de Floride. Justement, il devait se dérouler à San Diego pas plus tard que le week-end suivant. Jack et Max attendaient ce moment depuis des semaines.

Ainsi, Mme Peris était une fan de stickball... Et particulièrement des *Barrio Gents*, comme par hasard les rivaux de toujours de l'équipe que soutenait Max, les *Bronx Knights*. La mafia avait-elle pris des renseignements sur les loisirs de Max, afin de permettre à Gabi Peris de l'approcher sans avoir l'air de rien ? Où s'agissait-il d'une coïncidence ?

Max reprit fébrilement ses recherches dans l'espoir de trouver d'autres indices. Les vêtements accrochés dans la penderie étaient pour la plupart des chemisiers et des jupes dans des tons pastel. Il y avait quelques robes et deux ou trois tailleurs plus élégants. L'ensemble était simple et sobre, il n'y avait rien de coûteux ou d'extravagant.

Il passa toutes les poches en revue, mais ne trouva que quelques vieux tickets de cinéma, une entrée pour le zoo de San Diego, et une autre pour le parc océanographique. Par terre, il y avait une paire de baskets et des escarpins beiges à talons hauts.

Dans les tiroirs d'une petite commode étaient rangés quelques T-shirts amples, des shorts, un jean, des sweat-shirts et de la lingerie en coton.

Il passa les lits au peigne fin, souleva les oreillers, les couettes et les matelas, mais ne trouva rien. Si elle avait une arme, elle la cachait bien.

Restait la kitchenette. La poubelle contenait de vieux journaux, des brochures publicitaires, un sac en plastique de supermarché avec un ticket de caisse notifiant l'achat d'un déodorant et d'un tube de dentifrice, un sachet de pop-corn « Cracker-Jack » vide, une grande brique de jus d'orange et un géranium fané.

Une casserole et une poêle à frire séchaient à côté de l'évier. Quelques ustensiles, des verres et des assiettes étaient rangés sur les étagères. Il y avait aussi un grand paquet de céréales, des biscuits, des pâtes, de la sauce tomate en boîte, et un pot de pâte à tartiner presque vide.

Dans le réfrigérateur, il trouva des yaourts, du lait, du fromage, des œufs, des pommes, et quelques canettes de bière. La forme des canettes lui semblant familière, il en attrapa une. Il consulta l'étiquette et resta stupéfait. La Dreher était sa marque de bière préférée !

Il y avait des millions de bières différentes dans le monde, et c'était justement celle-là qu'elle avait dans son frigo ! C'était d'autant plus étonnant que la Dreher était quasiment introuvable sur la côte Ouest, il fallait faire une commande spéciale pour en obtenir.

Une autre coïncidence ?

Il referma la porte du réfrigérateur et passa dans le salon pour fixer un micro sous l'abat-jour de la lampe. Alors qu'il le mettait en place, son regard tomba sur le porte-journaux à côté du fauteuil.

Entre les quotidiens et les magazines, il découvrit un bloc-notes et deux petits livres. Il les retourna pour voir les couvertures : *Dictionnaire de poche du russe*, et *Le russe en 40 leçons* !

Max ouvrit précipitamment le bloc et parcourut les notes qui s'y trouvaient. A peine eut-il lu les premières lignes que son sang se glaça. Elle avait relevé les dates, les heures et les lieux des derniers accidents de voiture intervenus dans la région de San Diego. Il y en avait des pages entières. Beaucoup correspondaient à de faux accidents qu'il avait organisés avec Nikolaï.

Elle ne travaillait pas pour la police, il n'y avait donc qu'une seule explication à la présence de ces informations chez elle. Gabi Peris était un agent de la mafia. Et sa proie, c'était lui !

L'hypothèse Nikolaï n'était plus valable. Tout ça venait bel et bien de plus haut. On le soupçonnait d'être un traître, et cette femme était ici pour faire une enquête sur lui. Voilà pourquoi elle avait appelé à son travail. Quant à l'appartement, il était payé par la mafia et lui servait de couverture. Pas étonnant qu'il n'y ait aucun élément de décoration ! C'était juste un pied-à-terre, et sans doute n'y passait-elle pas beaucoup de temps. Il faudrait qu'il revienne plus tard pour vérifier si elle prenait la peine d'y dormir.

Mais, pour l'instant, il n'avait plus rien à faire ici. Rapidement, il remit le journal, le bloc et les livres en place et sortit.

Même s'il était la cible de cette femme, se dit-il en descendant silencieusement les escaliers, il avait maintenant un avantage sur elle : il le savait. Et il comptait bien lui préparer une petite surprise.

Pendant que Crandall le conduisait vers la boutique de fleurs, Max enleva le bleu de travail. Lorsqu'ils ne furent plus qu'à quelques rues du magasin, il descendit pour faire le reste du chemin à pied.

La Fleur Bleue était une petite boutique dont Karin et Jan Vriend étaient propriétaires. Max était livreur à mi-temps chez eux depuis que sa collaboration avec le FBI l'avait amené de New York à San Diego.

En arrivant, Max se rendit directement dans l'arrière-boutique, où plusieurs employées finissaient leur journée. Toutes le saluèrent chaleureusement.

Karin était occupée à envelopper un pot de cyclamen dans du papier coloré. Ses yeux bleus s'éclairèrent lorsqu'elle l'aperçut.

— Anatoli ! lui dit-elle en souriant, vous tombez à pic ! J'ai justement reçu quelques commandes un peu tardives. J'ai dit que nous ne pouvions pas livrer avant demain matin mais, si vous êtes disponible...

Il réprima un mouvement d'humeur, car cela signifiait qu'il allait devoir travailler plus vite que d'habitude.

— Pas de problème. Je vais tout de suite commencer à charger la camionnette.

Karin posa une main sur sa poitrine généreuse et soupira.

— Qu'est-ce que nous deviendrions sans vous ?

Il lui sourit.

— J'aimerais mieux ne pas avoir à l'apprendre !

— Moi non plus ! répondit-elle en riant.

Il était occupé à charger une petite dizaine de commandes dans la camionnette quand elle arriva vers lui en courant, un bouquet de roses à la main.

— Anatoli ! N'oubliez pas celui-là ! Je l'ai préparé tout spécialement pour cette charmante jeune femme du téléphone.

Elle avait toujours fait son possible pour lui faire rencontrer quelqu'un, mais c'était la première fois qu'elle déployait de tels efforts.

— Vous ne la connaissez même pas ! lui dit-il amusé.

— Je n'ai pas besoin de la connaître. J'ai tout de suite senti au téléphone que c'était quelqu'un de particulier. Une voix peut révéler beaucoup de choses, vous savez. Croyez-moi, j'ai un pressentiment à propos de vous deux.

Moi aussi, j'ai un pressentiment, pensa-t-il. Un très mauvais pressentiment.

— Je vais y réfléchir, Karin, comme je vous l'ai dit au téléphone.

Il prit le bouquet de fleurs, et lui fit un sourire avant de partir.

La gentillesse et la générosité du couple de fleuristes, émigrés des Pays-Bas une vingtaine d'années plus tôt, étaient un véritable rayon de soleil dans l'existence périlleuse de Max.

Ces gens chaleureux, travailleurs et droits lui rappelaient les habitants du quartier slave de New York. C'était là que Max avait grandi, élevé par son grand-père d'origine russe, après la mort de ses parents.

Leur amour des plantes était contagieux, et, bien souvent, les réalités auxquelles le travail de Max le confrontaient lui semblaient si sombres que seul le parfum des fleurs l'aidait à se souvenir que le monde pouvait être beau.

Gabi entra dans le hall de son immeuble et ouvrit sa boîte aux lettres. Elle était fourbue, il lui tardait de rentrer chez elle. De plus, elle était affamée. Son bus était tombé en panne en chemin, et tous les passagers avaient dû attendre une heure qu'une voiture de remplacement vienne les chercher. Aucune doute, elle avait connu des jours meilleurs...

C'est avec plaisir qu'elle découvrit les magazines qui l'attendaient. Tout en montant l'escalier en boitillant, sa sandale cassée à la main, elle se réjouit à la perspective de les feuilleter tranquillement après un bon dîner.

Gabi ne négligeait jamais ses devoirs de citoyenne et elle était allée voter aux dernières élections. Comme beaucoup d'autres Américains, elle était farouchement opposée à la loi qui autorise des particuliers à posséder librement des armes chez eux. Mais les défenseurs de cette loi obsolète, qui remonte à l'époque de la fondation des Etats-Unis, formaient un groupe de pression politique très puissant, et Gabi ne voyait pas de meilleur moyen de se tenir informée de leurs manœuvres que de lire leur *Gazette des propriétaires d'armes*.

Boitillant toujours, elle se souvint qu'elle allait devoir trouver un moyen de se rendre à son travail tous les jours jusqu'à ce que sa voiture soit réparée. Et cela risquait fort de durer deux, voire trois semaines.

Pressée de sauter sous la douche et de dîner, elle monta le dernier étage plus vite et se dirigea vers la porte de son appartement. Le livreur avait déposé le journal du quartier sous son paillasson, et il lui vint une idée. Peut-être trouverait-elle un vélo d'occasion dans les petites annonces ?

Voilà qui serait parfait pour aller travailler. D'autant plus que, depuis son trentième anniversaire, elle se disait qu'il était grand temps de commencer à faire un peu de sport... Quelques kilomètres à pédaler tous les jours feraient parfaitement l'affaire, et quand elle aurait récupéré sa voiture elle ferait du vélo le week-end...

Malheureusement, le lendemain matin, elle n'aurait pas d'autre solution que de prendre ce satané bus pour arriver jusqu'à son bureau. Mais elle s'occuperait du vélo dès sa pause-déjeuner, et ferait aussi un saut chez le cordonnier.

Alors qu'elle fouillait dans son sac à la recherche de ses clés, elle entendit un bruit un peu plus bas dans le couloir.

— Comment allez-vous aujourd'hui, monsieur Arnold ?
dit-elle machinalement sans se retourner.

Son voisin et sa femme venaient de fêter leur soixante-
deuxième anniversaire de mariage.

— J'ignore comment va monsieur Arnold mais, moi, je
vais très bien. La question est : comment allez-*vous*, madame
Peris ?

Gabi recula d'un pas. L'homme de l'accident ! Que faisait-il
chez elle ?

Dans la semi-obscurité du couloir, il paraissait encore plus
grand et plus séduisant que sous la lumière éclatante du soleil
quelques heures plus tôt.

— Je ne me suis pas présenté cet après-midi. Je m'appelle
Anatoli Kuzmina.

— Comment avez-vous eu mon adresse ?

— Je me suis permis de jeter un coup d'œil sur le procès-
verbal pendant que l'agent de police nous interrogeait. J'ai été
ravi d'apprendre que vous aviez téléphoné à mon lieu de travail
pour avoir de mes nouvelles.

Gabi regretta aussitôt son geste. D'ailleurs, elle l'avait regretté
à l'instant même où la dame de la boutique avait décroché. Mais
maintenant que l'homme était là, il était trop tard. Et d'ailleurs,
se demanda-t-elle, soupçonneuse, pourquoi était-il là, et non
à son travail ?

— J'ai appelé parce que j'étais horriblement confuse d'avoir
endommagé votre voiture. Je suis sûre que vos passagers ont
eu très peur. Si je leur écris un petit mot, vous pourriez le leur
transmettre ? J'aimerais aussi faire quelque chose pour dédom-
mager la personne qui a été blessée.

Il l'observa un moment.

— Votre préoccupation est un dédommagement suffisant.
Je transmettrai votre message.

— Merci, monsieur Kuzmina.

— Je vous en prie. Je suis enchanté de voir que vous allez bien. Ceci est pour vous.

De derrière son dos, il sortit une douzaine de roses rouges attachées par un ruban de la même couleur et les lui tendit. Les épines avaient été coupées et leur parfum était délicieux. Elle coinça le courrier sous son bras et les prit, tout en se demandant dans quel pétrin elle s'était encore fourrée.

— Je ne comprends pas. C'est moi qui ai percuté votre voiture, et c'est vous qui m'apportez des fleurs.

Les yeux de Max parcoururent lentement son visage et s'arrêtèrent sur sa bouche. Elle sentit ses genoux flageoler.

— Un jour, dit-il à mi-voix, c'est vous qui me ferez une surprise, d'accord ?

Et voilà... Elle était dans de beaux draps. Elle en avait connu des étrangers, au cours de son travail... Mais celui-là était différent. Différent parce qu'elle se sentait très attirée par lui. Et parce qu'il le savait pertinemment.

Durant les dernières vacances qu'elle avait passées avec sa famille, tous ses proches l'avaient assurée que le sentiment de vide intérieur qu'elle éprouvait ne durerait pas éternellement.

Son oncle Frank, un incurable romantique, lui avait garanti qu'un beau jour, au moment où elle s'y attendrait le moins, un homme surgirait de nulle part, qu'elle le reconnaîtrait parce qu'elle aurait les jambes en coton et le cœur battant, et qu'à ce moment précis elle saurait que son deuil était terminé.

Ce moment, elle l'avait attendu. Mais elle n'était certes pas préparée à tomber sur cet homme-là.

Après ce qu'elle avait observé sur les lieux de l'accident, à commencer par cette voiture si luxueuse, elle était prête à parier sans hésitation qu'il était mêlé à des affaires illégales. Ce n'était sûrement pas avec le salaire d'un livreur à mi-temps qu'on pouvait s'offrir une telle voiture !

— Comment va votre ami qui a été blessé à la main ? demanda-t-elle.

— Très bien. Et vos futures mamans ? L'une d'elles avait l'air de ne pas être loin de l'accouchement. Elle n'a eu aucun problème, j'espère ?

— Non. Elle va bien, fort heureusement.

— Je suis sûr que c'est pour vous que l'accident a été le plus éprouvant. Je vous ai entendue expliquer ce qui s'était passé à la police, et j'en ai conclu que vous deviez être une excellente conductrice pour avoir réussi à éviter ma portière. Si vous ne l'aviez pas fait, j'aurais pu mourir. C'est pour ça que je vous ai apporté ces fleurs. Merci de m'avoir sauvé la vie.

Ça alors ! Quel culot ! se dit Gabi en réprimant une bouffée de colère. A l'évidence, l'énergumène était rompu à toutes les stratégies de la séduction. Il avait dû en embobiner bien d'autres de cette manière. Mais elle ne se laisserait pas faire.

— Si vous me le permettez, je serai heureux de vous conduire où vous voudrez jusqu'à ce que votre voiture soit réparée, continua-t-il sans se démonter.

Gabi le dévisagea, interdite.

— Mais vous n'avez plus de voiture !

— Vous faites allusion à l'Audi qui appartient à une entreprise pour laquelle je travaille. Mais j'ai d'autres moyens de locomotion. Puisque vous êtes sans voiture, il est bien naturel que je vous offre mes services.

— C'est gentil à vous, Anatoli, répondit-elle, bien décidée à lui résister, mais ces magnifiques roses sont déjà bien suffisantes.

— Ça ne pose pas le moindre problème. Je viens juste de commencer mes vacances dans l'entreprise où je travaille à la comptabilité. Mon autre travail est de faire des livraisons à mi-temps, ce qui me laisse disponible pour vous !

44

Disponible ! Sans doute sa dernière conquête venait-elle de le laisser tomber. Mais, à en juger par sa façon de procéder, il ne resterait probablement pas seul longtemps. Si elle l'envoyait sur les roses, il irait tenter sa chance ailleurs et serait casé dès le lendemain soir.

Comme Gabi ne lui répondait pas, une expression inquiète se peignit sur le visage du Russe.

— Vous ne travaillez pas demain ? demanda-t-il.

— Si, bien sûr.

— Alors je vous conduirai ! dit-il en levant les épaules comme pour dire que la solution était évidente.

Tout en essayant de ne pas se laisser distraire par ces épaules fermes et musclées, Gabi réfléchissait à un moyen de se sortir de ce traquenard. Son expérience lui avait appris que, pour se débarrasser de quelqu'un d'aussi acharné, la seule solution était de dire oui. Elle n'avait aucune envie d'être forcée de parlementer pendant des heures.

— Très bien. Je dois partir de chez moi à 7 heures du matin, répondit-elle, tout en se disant qu'à cette heure-là elle aurait filé depuis belle lurette. Anatoli trouverait porte close et toute l'histoire serait terminée.

Elle s'attendait à le voir sourire de satisfaction, mais son visage prit au contraire une expression étrange, qu'elle ne réussit pas à déchiffrer et qui lui donna presque la chair de poule.

— Je serai à l'heure.

Elle engagea sa clé dans la serrure.

— Si vous avez un empêchement, je m'arrangerai autrement, dit-elle un peu sèchement, tout en se résignant par avance à de nouveaux problèmes de bus.

Tandis qu'elle ouvrait la porte et pénétrait dans son appartement, elle l'entendit lui demander :

— Vous êtes aussi froide avec tous les hommes, ou c'est seulement avec moi ?

Cette dernière remarque acheva de la faire enrager. De quel droit était-il aussi insistant ? Sans doute se croyait-il irrésistible. En tout cas, cette façon de faire semblant d'être vexé n'était qu'un stratagème de plus pour qu'elle continue à lui parler, ce qui était hors de question.

Elle se retourna et le regarda droit dans les yeux.

— Bonsoir, Anatoli, lui dit-elle.

Puis elle lui ferma la porte au nez.

Malgré elle, elle était touchée par le visage sincèrement déconfit sur lequel la porte était retombée. Tout de même, pauvre Anatoli ! Planté là sur le seuil avec sa déception ! Mais elle se reprit. Il n'avait qu'à la ravaler, sa déception, tout comme elle avait ravalé la sienne en résistant bravement à la tentation de le faire entrer. Et dire que, pas plus tard qu'hier, elle se considérait encore comme définitivement perdue pour les frissons de la séduction...

Elle contempla son bouquet de roses. Il était vraiment superbe. Tout comme Anatoli.

Comme pour se protéger de lui et du tour dangereux que prenaient ses pensées, elle verrouilla la porte et fixa la chaîne de sécurité.

Il était peut-être superbe, mais il était loin d'être au-dessus de tout soupçon. Et qu'est-ce que c'était que ce prétendu « travail » dans un service comptable, où on lui prêtait une Audi dernier modèle et lui accordait généreusement deux semaines de vacances en plein mois de septembre ? Et les passagers de sa voiture, qui avaient l'air si pressés de décamper après l'accident ? Tout ça était louche.

Depuis qu'elle avait obtenu son diplôme de juriste, elle avait travaillé avec de nombreux immigrants russes. Beaucoup étaient originaires de milieux très modestes et n'avaient pas fait d'études. Mais Anatoli semblait cultivé et, à part quelques bizarreries

46

occasionnelles, charmantes au demeurant, il s'exprimait dans un anglais parfait...

Elle avait côtoyé des soudeurs, des ouvriers du bâtiment, même des mineurs qui cherchaient à trouver le même type d'emploi dans leur pays d'accueil. La plupart d'entre eux étaient des gens courageux, qui désiraient tout simplement réussir honnêtement et donner une éducation à leurs enfants.

Malheureusement, une minorité passait dans l'illégalité et, dans le pire des cas, rejoignait la fameuse mafia russe. L'organisation était tentaculaire et s'illustrait dans toutes sortes de délits, y compris le vol de voiture et la mise en scène de faux accidents qui semaient le trouble sur toute la côte Ouest, escroquant les compagnies d'assurances de sommes colossales.

Récemment, Gabi avait participé à un séminaire réservé aux juristes qui portait sur ce problème particulier. Elle y avait appris que la mafia avait déjà mis de nombreux foyers en place dans tout le pays, et qu'il arrivait que certains accidents se terminent très mal, avec des blessés graves ou même des morts. En prenant des notes sur plusieurs dizaines d'accrochages, elle avait constaté que les réseaux utilisaient de préférence des modèles de voitures récents et très chers. Comme cette Audi noire toute neuve, par exemple.

La police avait demandé à tous les avocats qui soupçonnaient un de leurs clients d'être mêlé à ce genre d'affaire d'aviser immédiatement les autorités.

Que devait-elle faire ? Il y avait de fortes chances pour que les propriétaires de l'Audi soient tout autre chose que d'honnêtes comptables, quant au bel Anatoli, même si Gabi espérait de tout son cœur se tromper, il fallait bien admettre que les apparences ne jouaient pas en sa faveur.

Elle soupira et enfouit son visage dans le bouquet de roses, dans l'espoir que leur parfum enivrant chasserait ces pensées qui la troublaient. Elle réfléchirait à tout ça plus tard, pour l'instant, il fallait mettre ces fleurs dans de l'eau.

Elle se dirigea vers le coin cuisine et jeta au passage son sac et le courrier dans le fauteuil club. Elle n'avait pas de vase, et il faudrait sans doute qu'elle mette le bouquet dans l'évier en attendant d'en acheter un.

En ouvrant la poubelle pour jeter le joli papier coloré qui enveloppait le bouquet, elle aperçut la maxi-brique de jus d'orange vide, et se dit qu'elle ferait un vase de fortune parfait. Après l'avoir rincée et remplie d'eau, elle mit le papier du fleuriste autour, le fixa avec le ruban et posa le tout sur la table.

Aussitôt, la pièce entière s'illumina.

Elle alla dans la chambre pour allumer le ventilateur, puis se doucha rapidement. Ensuite, elle alla à la cuisine pour se préparer un repas.

En ouvrant la porte du frigo, elle songea qu'elle devait absolument faire des courses dès le lendemain. Il restait tout juste de quoi faire un sandwich au fromage et une omelette. Une fois que son petit dîner fut prêt, elle saisit une bouteille de bière et mit le tout sur un plateau qu'elle emporta dans le salon. Après s'être installée dans le fauteuil, elle commença à manger tout en feuilletant ses magazines.

Le parfum des fleurs avait déjà imprégné toute la pièce. Finalement, Anatoli était tout de même parvenu à obtenir ce qu'il voulait. Une partie de lui-même avait réussi à s'introduire dans son appartement.

Malheureusement, aucun article ne parvint à retenir durablement son attention. Elle tournait les pages sans les lire, ne pouvant s'empêcher de comparer Anatoli aux mannequins qui posaient pour les publicités.

48

Lorsqu'il lui sembla évident qu'aucun ne pouvait rivaliser avec lui, elle empoigna agacée le tas de magazines, le jeta sur le sol, et déplia le journal de son quartier à la page des petites annonces.

3.

Un bruit sec claqua comme une gifle aux oreilles de Max. Il écarta aussitôt les écouteurs en pestant. Sans doute avait-elle jeté quelque chose tout près de la lampe dans laquelle il avait caché le micro.

Il posa son casque et soupira. Depuis plus d'une heure qu'il était caché dans sa camionnette à épier les bruits qui venaient de chez elle, il n'avait strictement rien appris de nouveau. Personne n'était venu la voir, et, en admettant qu'elle ait eu un téléphone portable, elle n'avait reçu aucun appel.

Il remit les écouteurs et décida d'attendre encore une vingtaine de minutes. Il y eut quelques vagues bruits de papier froissé, puis plus rien. Il en conclut qu'elle était allée se coucher et décida de retourner vers le centre-ville. En chemin, il téléphona à Jack.

— Jack ? Crandall t'a mis au parfum ?

— Oui, il m'a fait un rapport détaillé.

— Il y a du neuf de ton côté ?

— Rien d'extraordinaire. J'ai vérifié les rapports de police dans la région. Mme Gabriella Peris m'a tout l'air d'être une conductrice modèle. Pas le moindre pépin à signaler, sauf une contravention à Chicano Park il y a quelques semaines. Elle était mal garée.

— J'ai vu le rappel dans sa boîte aux lettres.

— Tu as trouvé autre chose ?

— Et comment ! Elle est abonnée à *La Gazette des propriétaires d'armes*.

— En effet, ce n'est pas banal, mais... Attends une minute, on m'apporte quelque chose.

Ainsi, elle n'avait pas le moindre accident à son actif, songea Max tout en patientant. Sauf celui d'aujourd'hui, comme par hasard.

— Max ? reprit Jack. On vient de me confirmer que Mme Peris a passé son permis de conduire en Floride, à Miami. Elle n'est installée à San Diego que depuis quelques mois.

La côte Est... Dans l'esprit de Max, un dernier doute s'envola.

— J'attends encore d'autres renseignements d'ici demain, continuait Jack. Dès qu'on aura le tout, on saura précisément à quel genre d'oiseau on a à faire.

— Ne te fatigue pas, je le sais déjà.

— Qu'est-ce que tu veux dire ?

— Quelques mois d'enquête avant de passer à l'action, ça colle parfaitement... Et maintenant, elle entame la deuxième phase, marmonna Max.

— La deuxième phase ? Mais enfin qu'est-ce que tu racontes ?

— Jack, cette femme est un agent de la mafia, ça crève les yeux ! J'ai trouvé chez elle des manuels de russe et un bloc couvert de notes sur des accidents que j'ai organisés avec Nikolaï.

— Quoi ?

— Ce n'est pas tout. Il y avait un fanion des Barrio Gents dans sa penderie et de la Dreher dans son frigo.

Jack et lui avaient souvent déploré ensemble que leur marque de bière favorite soit si difficile à trouver à San Diego.

— On l'a chargée de me piéger, c'est évident, reprit Max. Son plan est simple : première phase, la prise de contact, l'accident. Deuxième phase, je découvre qu'on adore tous les deux le stickball et la Dreher et qu'on a des tas de points communs, et je tombe amoureux d'elle. Troisième phase : elle n'a plus qu'à attendre que je lui fasse des confidences ou que je sois assez imprudent pour me trahir.

— Je n'arrive pas à le croire, murmura Jack.

— Je t'ai dit qu'elle avait téléphoné à la boutique pour prendre de mes nouvelles ? Elle voulait même écrire un petit mot aux passagers pour s'excuser. Et, tout à l'heure, elle n'a fait aucune difficulté pour accepter que je la conduise à son travail demain matin, elle m'a à peine résisté.

— Comme si elle cherchait à tout faire pour se rapprocher de toi...

— Exactement. Juste après l'accident, j'étais encore prêt à lui accorder le bénéfice du doute. Et puis Karin m'a appelé pour me dire qu'elle avait cherché à me joindre, et ensuite j'ai trouvé toutes ces choses chez elle. Tu avoueras que ça fait un peu trop de coïncidences.

— J'en ai peur. Tu crois que les membres de ton réseau sont dans le coup ?

— Non, tout ça ne peut venir que du sommet de la pyramide. Nikolaï était ravi de me suspendre pendant deux semaines, mais il l'a fait parce qu'il a reçu des ordres, et ça m'étonnerait qu'il se doute de ce qui se passe vraiment. Quelqu'un là-haut veut j'aie tout mon temps pour roucouler avec Mme Peris.

— J'ai un appel de Karl sur l'autre ligne. Il faut que je le mette au courant tout de suite. Où es-tu en ce moment ?

— Dans la camionnette de la boutique. Je rentre chez moi.

— Ne quitte pas, je te reprends tout de suite.

L'appartement de Max était tout près de la boutique, mais Karin avait insisté pour qu'il garde la camionnette jusqu'au lendemain lorsqu'il avait des livraisons à faire le soir. Cette organisation faisait partie de son plan pour qu'Anatoli rencontre l'âme sœur : aux yeux de Karin, un moyen de transport était indispensable pour pouvoir faire une cour digne de ce nom à une femme.

Karin l'avait encouragé à oublier la fiancée qu'il avait laissée en Russie. Ils étaient séparés depuis trop longtemps maintenant ! Il devait se trouver une jeune femme californienne, se marier et s'installer ici. Il n'était pas normal qu'un bel homme de trente-six ans comme lui reste seul !

La pauvre ne savait pas que cette fiancée russe était purement imaginaire. Quant au mariage, la première tentative de Max n'avait pas été très concluante.

Alors qu'il n'était encore qu'un jeune bleu de la police de New York, Max avait eu un véritable coup de foudre pour Lauren, une jeune fille timide et rangée que des amis lui avaient présentée. Ils décidèrent de se marier très vite et, pendant quelques semaines, elle et Max avaient nagé dans le bonheur le plus total. Malheureusement, les choses ne tardèrent pas à se compliquer. Très vite, Lauren trouva que le métier de Max leur imposait un train de vie trop modeste et une vie trop agitée. Elle lui demanda de démissionner, mais il refusa. Renoncer à son métier lui était impossible. Max eut beau redoubler d'efforts pour la rendre heureuse, elle devenait de plus en plus hostile à son égard, le harcelant de commentaires méprisants sur son métier et ses amis. Alors que Jack et lui menaient une enquête particulièrement éprouvante et que Max avait plus que jamais besoin de son soutien et de son amour, elle demanda le divorce. Il ne protesta pas. Aujourd'hui, elle menait une existence confortable avec un chirurgien qu'elle avait épousé peu après, et dont elle avait deux enfants. Même s'il avait été très malheureux alors, Max n'en gardait plus aucune amertume. Il savait qu'ils avaient fait une erreur en se mariant. Cette page était tournée.

La voix de Jack le tira de ses pensées.

— Max ? A partir de maintenant, un de nos hommes te surveillera en permanence. Karl s'en occupe. Nous allons organiser une réunion en urgence avec toute l'équipe, je te donnerai des nouvelles d'ici environ deux heures.

— D'accord.

— Tu vas devoir faire très attention à toi, ajouta Jack d'une voix tendue. Même avec un de nos gars pour te protéger. Compris ?

— Compris.

Gabi jeta un coup d'œil à sa montre. 6 h 20 ! Il fallait faire vite. Elle engloutit sa dernière cuillerée de corn flakes et mit le bol vide dans l'évier. Puis elle alla se brosser les dents, appliqua son rouge à lèvres et fila dans sa chambre pour y attraper la veste de son tailleur kaki. 6 h 30… Elle était dans les temps. Ce serait bien le diable si Anatoli était déjà là. D'ailleurs, il n'avait sans doute jamais eu sérieusement l'intention de venir. Vu le genre de technique qu'il employait, il avait dû pêcher une fille quelque part la veille au soir et avait sûrement bien mieux à faire en ce moment.

Mais lorsqu'elle le vit, adossé au mur du couloir dans un T-shirt qui sculptait ses muscles, ses bras lisses et puissants croisés sur sa poitrine, elle fut forcée d'admettre qu'au fond d'elle-même elle avait espéré qu'il serait là.

Il se redressa.

— Bonjour, Gabriella.

Elle rougit et baissa rapidement les yeux, furieuse qu'il ait recours à cette arme inattendue. Il avait dû voir son prénom complet sur la boîte aux lettres. A part les membres de sa famille, personne ne l'utilisait jamais. Surtout pas en le prononçant d'une voix aussi caressante.

— Bonjour, Anatoli.

Il la dévorait des yeux.

— Vous êtes éblouissante.

54

— Merci, lui dit-elle en essayant de ne pas rougir de nouveau.

Son mari Paul était un peu timide, et elle avait toujours apprécié la façon dont il lui témoignait son admiration par des compliments tout en finesse. Anatoli, en revanche, ne semblait pas s'embarrasser de salamalecs pour dire aux femmes ce qu'il pensait d'elles.

— Je vous en prie. Peu de femmes sont aussi resplendissantes au saut du lit.

« Et je parie qu'en séducteur averti vous avez eu l'occasion d'en contempler un certain nombre », compléta Gabi mentalement.

— Je me couche tôt, lui répondit-elle. Mon père m'a toujours dit que ce sont les heures de sommeil avant minuit qui comptent.

Pendant qu'ils descendaient les escaliers côte à côte, son bras et sa jambe frôlèrent Gabi plusieurs fois, d'une manière qu'il cherchait à peine à faire passer pour involontaire. Sans aucun doute, il avait de la suite dans les idées, songea-t-elle tout en se tortillant pour l'éviter.

— C'est sûrement un homme qui vous rend aussi rayonnante. Je suis déjà jaloux, lui dit-il en lui ouvrant la porte d'entrée de l'immeuble.

Sans lui laisser le temps de trouver une réponse cinglante à cette remarque, il la saisit doucement par le coude et l'entraîna vers le passage pour piétons. Sa camionnette était garée un peu plus loin.

Gabi ne savait plus quelle attitude adopter. De toute évidence, cet homme n'avait qu'une idée en tête, et il n'avait pas choisi la méthode progressive pour y parvenir. C'était un véritable tank ! Il se tenait sans cesse tout près d'elle, l'enveloppant de sa présence comme d'un filet invisible, elle se sentait totalement prise au piège.

Mais que pouvait-elle faire ? Le repousser brutalement et lui faire une scène en pleine rue eut été ridicule, elle n'avait pas pour habitude de se donner en spectacle. D'autant plus qu'à l'arrêt de bus, juste en face elle venait de remarquer M. et Mme Arnold qui lui faisaient signe et lui adressaient de petits sourires entendus. Formidable ! Elle les entendait d'ici la complimenter de fréquenter un aussi bel homme et la féliciter d'avoir réussi à surmonter son deuil.

Fort heureusement, ils tournèrent au coin de la rue.

— Votre camionnette est encore loin ? demanda Gabi.

— Je comprends, votre pied doit vous faire souffrir. J'étais sûr que vous aviez été blessée dans l'accident. Mais vous n'avez rien dit par pudeur.

— Je n'ai pas été blessée ! protesta-t-elle, excédée.

— Ne vous inquiétez pas, nous sommes arrivés.

Gabi eut un mouvement de recul en apercevant l'inscription *La Fleur Bleue* sur le côté de la camionnette.

— Vous avez le droit d'utiliser cette camionnette quand vous ne travaillez pas ?

— Je travaille. J'ai des fleurs à livrer…

— Vous n'en avez pas en ce moment.

— Mais si, lui dit-il avec un sourire charmeur, vous !

Devant l'expression agacée de Gabi, il ajouta :

— J'ai expliqué la situation à mon employeur, il m'a donné son autorisation.

Il l'aida à monter et fit le tour de la camionnette pour s'installer derrière le volant. Elle boucla sa ceinture, tout en se demandant quel mauvais génie avait bien pu lui donner la brillante idée d'appeler Anatoli après l'accident.

Il démarra.

— Où se trouve votre bureau, Gabriella ?

— Près de la cinquième avenue, dans l'East Village. Vous connaissez ce quartier ?

— Je ne pourrais pas faire ce travail si je ne connaissais pas San Diego comme..., comment dites-vous déjà ? Ah, oui : comme ma poche. C'est ça ?

— C'est ça. Vous parlez vraiment bien notre langue, Anatoli.

— Merci. Je préfère cette expression à « par cœur »... C'est plus facile de savoir ce qu'il y a dans nos poches que de contrôler ce qui se passe dans notre cœur, vous ne trouvez pas ?

Il lui coula un regard en biais, et elle détourna prestement les yeux.

— En tout cas, reprit-il, je ne suis pas si satisfait de mon anglais, j'aimerais maîtriser cette langue vraiment parfaitement.

— Personne ne peut maîtriser une langue parfaitement. Pas même sa langue maternelle.

Sans crier gare, il saisit la main de Gabi et la serra fortement dans la sienne.

— C'est exactement mon avis, Gabriella. Nous avons encore plus de points communs que je ne le pensais.

Avant qu'elle n'ait pu protester, il lâcha sa main pour tourner le volant à droite.

Gabi reposa sa main sur ses genoux et massa machinalement son annulaire, à l'endroit où elle portait encore son alliance quelque temps auparavant. Lors de sa dernière visite à sa famille, son oncle Frank l'avait prise à part, l'avait regardée tendrement et lui avait dit que le temps était venu pour elle de l'enlever. Surmontant un affreux sentiment de culpabilité, elle s'était forcée à suivre son conseil et, comme aucune catastrophe n'avait fondu sur elle pour la punir, elle s'était sentie mieux.

Mais, à ce moment-là, elle n'avait pas encore rencontré Anatoli.

Le quartier d'East Village, en plein centre de San Diego, avait plutôt mauvaise réputation. Les cambriolages et les agressions y étaient monnaie courante, et, le soir venu, la police multipliait les rondes. De ce fait, les loyers y étaient relativement bas, ce qui avait poussé la plupart des figurants à s'installer dans le secteur. Nikolaï lui-même y vivait. Selon Max, c'était l'endroit idéal pour permettre à l'agent Peris d'être en prise directe avec le réseau.

— Nous voici sur la cinquième avenue. Où dois-je tourner ?

— Prenez la première à gauche. Avancez jusqu'au milieu de la rue... Laissez-moi ici, devant *Chez Billy,* le magasin de guitares électriques.

Max se gara et coupa le contact.

— C'est là que vous travaillez ? Vous donnez des cours de guitare ?

— Exactement. Ma spécialité, c'est le hard rock, dit Gabi d'un ton exaspéré. Quand allait-il enfin cesser de la harceler de questions ?

— Et Billy, c'est votre fiancé ? continua-t-il sans se décourager.

— Billy est mort et enterré depuis des années !

D'un geste furieux, Gabi défit sa ceinture qui se remit en place avec un claquement. Max fit le tour de la voiture pour lui ouvrir la portière. Lorsque Gabi descendit, il remarqua qu'elle ne portait pas de collants. Mais ces jambes lisses comme des galets et dorées par le soleil n'en avaient nul besoin.

— Merci de m'avoir déposée, Anatoli, dit Gabi. C'est gentil à vous de vous être levé si tôt. Maintenant, je dois vous laisser car j'ai beaucoup de travail à terminer avant l'arrivée de mes premiers clients.

Des clients ? Quel « travail » la mafia avait-elle bien pu lui inventer en guise de couverture ?

— Je vous accompagne. Il est encore très tôt, et les rues ne sont pas sûres pour une femme seule.

— Ça ne sera pas nécessaire, merci, lui dit Gabi d'une voix qui se voulait ferme.

Max la regarda. Elle maîtrisait vraiment son numéro de femme troublée à la perfection. Tout en lui disant « non » en paroles, elle lui disait « oui » avec les yeux. Les agents qui l'avaient préparée à sa mission avaient fait un véritable travail d'orfèvre.

— Hier, vous m'avez sauvé la vie. Aujourd'hui, vous me laisserez bien cette chance de vous remercier si modestement ?

Sans attendre sa réponse, il la guida doucement vers l'entrée de l'immeuble. Elle ne protesta pas. Le rez-de-chaussée était occupé par le magasin de guitares et un institut de beauté auquel on accédait par le hall.

Gabi ouvrit les lourdes portes de verre avec sa clé, et Max la suivit à l'intérieur. Comme elle se dirigeait vers l'institut de beauté, il crut tout d'abord que la mafia avait décidé de la faire passer pour une esthéticienne. Mais elle s'engagea dans un petit escalier juste à côté de la boutique. Sur le mur, une plaque en laiton portait l'inscription :

G. Peris, Avocate
Immigration et Naturalisations
(1er étage)

Comme une décharge électrique, un frémissement le parcourut de la tête aux pieds. Ses pensées se mirent à s'enchaîner à toute vitesse.

Une telle couverture ne pouvait signifier qu'une chose : cette femme était dévouée à la mafia corps et âme, sans doute depuis sa plus tendre enfance. Peut-être même avait-elle été protégée par une puissante famille qui l'avait élevée, lui avait payé des études, et à qui elle devait tout. Dans ce cas, sa présence ici signifiait que cette famille, probablement installée sur la côte

Est, était à la tête du réseau de San Diego. Il avait donc à portée de main une chance unique de débusquer les parrains du réseau local, et de le détruire du même coup. Ah ! Elle voulait jouer au chat et à la souris avec lui… Eh bien, qu'à cela ne tienne, le combat n'en serait que plus excitant. Il était bien décidé à gagner, et à obtenir d'elle toutes les informations et tous les noms dont il avait besoin pour libérer définitivement la région de l'emprise de ces criminels.

Elle avait ouvert la porte de verre en haut des escaliers, dévoilant un long couloir où s'alignaient d'autres bureaux. Sur le mur de droite, des plaques indiquaient : Association des juristes spécialisés dans l'immigration, Association des membres du barreau américain, Barreau de Californie, Bureau régional du Barreau de Floride, Bureau régional du Barreau de New York.

Cet endroit était un véritable point névralgique : les trois états dans lesquels la mafia était la mieux implantée y étaient représentés.

Son regard se porta sur la gauche. Sur la paroi de verre, d'autres plaques étaient fixées : Bureau A1 — Rapprochements familiaux, certificats de travail ; Bureau B1 — Visas étudiants ; Bureau C1 — Cartes vertes, visas H1B/B1/B2 ; Bureaux A2, A3, B2 — Visas de travail, visas L-1 ; Bureaux B3, C2, C3 — Naturalisations.

Gabi avait ouvert la porte de son bureau. Max jeta un coup d'œil à l'intérieur et resta stupéfait. L'endroit était décoré avec un goût exquis : des plantes vertes mettaient en valeur la couleur chaude des meubles en acajou, un espace confortable équipé d'une télévision et d'un magnétoscope avait été aménagé pour recevoir les « clients »... La pièce était lumineuse et colorée, tout le contraire de son appartement.

Il se tourna vers le mur de gauche, que décoraient deux magnifiques photographies en noir et blanc, l'une de Central Park, l'autre de Palm Beach. En dessous, des étagères supportaient des livres de droit, des encyclopédies, un atlas, des dossiers... Et sur le grand bureau, au centre de la pièce, trônaient un ordinateur et un scanner dernier modèle.

Contre le mur près de l'espace de réunion, il y avait un mini-frigo et une petite table basse avec une cafetière électrique, du sucre, du lait et des petits gâteaux.

Le comble était que cet antre feutré de l'illégalité était équipé d'un système d'alarme directement relié au poste de police le plus proche... Quelle ironie ! pensa-t-il en remarquant l'installation.

Gabi referma la porte.

— Je parie que vous n'avez pas petit-déjeuné ce matin, dit-elle.

— Comment le savez-vous ?

— Vous regardez ma pauvre machine à café comme si elle était en or massif. Asseyez-vous donc. Je vais nous en préparer une tasse. Mais après, il faudra vraiment que vous partiez, j'ai du travail.

Elle disparut dans une petite pièce attenante, probablement une cuisine.

Max en profita pour fixer un micro sous l'écran de l'ordinateur, puis il prit une photographie encadrée qui se trouvait sur son bureau.

Un homme blond aux yeux bleus y souriait avec tendresse. Il avait un beau visage régulier aux pommettes hautes et paraissait environ trente ans. Max avait toujours la photo en main lorsque Gabi réapparut.

— Cette personne, c'est quelqu'un d'important dans votre vie ?

— Oui, répondit-elle en s'affairant devant la cafetière. Paul était mon mari. Il est mort l'année dernière dans un accident de bateau.

Comme toutes les professionnelles, Gabi Peris dosait savamment la vérité et le mensonge afin de se composer un personnage vraisemblable. Le petit tressaillement dans sa voix ne signifiait donc nullement qu'elle disait vrai.

Il remit la photographie sur le bureau.

— Moi aussi, j'ai connu des souffrances dans le domaine sentimental. Rien de comparable à ce que vous avez dû endurer, cependant. Mais maintenant que je sais ce que vous faites dans la vie, je pense que vous pourriez peut-être m'aider.

— Que voulez-vous dire ? demanda-t-elle en mettant la cafetière en marche.

— Il y a six ans, alors que je venais d'avoir mon diplôme à l'université de Moscou, une compagnie américaine, avec laquelle mon grand-père avait été en affaires, m'a proposé un poste de comptable. Ils ont demandé un visa de travail pour moi, et je l'ai obtenu. J'étais fou de joie… Comme je voulais obtenir un permis de résidence permanent, j'ai déposé une demande de naturalisation et ne suis jamais retourné en Russie. Mais ma fiancée vit toujours à Moscou et, pendant ces six années, elle n'a pu me rendre visite qu'une seule fois…

— Quel type de visa avait-elle ?

L'expression du visage de Mme Peris était neutre et professionnelle, mais Max voyait bien qu'elle l'écoutait avec beaucoup d'attention.

— Un visa étudiant. Elle travaille beaucoup pour apprendre l'anglais.

— Je vois. Lait et sucre ?

— Ni l'un ni l'autre, merci.

Elle lui tendit une tasse, lui fit signe de s'asseoir et s'installa derrière son bureau.

— Je vous en prie, continuez, dit-elle.

— Elle n'a pas terminé ses études à l'université, et n'a pas pu obtenir le visa H1B. Alors elle a demandé un autre visa étudiant, pour une durée moins longue. Elle ne l'a pas obtenu, et je ne comprends pas pourquoi.

Gabi le dévisagea attentivement.

— L'administration ne vous a donné aucune explication ?

— Non. Vous en voyez une ?

— Dans son cas, ça ne sert à rien de demander un visa étudiant. Le plus simple est de demander le visa qui autorise le rapprochement des fiancés.

— On m'a dit que ça prenait trop de temps.

— Peut-être. Mais c'est la solution la plus évidente.

Elle s'arrêta un instant pour le regarder.

— Vous souhaitez toujours l'épouser ?

— Je n'en suis pas sûr.

— Et c'est pour ça que vous n'avez pas demandé le visa de fiancée, n'est-ce pas ? Vous avez peur d'être forcé de l'épouser une fois qu'elle sera là ? Vous pourrez toujours changer d'avis, si vous voyez que ça ne marche pas.

— Je voudrais éviter de lui donner de faux espoirs.

— Arrêtez-moi si je me trompe : c'est une jeune fille russe très traditionnelle pour qui le mariage et la famille sont sacrés ?

— Vous ne vous trompez pas. Le temps a passé. Moi, j'ai beaucoup changé ici, et...

— ... Elle est restée la même.

— Oui. Natacha et moi avons quasiment grandi ensemble, nous avons le projet de nous marier depuis que nous sommes adolescents. Je mène deux jobs de front pour économiser de l'argent pour notre future maison, et je repousse toujours le moment où je devrais me poser certaines questions. J'ai besoin d'être sûr, j'ai besoin de passer du temps avec elle...

— ... Sans l'épée de Damoclès du mariage au-dessus de votre tête, compléta Gabi.

— Vous avez tout compris. Si nous voyons que nous ne sommes plus amoureux, un visa étudiant lui permettra de rentrer chez elle sans perdre la face devant sa famille et ses amis.

Il s'interrompit un instant.

— Vous me trouvez cruel ? demanda-t-il.

— Pas du tout, Anatoli, répondit-elle d'une voix posée. C'est la situation qui est cruelle. Je trouve vos scrupules parfaitement compréhensibles.

— Dans ce cas, pourriez-vous faire en sorte que son dossier soit réexaminé ? Sans rien faire d'illégal, bien entendu !

— Dieu m'en garde ! dit-elle, amusée par cette précision.

Son sourire rayonnant fit fondre son cœur comme neige au soleil. Enveloppé par la douce chaleur qui émanait de sa peau dorée, de son regard brun, de sa chevelure auburn, il se prit à rêver qu'il défaisait sa queue-de-cheval et laissait glisser ses doigts dans ses boucles riches et soyeuses. Depuis les premiers temps de son mariage, il n'avait plus jamais éprouvé une attirance aussi puissante pour une femme. Peut-être le danger avait-il aiguisé ses sens au point de décupler leur réceptivité ? Pourtant, cette attirance n'était pas uniquement physique. Il y avait quelque chose d'autre en elle, quelque chose d'indéfinissable qui le touchait.

Mais comment pouvait-il être touché par quelqu'un qui jouait un double jeu, qui avait juré de le piéger ? se demanda-t-il soudain. Avait-il perdu la tête pour se laisser berner comme un collégien ?

Il recula instinctivement au fond de son fauteuil, décidé à s'arracher à ce sortilège.

Elle semblait hésiter à s'engager dans cette histoire de visas.

— Je vous en demande trop, n'est-ce pas ? lança-t-il.

— Il ne s'agit pas de cela.

— Alors il s'agit d'argent. Je gagne ma vie, j'ai de quoi payer vos honoraires. Et, si vous pouviez consacrer un peu de temps à réfléchir à mon affaire, je m'engage à être votre taxi personnel jusqu'à ce que votre voiture soit réparée.

— Ma voiture ! J'avais presque oublié !

Max consulta sa montre.

— Il est neuf heures. Nous allons pouvoir téléphoner au service des accidents pour savoir où sont nos épaves !

Elle prit une dernière gorgée de café.

— Je suis désolée pour l'Audi.

— Il ne faut pas. Il peut arriver à tout le monde d'avoir un accident.

— Je ne comprends toujours pas comment cette lanière a pu s'accrocher à l'accélérateur.

— Moi, j'en suis ravi. Sans elle, je ne vous aurais jamais rencontrée.

— Vous êtes vraiment gentil de prendre tout ça aussi bien. Ecoutez, je suis submergée de dossiers en ce moment mais, si vous me donnez un peu de temps, j'essaierai de voir ce que je peux faire pour vous et Natacha.

— Vous êtes formidable, merci. Ma dernière livraison est à cinq heures moins le quart. Je passerai vous prendre à 5 heures pour vous ramener chez vous.

Il se leva et saisit les deux tasses à café vides.

— Permettez-moi de les laver, dit-il en faisant mine de se diriger vers la pièce voisine.

— Je vous en prie, Anatoli, vous n'êtes pas obligé de faire ça !

Pour la première fois, il perçut de l'embarras dans sa voix. Cachait-elle quelque chose derrière cette porte ?

— Non, mais je veux le faire.

En se levant, il remarqua le diplôme encadré qui était accroché derrière le bureau. Elle était titulaire d'un Master de droit décerné par la Rutger's Law School de Camden, New Jersey. Il avait donc raison à propos de son accent.

Un à un, tous les détails se mettaient en place comme les pièces d'un puzzle. La mafia russe était solidement implantée dans le New Jersey. Peris n'était pas un nom russe, mais il pouvait très bien s'agir d'un faux nom, du nom de son mari ou de celui de son père naturel. Beaucoup de femmes actives utilisaient leur nom de jeune fille.

La porte donnait sur une petite réserve avec des fournitures de bureau et quelques provisions. Une autre porte menait à des toilettes. Il n'y avait rien de suspect sur les étagères.

Il rinça les tasses au lavabo des toilettes, les sécha avec des essuie-mains en papier et revint dans le bureau pour les ranger sur la table basse. Gabi était en train d'accueillir un homme d'une quarantaine d'années, d'origine hispanique.

Max lui adressa un signe de tête, puis dit à Gabi :

— Je reviendrai à 17 heures, madame Peris. Passez une excellente journée.

— Vous aussi, Anatoli, et merci pour tout.

Elle lui jeta un autre regard enveloppant. Cette fois, Max resta de marbre et se contenta d'admirer sa tactique de prédatrice.

Il descendit les escaliers, un sourire satisfait aux lèvres. Dès le début de sa mission à San Diego, le FBI avait intégré de fausses informations sur lui et sa fiancée imaginaire dans le fichier central des services d'immigration. Noms, dates et lieux de naissance, diplômes, visas, rien ne manquait, l'illusion était parfaite. Pendant que la belle Mme Peris s'échinerait à trouver une faille dans le dossier, il prendrait des renseignements sur elle. Et on verrait bien qui serait le plus fort à ce petit jeu.

A bien y réfléchir, il ne s'était pas autant amusé depuis des années.

Gabi travailla avec acharnement toute la journée, s'arrêtant à peine quelques minutes vers midi pour avaler une orange et un yaourt qu'elle avait pris dans le réfrigérateur de son bureau. Le travail lui permettait de contrôler la joie qui grandissait en elle à l'idée de revoir Anatoli le soir même.

Après ce qu'il lui avait dit le matin elle commençait à se dire qu'elle s'était trompée sur son compte. Elle mordilla pensivement son stylo. Elle mourait d'envie de jeter un coup d'œil sur son dossier dans le fichier central, mais, d'un autre côté, elle avait peur d'être déçue si elle y trouvait des informations négatives.

Incapable de se décider, elle jeta le stylo sur son bureau et résolut de prendre des nouvelles de sa voiture.

Elle fouilla à l'aveuglette au fond de son sac et y pêcha la liste que lui avait donnée l'agent.

Le service des accidents lui apprit que sa Chrysler avait été transportée au garage Howard's à Balboa Park, pas très loin de son bureau. Le garagiste lui annonça que, les ateliers étant surchargés, sa voiture n'avait pas pu encore être examinée ; il conclut en lui demandant de rappeler le lendemain.

En d'autres termes, se dit-elle, sa Chrysler ne risquait pas d'être prête de sitôt. En prévoyant deux semaines, elle avait été optimiste. Un mois semblait plus vraisemblable. Et, même si la perspective d'avoir Anatoli comme chauffeur attitré pendant quatre longues semaines la tentait, ses sentiments encore mitigés à son égard lui dictaient une prudence absolue. Il fallait qu'elle garde la tête froide, ce qui ne risquait pas d'arriver si elle le voyait tous les jours.

Elle décida donc de revenir à son projet initial d'acheter un vélo d'occasion.

Elle allait immédiatement appeler Anatoli à son travail pour lui dire de ne pas venir la chercher ce soir-là. Ils régleraient le problème de sa fiancée par téléphone, il ne chercherait pas à la revoir, et elle serait débarrassée de ses scrupules.

Elle sortit la carte d'Anatoli de son sac, décrocha le téléphone et composa le numéro de la boutique. La même voix chaleureuse et enjouée que la première fois lui répondit :

— *La Fleur Bleue*, bonjour ! Karin Vriend pour vous servir !

— Bonjour, c'est encore Mme Peris. Je suis désolée de vous déranger. Monsieur Kuzmina est-il là ?

— Quel dommage ! Il vient de partir à l'instant faire sa tournée de l'après-midi. Il va être tellement déçu de vous avoir manquée ! Mais je peux peut-être vous aider ?

— Est-ce qu'il repassera à la boutique avant la fermeture ?

— Non, pas aujourd'hui.

— Tant pis. Merci de votre aide.

— S'il devait repasser quand même, je lui dirai de vous appeler.

— C'est inutile. Je trouverai un autre moyen de le joindre. Au revoir !

Elle raccrocha, puis se remit à son travail.

Le dernier client de la journée quitta son bureau à 16 heures. Elle expédia encore quelques affaires courantes, puis se prépara à partir.

Elle arrosa les plantes, mit son bureau en ordre, et s'assit pour écrire un message à Anatoli. Elle le collerait sur la porte de l'institut de beauté, qui ne fermait qu'à 20 h 30.

« Cher Anatoli,

» J'ai été obligée de quitter mon bureau plus tôt que prévu. J'ai appelé la boutique pour vous prévenir, mais vous étiez déjà parti.

» C'est vraiment très gentil à vous de m'avoir emmenée ce matin. Je vous remercie également de m'avoir proposé de faire le taxi pour moi jusqu'à ce que ma voiture soit réparée, mais j'ai trouvé une autre solution aujourd'hui.

» Appelez-moi quand vous voulez à mon bureau pour que nous parlions du visa de votre fiancée. Le numéro est 555-0467. Naturellement, vous n'aurez strictement rien à me payer.

» Cordialement,

G. Peris »

Avec le sentiment satisfaisant d'avoir pris une mesure constructive, Gabi sortit de l'immeuble et se rendit à la banque pour déposer les chèques qu'elle avait reçus dans la journée.

Puis elle monta dans le bus et retourna directement chez elle. Une fois rentrée, elle enfila ses baskets, un jean et un sweat-shirt bleu marine, et décida d'aller faire des courses.

Alors qu'elle arrivait devant les escaliers, Anatoli apparut sur la dernière marche, un sac plastique à la main, magnifique dans une chemise en coton bleue et un pantalon de toile beige. Elle sentit une puissante vague d'émotion l'envahir.

Mais l'expression d'Anatoli la refroidit aussitôt. En dépit des précautions qu'elle avait prises en formulant son petit mot d'excuses, elle avait manifestement froissé son orgueil de mâle : il avait l'air tout à fait offensé.

Il se dirigea droit sur elle, ne s'encombrant pas plus de manœuvres d'approche qu'il ne l'avait fait le matin.

— Vous avez rendez-vous avec quelqu'un, c'est ça ?

Cette façon qu'il avait de toujours dire ce qu'il avait sur le cœur était étonnante. Touchante aussi... Mais, quelque part, effrayante. Comme s'il obéissait à des règles qui lui étaient étrangères et qu'elle ne pourrait jamais maîtriser.

— Non. J'allais chez l'épicier.

— Moi aussi, je dois faire des courses, dit-il, apparemment satisfait. Après le dîner — il lui montra le sac plastique —, je vous emmènerai dans un endroit formidable où on trouve de tout. J'ai une carte de client privilégié.

Gabi était moyennement enthousiaste à l'idée de passer la soirée dans un centre commercial. Mais elle pouvait comprendre que ce genre d'endroit le séduise. Elle n'avait jamais mis les pieds en Russie, mais, à n'en pas douter, ces temples de la consommation, purs produits du capitalisme américain, n'avaient pas encore réussi à étendre leur emprise jusque-là-bas.

— Vous pourrez acheter tout ce que vous voudrez à moitié prix. Le propriétaire est un ami.

« Evidemment. Les gens qui vivent de combines ont toujours des « amis » partout », songea-t-elle.

Cela mis à part, le fumet qui s'échappait du sac que portait Anatoli était absolument irrésistible...

— Nous pourrions manger chez moi, mais mon appartement n'est pas très agréable.

— Vous voulez dire que c'est une humble demeure ? demanda-t-il, solennel.

Elle sourit.

— Disons que c'est un endroit provisoire. J'ai mis toutes mes affaires personnelles dans mon bureau.

— Si vous n'avez pas de meubles, ce n'est pas un problème pour moi. Quand je suis arrivé en Amérique, j'ai vécu dans une pièce complètement vide, je dormais sur le sol avec treize autres immigrants. Nous sommes restés là un mois, le temps de toucher notre première paye.

Gabi ne fut pas étonnée, elle côtoyait beaucoup de gens qui étaient dans la même situation.

— Non, ce n'est pas ça, mais...

— Alors vous ne voulez pas que je voie le désordre.

Il la considéra un instant.

— La femme américaine attache trop d'importance à des détails qui n'en ont pas, dit-il avec l'assurance de quelqu'un qui avait étudié de près la question.

Comme d'habitude, rien ne pouvait le décourager.

— Lorsqu'un homme est en compagnie d'une femme séduisante, reprit-il en la dévisageant d'un air de défi, il se moque bien que le ménage soit fait ou pas !

Une femme séduisante ? Dans un vieux jean et un sweat-shirt informe ? Tout en réprimant une envie de lui répliquer que l'homme russe, non content d'être un incorrigible tragédien, était aveugle, elle se retourna pour ouvrir la porte de l'appartement.

4.

— Vous avez des nouvelles de votre voiture ? demanda Anatoli tout en refermant la porte derrière eux.

Elle se retourna, et réalisa soudain qu'elle était seule avec un homme dont elle n'arrivait pas à percer la véritable nature, et qui, en plus, l'attirait irrésistiblement.

Refoulant un léger sentiment d'appréhension, elle lui répondit sur un ton détaché :

— Oui. Ils n'ont pas encore fait le bilan des réparations. Et votre Audi ?

— Elle sera prête dans une dizaine de jours.

La vie devenait simple quand on avait les relations d'Anatoli.

— Posez donc la nourriture sur la table pendant que je vais nous chercher des couverts et des assiettes.

— Je ne comprends pas pourquoi vous étiez inquiète. Votre appartement n'est pas laid, il est dépouillé. Ni télévision ni radio, je trouve ça très bien. Je n'aime pas les endroits surchargés de gadgets technologiques.

— Quand j'ai besoin de regarder la télévision, je vais à mon bureau, lança-t-elle depuis la kitchenette.

Lorsqu'elle revint, Anatoli était penché sur le bouquet de roses et respirait leur parfum, les yeux mi-clos.

— C'est une variété de roses très rare, créée par un botaniste allemand. Leur nuance rouge vif est unique. Les tiges épaisses indiquent qu'elles se sont gorgées du soleil d'Amérique du Sud.

Il remit délicatement en place une feuille indisciplinée, se recula pour contempler le bouquet et conclut :

— Elles sont vraiment d'une beauté triomphante.

Que penser d'un homme qui trempait sans doute dans des trafics illicites, se conduisait comme si aucune femme n'avait le droit de lui résister, et se transformait en poète à la vue d'un bouquet de fleurs ? Le mélange était plutôt déconcertant.

— Oui, elles sont magnifiques, Anatoli.

— Elles s'appellent « Royal Dream ». La manière dont elles rayonnent dans la pièce entière me fait penser à vous.

— Vous avez appris beaucoup de choses en travaillant dans cette boutique de fleurs.

— Je me suis aperçu que j'aimais les plantes, la façon dont elles s'épanouissent lorsqu'on les traite avec amour, dont elle vous montrent leur gratitude avec toute la simplicité de la nature.

— Vous avez grandi à la campagne ?

— Non. J'ai toujours vécu en ville. Mes parents sont morts lorsque j'avais sept ans, c'est mon grand-père qui m'a recueilli. Il s'occupait d'une boutique de cadeaux. Il est mort, lui aussi.

— Il y a longtemps ?

— Oui. J'avais dix-huit ans.

Elle eut presque envie de le consoler, tant elle se sentit peinée pour lui.

— Je suis désolée, Anatoli.

— Il ne faut pas. Je considère que c'est une chance de l'avoir eu auprès de moi aussi longtemps.

— Vous avez raison. C'est une très belle façon de voir les choses.

— Maintenant, asseyez-vous ! Je vais vous servir. J'espère que vous aimez le poulet ?

— J'aime à peu près tout ce qui se mange !

Il la regarda avec des yeux brillants.

— Vous êtes vraiment une femme unique, Gabriella.

Il sortit une boîte en carton du sac et en souleva le couvercle, dévoilant de fines tranches de blanc de poulet enroulées autour de feuilles d'épinard, nappées de fromage fondu et baignant dans une sauce aux champignons et au vin rouge.

Elle leva des yeux émerveillés.

— Du poulet rollatini ! On n'en trouve que chez Salvatori, à l'autre bout de la ville !

— Je sais.

— C'est mon traiteur préféré.

— C'est aussi le mien.

— Encore un mensonge de séducteur ! lança-t-elle en riant. Mais, pour cette fois, vous êtes pardonné !

Le visage d'Anatoli prit une expression blessée.

— Je ne fais jamais de « mensonges de séducteur », Gabriella. Mais je regrette de ne pas vous avoir apporté une bouteille de vin. Il y avait une longue file de clients devant le rayon, et je n'ai pas eu la patience d'attendre. J'étais trop pressé de venir vous retrouver.

Son regard plongea au fond de celui de Gabi, et elle fut submergée par une émotion si intense qu'elle préféra quitter la table.

— Je suis ravie que vous ne l'ayez pas fait, dit-elle depuis la cuisine tout en attrapant la dernière canette de Dreher dans le frigo. Je n'aime pas beaucoup le vin, sauf dans cette sauce délicieuse, bien sûr.

Elle revint dans le salon avec deux verres et posa la canette sur la table.

En apercevant la Dreher, Max décida de s'amuser un peu.

— De la bière ! s'exclama-t-il, feignant l'étonnement.

Gabi se demanda où était le problème. Aurait-il préféré quelque chose de plus fort ? De la vodka, peut-être ! Mais elle ne pouvait imaginer qu'il puisse avoir envie de vodka pour accompagner son repas. De toutes façons, elle n'avait rien d'autre à lui offrir, excepté du lait ou de l'eau.

Il fit glisser ses doigts sur la canette comme s'il caressait une femme.

— Depuis toujours, je préfère la bière au vin. Comme vous. De plus, c'est ma marque préférée. Elle est très difficile à trouver dans la région... Je suis de plus en plus convaincu que l'accident d'hier n'est pas arrivé par hasard.

Il ménagea un temps pour observer sa réaction, et fut satisfait de voir qu'elle semblait embarrassée. Elle ne s'attendait sûrement pas à ce que son petit stratagème produise un tel effet. Mais elle n'avait encore rien vu.

Il planta ses yeux dans les siens.

— Vous croyez au destin, Gabriella ?

— Je ne sais pas, souffla-t-elle en piquant du nez.

Il ouvrit la canette, versa la moitié de la bière dans le verre de Gabi et l'autre dans le sien.

— Portons un toast, vous voulez bien ?

Gabi leva son verre.

— Que ma voiture soit réparée aussi vite que la vôtre !

Il écarta vivement son verre pour éviter celui de Gabi.

— *Niet* ! proclama-t-il. Je refuse de boire à cela. Que votre voiture soit volée afin que j'aie le plaisir de continuer à vous conduire à votre bureau tous les matins !

Il fit tinter d'autorité son verre contre le sien et le vida d'un trait, tandis qu'elle s'étranglait en avalant sa première gorgée.

— Ça va ?

Il s'approcha d'elle et se mit à lui frotter doucement le dos.

« Non, ça ne va pas », songeait Gabi, rouge de confusion.

— Ce n'est pas drôle, Anatoli, lança-t-elle dès qu'elle eut repris son souffle. Je n'ai pas la moindre envie qu'on me vole ma voiture !

Elle posa son verre d'un geste furieux.

Il cessa de lui frotter le dos et prit sa main.

— Je crois que nous avons notre première dispute, murmura-t-il en effleurant sa main de ses lèvres. Le frôlement se répercuta dans tout le corps de Gabi.

— Quand vous me connaîtrez mieux, reprit-il à mi-voix, vous saurez qu'il y a toujours un fond de sérieux dans ce que je dis.

Il posa un baiser au creux de sa paume avant de libérer sa main.

Gabi se sentit tout à coup entièrement vidée de ses forces, sur le point de glisser par terre comme un pantin. Elle essaya de se resaisir et répliqua d'un ton cinglant :

— Les bandes de voleurs de voitures sont un véritable fléau dans la région, il n'y a pas de quoi rire !

— C'est un problème grave, je suis d'accord. Mais si votre voiture est vraiment volée, votre assureur la remplacera.

— Je viens d'écoper d'un malus pour avoir provoqué un accident. Si l'on me vole ma voiture, comme vous semblez le souhaiter, l'assurance la remplacera peut-être, mais on me dira gentiment d'aller voir ailleurs ! Et avec un passif pareil, à supposer que je trouve un nouvel assureur, je me retrouverai avec des cotisations astronomiques sur le dos ! C'est ça que vous voulez ? conclut Gabi.

Lorsqu'elle s'arrêta, la pièce résonnait encore des éclats de sa voix. Soudain, elle se sentit complètement ridicule.

— Je suis désolée, Gabriella. Je ne pensais pas que ma remarque allait vous contrarier à ce point. Pour me faire pardonner, je vous propose de faire amener votre voiture dans le garage où se trouve l'Audi. J'avais l'intention de vous le suggérer plus tôt, mais je craignais d'avoir l'air envahissant.

Elle n'en croyait pas ses oreilles. Depuis la veille, elle ne pouvait faire un pas sans tomber sur lui, et maintenant il craignait d'être envahissant ? C'était une plaisanterie, sans doute.

Mais Anatoli n'avait pas du tout l'air de plaisanter. Au contraire, il la regardait d'un air grave, une lueur indéfinissable au fond des yeux. Elle sentit de nouveau toutes ses forces l'abandonner. Elle aurait voulu se perdre dans l'océan de lumière de ces yeux verts, dans la chaleur qui émanait de ce corps si proche du sien.

Elle se mit à paniquer. Que lui arrivait-il ? Qui était ce mystère ambulant qui la faisait tantôt bouillir de rage, tantôt fondre de tendresse ? Si seulement la mort de Paul ne l'avait pas laissée si vulnérable, si seulement elle était plus solide, Anatoli ne serait pas chez elle en ce moment, et son cœur ne serait pas en train de faire le grand huit.

C'était son psychanalyste qu'il lui fallait, et vite. Le Docteur Karsh vivait en Floride, mais, qu'importe, elle lui téléphonerait dès que possible...

Anatoli la considéra avec inquiétude et posa le dos de sa main sur sa joue brûlante.

— Vous avez le visage en feu. Vous feriez mieux de vous allonger un peu, pendant que je m'occupe de la vaisselle.

La situation menaçait de devenir tout à fait incontrôlable. Gabi se leva d'un bond, comme frappée par la foudre.

— J'ai une meilleure idée. Je vais chercher mon bloc-notes, et nous allons parler du visa de votre fiancée.

Il se dirigea vers la cuisine.

— Vous travaillez trop, Gabi, dit-il tout en remplissant l'évier d'eau chaude. Vous devriez vous distraire un peu, vous laisser aller.

« Pour foncer tête baissée dans des bras qui ne m'inspirent aucune confiance ! songea-t-elle, Certainement pas ! »

— C'est un choix de vie que j'ai fait, et je suis parfaitement heureuse ainsi, répliqua-t-elle d'une voix ferme.

Tout en finissant la vaisselle, Max se dit qu'il prenait décidément un peu trop de plaisir à cette situation. Si Jack apprenait qu'il avait poussé les choses aussi loin, il lui dirait de décamper à toutes jambes avant qu'il ne soit trop tard.

Le problème, c'est qu'il était déjà trop tard. Pourtant, Dieu sait qu'il s'était juré en commençant cette mission d'agent double de ne jamais tomber dans ce genre de piège. « Toujours établir une frontière infranchissable entre soi-même et son personnage. » C'était la première chose qu'on leur apprenait au FBI.

Jusqu'au jour où il avait rencontré Mme Peris, il n'avait eu aucun mal à respecter cette règle. Etait-ce l'exaltation du jeu, l'envie de la prendre au piège qui le poussait ? Ou l'attirance irrésistible qu'il ressentait pour elle ? Il n'arrivait déjà plus à démêler l'écheveau de ses sentiments.

Depuis le coin cuisine, il jeta un œil vers le salon.

Elle était installée dans le fauteuil club près de la lampe, une de ses longues jambes repliée sous elle et l'autre appuyée sur le sol. Le bloc en équilibre sur ses cuisses, elle se tenait penchée sur ses notes dans une attitude concentrée.

La lumière filtrée par l'abat-jour caressait ses joues satinées et allumait des reflets cuivrés dans ses cheveux.

Il ferma les yeux et imagina cette peau glissant sous ses doigts comme du sable chaud, ces cheveux cascadant librement sur ses épaules, ces jambes s'enroulant autour de ses reins comme des lianes.

Une sonnerie l'arracha à ses pensées. Elle plongea une main dans son sac et en sortit son portable. Il entendait sa voix, sans comprendre ce qu'elle disait.

Aucune importance, songea-t-il. A l'autre bout de la ville, un policier enregistrait sa conversation.

Pendant la nuit, un de leurs hommes glisserait un mouchard dans le téléphone de son bureau. Dès le lendemain, deux hommes la suivraient à la trace dans tous ses déplacements. Il ne resterait plus qu'à s'occuper de son portable, ce que Max se promit de faire au plus vite.

Où qu'elle aille, quoiqu'elle fasse, elle serait surveillée. Rien ne pourrait échapper à la vigilance de son équipe. Quant à lui, elle le trouverait sur son chemin à chaque instant, à l'affût du moindre de ses gestes. Pendant quinze jours encore, ils s'affronteraient, avançant et reculant leurs pions. Mais il la pousserait dans ses retranchements jusqu'à lui rendre toute fuite impossible. Coincée au fond de sa souricière, elle serait bien forcée de lui livrer tout ce qu'il voulait obtenir d'elle.

Mais *que* voulait-il obtenir d'elle exactement ? Encore une question à laquelle il n'était pas sûr de pouvoir répondre.

— Anatoli ? Excusez-moi d'être restée si longtemps au téléphone. Venez, nous allons pouvoir parler maintenant.

Il quitta la cuisine et s'installa sur le canapé.

— Comment s'appelle votre fiancée ?

— Natacha Azarnova. Née à Moscou le 19 janvier 1971. Elle est blonde, elle a les yeux bleus, mesure 1,75 m et pèse 57 kg. Elle est venue me rendre visite ici il y a quatre ans, elle est arrivée le 6 juillet. Elle a trente-deux ans et travaille comme assistante pour une agence de photos.

Il connaissait ce laïus par cœur depuis longtemps.

— Quand a-t-elle déposé sa demande pour un deuxième visa ?

— Il y a six mois, début février. Elle a été rejetée le mois dernier.

— Vous avez dû être terriblement déçus tous les deux.

— C'est la vie. Mais il faut à tout prix que nous puissions nous voir et découvrir si la flamme brûle toujours. Vous avez été mariée, je suis persuadé que vous me comprenez.

— Bien sûr. Vous avez une photo récente d'elle ?

— Oui, j'en ai toujours une sur moi.

Il sortit son portefeuille de sa poche arrière et y prit la photo que lui avait donnée Karl.

Elle examina la photo.

— Elle est ravissante.

— C'est aussi mon avis. Le problème, c'est que je ne l'ai pas vue depuis si longtemps que j'ai du mal à me souvenir de son visage sans photo. C'est terrible, non ?

— Oui, c'est un sentiment très pénible, dit-elle d'une voix un peu tremblante.

Vraie ou fausse émotion ? se demanda Max. Difficile à dire.

— Puis-je vous offrir une cigarette, Gabriella ?

— Non merci. Mais allez-y, fumez, ça ne me dérange pas.

— Vous êtes sûre ?

— Oui, répondit-elle en se levant pour lui apporter un cendrier. Je vais juste aller chercher le ventilateur.

Elle ramena l'ustensile de la chambre, le posa sur la table et le mit en marche.

— Quel délice !

Il la contempla pendant que, les yeux mis clos, elle tendait son visage vers le souffle d'air frais.

— J'ai réduit ma consommation à une cigarette par semaine, reprit-elle. Grâce aux chewing-gums anti-nicotine.

— Félicitations.

Elle renversa la tête et partit d'un petit rire qui fit courir un frisson sur la peau de Max.

— Si seulement il existait un chewing-gum anti Cracker-Jack !

— Qu'est-ce que c'est ? Ça se fume ?

Elle sourit.

— C'est du pop-corn recouvert de caramel et d'éclats de cacahuètes. J'en engloutis des tonnes chaque fois que j'assiste à des matchs. Les sports d'équipe sont une autre de mes nombreuses drogues.

Bien joué, madame Peris ! Après l'épisode de la bière, il s'était demandé comment elle s'y prendrait pour aborder le sujet du stickball.

— Vous venez d'évoquer une autre particularité américaine que je trouve très intéressante.

— Allons, Anatoli, n'en faites pas trop ! dit-elle avec un sourire. Ce pays est submergé d'aliments catastrophiques pour la santé, et je ne crois pas que l'obésité soit un des aspects les plus fascinants de notre culture !

— Je ne parlais pas du pop-corn. En Amérique, les femmes semblent apprécier le sport autant que les hommes. Cela me plaît. Natacha ne s'est jamais intéressée au sport. Dites-moi, vous êtes une fan de foot, de basket ou de base-ball ?

— De tout. En fait, je suis un supporter dans l'âme. Je m'attache surtout aux équipes.

— Dans l'immeuble où je vis, notre logeuse nous laisse regarder des matchs dans la pièce commune.

— Vous n'avez pas de télévision dans votre chambre ?

— Non. Notre logeuse ne l'autorise pas, à cause du bruit. D'ailleurs, c'est tant mieux. Si j'en avais une, je resterais au lit toute la journée, la télécommande à la main !

— Ce qui ferait enfin de vous un citoyen typiquement américain ! conclut Gabi en se levant.

Elle posa son bloc sur la table.

— Je crois que j'ai toutes les informations qu'il me faut sur votre fiancée. Dans quelques jours, je pourrai vous dire si j'ai pu faire approuver sa demande de visa temporaire. Merci encore pour ce délicieux dîner, Anatoli.

Max fut un peu surpris. Ils n'avaient pas encore abordé la question du stickball, et elle le congédiait déjà ? Très bien. Elle avait choisi d'avancer en douceur, de le faire attendre pour renforcer son désir de la conquérir. La stratégie était excellente.

Il se leva pour emporter le cendrier dans la cuisine.

— Laissez donc, Anatoli ! Je peux faire ça moi-même !

— Non. Je ne suis pas venu ici pour vous donner du travail supplémentaire. Demain, je viendrai vous chercher à 7 heures moins cinq. Nous ferons un détour par votre garage et nous organiserons le transport de votre voiture jusqu'au mien.

Elle secoua la tête, faisant danser les boucles de sa queue-de-cheval.

— Rien de tout cela ne sera nécessaire. J'ai prévu de prendre le bus.

Il posa le cendrier qu'il avait lavé et séché sur une étagère et se campa devant elle, les poings sur les hanches.

— Vous aurais-je offensée en quelque manière, Gabriella ?

— Bien sûr que non, voyons.

— C'est parce que je suis Russe, alors ?

— Votre nationalité n'a strictement rien à voir là-dedans !

— Je serai naturalisé dans très peu de temps.

— Je vous répète que ça n'a rien à voir ! Ne me faites pas dire une chose que je n'ai pas dite !

— Je le fais uniquement parce que vous persistez à vous cacher la vérité !

Elle fronça les sourcils.

— Que voulez-vous dire ?

— Votre travail est d'aider les immigrants, mais, au fond de vous-même, vous nous considérez toujours comme des moins que rien.

— Comment osez vous penser une chose pareille ! s'écria-t-elle, profondément indignée.

Elle avait vraiment d'extraordinaires talents d'actrice, songea Max avec admiration. Il l'aurait giflée en pleine figure qu'elle n'aurait pas eu l'air plus choquée.

En réalité, elle avait sans doute décidé de le tenir un peu à distance pour éviter que les choses ne s'emballent et échappent à son contrôle.

Il haussa les épaules.

— Vous avez un proverbe, ici : « Il n'y a que la vérité... »

— ... Qui blesse. » je sais. Mais ce que vous dites est complètement faux ! La vérité, c'est que j'ai peur que vous ne pensiez que j'essaye de tirer profit de votre gentillesse.

— Mais, vous aussi, vous me rendez service. Vous vous occupez du visa de ma fiancée.

Elle soupira.

— J'en aurai pour une heure de travail au maximum. Vous me proposez d'être mon chauffeur pendant quinze jours. Ça n'a rien de comparable.

— Peut-être. Mais pour être en mesure d'accomplir ce travail, vous avez dû suivre de longues années d'études. Si nous faisons les comptes, c'est moi qui ai l'avantage sur vous !

— Mais enfin, avez-vous oublié que vous êtes privé de votre voiture de service par ma faute ?

Il ne répondit pas. Gabi se résigna à jeter l'éponge.

— Très bien ! N'en parlons plus ! Vous tenez absolument à m'emmener, parfait. Demain, je ne pars qu'à 8 heures.

— Alors, si je viens à 7 heures, nous pourrons prendre le petit déjeuner ensemble au Juke-Box Café. C'est sur le chemin de votre bureau.

Elle lui lança un coup d'œil amusé.

— Vous aimez la musique yéyé et les serveuses en socquettes blanches qui mâchent du chewing-gum ?

Il lui sourit.

— Je suis fasciné par tout ce qui est typiquement américain. Vous êtes la femme la plus américaine que j'aie jamais rencontrée.

— Ce qui veut dire ?

— Vous faites toutes sortes de choses. Vous avez des opinions sur tout. Vous n'avez peur de rien. Vous n'êtes jamais ennuyeuse. Vous êtes un peu comme un homme, en fait.

— Et cela me place au sommet de votre échelle de valeurs, sans doute ! dit-elle, agacée. Je ne suis pas sûre d'avoir la même que vous.

Elle ouvrit la porte.

— Bonne nuit, Anatoli.

— Ne vous fâchez pas, Gabriella. Ce n'est pas l'homme qui occupe la première place dans le monde tel que je l'imagine. Au contraire.

Une fois encore, il posa le dos de sa main sur sa joue échauffée par l'irritation. Il fut surpris de sentir qu'elle tremblait. Même la plus habile des comédiennes ne pouvait feindre ce genre de réaction. Etait-elle malade ? Avait-elle peur ? Se pouvait-il qu'elle soit réellement attirée par lui ?

Il n'y avait qu'un seul moyen de connaître la réponse à cette question. Mais il devait d'abord songer à l'enquête, ce qui promettait de lui coûter de considérables réserves de sang-froid. Il la connaissait seulement depuis deux jours, et il avait déjà du mal à contrôler les tremblements de son propre corps lorsqu'il se trouvait près du sien.

Il exerça une pression légèrement plus soutenue sur sa joue avant d'éloigner sa main comme à regret.

— Vous avez de la fièvre. Vous voulez que j'aille vous acheter de l'aspirine ?

— J'en ai dans mon armoire à pharmacie. Mais merci quand même.

— Je vous en prie. Dormez bien, Gabriella.

Dominant une envie de cueillir un baiser sur sa bouche, il tourna les talons et s'engagea dans le couloir.

Assise dans le fauteuil club, Gabi essayait de reprendre le contrôle de ses sens et de calmer leur soif inassouvie. Un instant, elle avait cru qu'Anatoli allait l'embrasser. Mais il ne l'avait pas fait, et sa déception avait été si intense qu'elle en fut étonnée. La condition d'une veuve qui devait réapprendre le jeu de la séduction n'avait décidément rien de drôle. Surtout lorsque c'était avec un personnage aussi énigmatique qu'Anatoli. Que se passerait-il s'il n'était pas celui qu'il prétendait être ?

Il fallait qu'elle règle ce problème une bonne fois pour toutes.

S'emparant de son téléphone portable, elle composa le numéro de son oncle Frank. Il vivait à Atlantic City, où il était inspecteur de police depuis des années. Il avait d'excellents contacts un peu partout.

— Oui..., grogna son oncle d'une voix ensommeillée.

Gabi avait oublié qu'il était déjà si tard là-bas.

— Oncle Frank ? Je suis vraiment désolée de te réveiller, mais...

— Gabriella, mon ange ! Tu sais bien que tu peux m'appeler à n'importe quelle heure. Qu'est-ce qui se passe ? Tout va bien, au moins ?

— Ne t'inquiète pas, je ne suis pas en train de mourir sur un lit d'hôpital ou autre chose de ce genre... Mais il fallait que je te parle.

— Ne m'en dis pas plus ! Je sais de quoi il s'agit. Toute la famille est impatiente de connaître les dernières nouvelles sur ce chapitre. C'est bien de *ça* que tu veux me parler ?

— Oui, oui, dit-elle en poussant un soupir accablé.

— Ça veut dire que tu as suivi mes instructions ?

— Oui, j'ai fait ce que tu m'as dit.

Gabi repensa aux réticences qu'elle avait dû surmonter pour réussir à enlever sa bague.

— Et alors ? Tu es tombée sur l'homme dont je parlais, tu l'as reconnu, et ça a été le choc, exactement comme je l'avais prévu ?

Le choc, oui. Compte tenu des circonstances de leur rencontre, le terme était on ne peut plus approprié.

— C'est à peu près ça, répondit-elle.

Il n'était pas question d'amour, bien sûr, mais l'attirance qui la portait vers Anatoli était trop puissante pour qu'elle puisse l'ignorer.

— Bravo, Gabi ! Tu as fait des progrès énormes. Dis-moi, tu as prévenu la famille ? C'est exactement la sorte de nouvelles qu'ils attendent.

La famille de Gabi, à commencer par ses parents, s'était beaucoup inquiétée pour elle après la mort de Paul. Leur vœu le plus cher était qu'elle rencontre un autre homme digne d'elle et qu'elle se remarie.

— Non. Il faut que tout ça reste entre nous pour le moment. Promets-moi de ne rien leur dire avant d'avoir mon feu vert.

— Bien sûr, mon ange, j'attendrai ton signal.

— Merci... Oncle Frank, tu m'as toujours dit de me méfier de tout ce qui avait l'air trop beau pour être vrai.

— Oui. Je suis persuadé que ce principe m'a sauvé la vie plusieurs fois.

Il s'interrompit un instant.

— Si tu sens qu'il y a quelque chose qui cloche, fais confiance à ton instinct et débarrasse-toi de lui. Le plus vite possible.

« Je voudrais bien que ça soit aussi facile ! » songea Gabi.

— Avant de suivre ton conseil, j'ai besoin d'informations que tu es le seul à pouvoir me donner.

Elle lui dicta le nom d'Anatoli et lui demanda de vérifier s'il était recherché par la police en Russie. Son oncle pouvait obtenir ce genre de renseignements auprès de ses contacts à la CIA et à Interpol.

— Tu crois que tu pourrais me trouver tout ça pour demain matin, 7 heures moins le quart ? Il doit m'emmener prendre le petit déjeuner à 7 heures.

— Je t'appellerai à 6 h 30 au plus tard.

— Merci beaucoup, oncle Frank.

Elle raccrocha. Les questions se mirent à se bousculer dans sa tête.

Et si Anatoli n'était même pas né en Russie ? Peut-être opérait-il sous des identités multiples ? Peut-être occupait-il une position clé dans la mafia ? Son intelligence et sa parfaite maîtrise de l'anglais l'y disposaient parfaitement.

Et Natacha ? Peut-être était-elle sa complice ? En apprenant que Gabi était spécialisée dans l'immigration, Anatoli avait très bien pu décider de l'utiliser pour faire entrer Natacha dans le pays au nez et à la barbe de la police.

Prise d'un léger vertige, Gabi décida d'aller se réfugier dans le sommeil.

La grande station d'essence de Balboa Park ne fermait jamais et brassait jour et nuit une foule dense et anonyme. C'était l'endroit idéal pour un rendez-vous à couvert.

Jack venait à peine de commencer à remplir le réservoir de sa voiture. Vêtu d'un T-shirt sans manches et d'un short, il ressemblait à un quelconque employé qui avait fait un saut à la plage après une journée de travail.

Max se rangea devant la pompe située juste derrière lui, descendit de la camionnette et commença à faire le plein.

Sans jamais regarder dans sa direction, Jack se mit à lui parler entre ses dents.

— Le coup de téléphone sur son portable venait du Village, c'était une des filles de la voiture qui voulait avoir des nouvelles d'un pique-nique qu'elles doivent faire samedi.

Armé d'une raclette à vitres, Max fit le tour de la camionnette.

— Elle a passé un coup de fil, après mon départ ?

— Oui. Elle a fait le point sur l'accident avec son oncle Frank, à Atlantic City.

Max prit une profonde inspiration. Atlantic City, au cœur du New Jersey ! Jusqu'à présent, la plupart de ses intuitions à propos de Mme Peris avaient été confirmées.

— Ce n'est pas tout, elle a flairé l'embrouille. Tu m'écoutes, Max ? Elle te soupçonne ! Apparemment, c'est son oncle qui donne les ordres. Il lui a conseillé de se débarrasser de toi, mais elle a dit qu'elle avait besoin de plus de renseignements avant d'agir. Karl veut que tu laisses tomber cette affaire tout de suite. Et moi aussi, tu entends ?

Max souleva les essuie-glaces et commença à nettoyer le pare-brise.

— Ils ne trouveront rien d'autre que ce que nous voulons bien qu'ils trouvent. Il me faut plus de temps pour me rapprocher d'elle.

— C'est ton intelligence ou ta libido qui parle ? lança Jack d'une voix sifflante.

Il ne lui avait pas fallu bien longtemps pour comprendre la situation.

— Probablement les deux. Ecoute, cette femme peut nous faire avancer à pas de géant. Elle nous a déjà mené jusqu'à son oncle. Et je me demande si le Village n'est pas aussi une couverture. C'est peut-être là qu'elle a ses contacts. Tu ne trouves pas ça bizarre qu'elle reçoive des appels de là-bas en pleine nuit ?

Jack revissa le bouchon de son réservoir et remit le tuyau de la pompe en place.

— Tu penses que ces adolescentes sont chargées de lui faire signe quand elle doit contacter son oncle ?

— C'est possible. Il faudrait que j'arrive à devenir ami avec l'une ou l'autre d'entre elles. Je pourrais essayer de les cuisiner un peu sans en avoir l'air.

— Pas si Peris a décidé de s'occuper de toi avant !

— D'après ce que tu m'as dit, elle n'en est pas encore là. Pour le moment, il faut la laisser suivre son plan sans intervenir, on verra bien où ça la mène. En attendant, je voudrais que tu me trouves tout ce que tu peux sur ses activités à Miami.

Max lui parla rapidement du bureau de Gabi, et de son diplôme obtenu dans le New Jersey.

— Elle m'a dit que son mari était mort dans un accident de bateau l'année dernière. Elle l'a peut-être inventé, mais vérifie quand même. Il s'appelle Paul. Je n'ai pas son nom de famille.

— C'est bon, je le ferai. Mais je te répète que tu devrais te sortir de là, fissa ! Cette fille ne vaut pas le coup. Rien ne vaut le coup de risquer de finir en purée dans un tas de tôles !

Sur ces mots, Jack se dirigea vers les caisses. Afin de ne pas attirer l'attention sur eux, Max prit le temps de vérifier la pression de ses pneus avant de le suivre pour payer son essence. Il croisa Jack à l'extérieur de la boutique et passa à côté de lui comme s'il s'agissait d'un parfait inconnu.

Lorsque Max s'installa derrière le volant, il avait déjà disparu dans la direction opposée à la sienne.

Remâchant les derniers mots de Jack, il décida de redoubler de prudence. Quant à abandonner, c'était parfaitement hors de question. Il ne pouvait envisager de brûler une piste qui le menait tout droit aux plus gros bonnets du réseau local. De plus, l'idée de ne pas voir Gabi le lendemain matin lui était insupportable.

Après une nuit agitée qui le jeta au bas du lit aux aurores, il sauta sous la douche, s'habilla et se mit en route vers l'appartement de Gabi.

A 6 heures moins le quart, il était sur place et appelait Chuck, le policier de garde.

— Chuck ? C'est Calder. Quelles nouvelles ?

— Un coup de fil de son oncle à 5 heures. On est en train de faire des recherches sur lui. Il lui a dit que ses contacts n'avaient rien trouvé d'alarmant. Mais il avait confiance en son instinct et lui a recommandé de se tenir à l'écart jusqu'à ce qu'il ait poussé ses recherches un peu plus loin. Il doit la rappeler bientôt.

Cela signifiait probablement qu'elle ne serait pas là lorsqu'il viendrait la chercher. Elle aurait inventé une excuse quelconque et collé un mot sur la porte.

— Il y a quelques minutes, elle a appelé une certaine Linda Early à Mira Mesa. Elle a pris rendez-vous avec elle à midi pour lui acheter son vélo. C'est tout.

La stratégie de Max fonctionnait. Il avançait trop vite au goût de Mme Peris, et déjà elle essayait d'emprunter des chemins détournés pour lui échapper.

— Chuck ? Vérifie le nom de l'abonné pour la ligne de cette Linda Early. Trouve-moi tout ce que tu peux sur les gens qui vivent à cette adresse. Elle a peut-être un contact là-bas.

— Ça marche.

— Si elle quitte l'appartement avant mon arrivée, appelle-moi pour me dire si elle est partie à pied, en bus, en taxi, ou si quelqu'un est venu la chercher.

90

— D'accord.

Il remercia Chuck et raccrocha.

Un sentiment de détermination féroce s'empara de lui. Si elle s'imaginait qu'il allait la laisser se défiler, elle se trompait lourdement...

5.

Gabi enfila précipitamment la veste de son tailleur, espérant qu'elle arriverait dans la rue à temps pour attraper le bus.

Il lui était difficile de renoncer à la compagnie d'Anatoli ce matin-là, mais elle savait que son oncle avait raison. Il fallait qu'elle le tienne à distance jusqu'à ce que Frank ait établi avec certitude qu'il n'était lié ni de près ni de loin à des affaires douteuses.

Le soir venu, elle aurait un vélo pour rentrer chez elle, et Anatoli n'aurait plus d'excuse pour continuer à la conduire à son travail tous les jours.

Son coup de téléphone matinal avait tiré Linda Early du lit, mais la jeune lycéenne en manque d'argent de poche avait été ravie d'apprendre que son vélo avait trouvé un acheteur, et elles avaient tout de suite fixé un rendez-vous.

Après avoir fourré son jean et ses baskets dans son porte-documents, elle fila dans le salon, s'empara du papier sur lequel elle avait griffonné un petit mot pour Anatoli, ouvrit la porte pour sortir... Et se retrouva nez à nez avec lui.

Elle poussa un cri de surprise, et le papier lui échappa des mains.

— Bonjour, Gabriella ! dit-il en se penchant avec agilité pour le ramasser.

Il se redressa et le lui tendit sans le regarder.

Les yeux verts semblaient briller d'une nuance plus sombre dans l'obscurité du couloir.

— Nous sommes en avance tous les deux ! dit-il. Je suppose que cela signifie que nous étions aussi impatients l'un que l'autre de nous voir. Je n'ai pas réussi à dormir la nuit dernière, je n'ai pas cessé de penser à vous.

« Et moi donc ! » songea Gabi, alors qu'elle verrouillait la porte et tentait de reprendre ses esprits.

— Je me suis souvenu que le Juke-Box n'était pas encore ouvert à cette heure-ci, alors je me suis arrêté pour nous acheter de quoi petit-déjeuner. Le sac est dans ma camionnette. J'ai pensé que nous pourrions aller manger dehors sur les berges du fleuve. C'est tellement joli en cette saison !

Des pensées contradictoires se bousculaient dans la tête de Gabi. Elle savait très bien ce qu'elle aurait dû lui répondre. Mais, maintenant qu'il était là, elle ne pouvait le renvoyer sans paraître grossière, d'autant plus qu'elle l'avait clairement autorisé à venir la veille. Si seulement il n'avait pas cette manie d'être aux petits soins pour elle jusqu'à prendre la peine de lui acheter ses repas ! Elle se serait sentie moins coupable de lui faire faux bond.

Gabi avait beau pester contre lui, au fond d'elle-même, elle appréciait énormément la prévenance et la générosité d'Anatoli. Ces qualités étaient rares chez les hommes comme chez les femmes, et elle savait les estimer à leur juste valeur.

Si tout ce qu'il lui avait raconté à propos de sa fiancée était vrai, elle n'avait aucun mal à comprendre que Natacha veuille à tout prix venir le retrouver pour l'épouser.

Il pencha la tête sur le côté et l'examina.

— Vous êtes bien silencieuse, ce matin. Si vous n'avez pas envie de manger dehors, je peux rapporter le repas ici.

Très mauvaise idée..., songea-t-elle. Il y a trop peu d'espace. La pièce est imprégnée de l'odeur des roses et des souvenirs de notre conversation d'hier soir. Beaucoup trop intime.

— En fait, j'ai une montagne de travail au bureau ce matin. Peut-être pourrions-nous manger dans la voiture, sur le chemin ?

Il la dévisagea avec attention.

— Si c'est ce que vous souhaitez, oui. Voulez-vous que nous fassions un détour par votre garage pour nous occuper de votre voiture ?

Elle secoua la tête.

— C'est très gentil à vous, mais non. A partir de ce soir, je me déplacerai en deux-roues !

Elle se dirigea vers les escaliers, et il lui emboîta le pas.

— Vous allez acheter une moto ?

— Grand Dieux, non ! Je suis une fille un peu classique : je vais pédaler sur un bon vieux vélo !

Il avait descendu les escaliers derrière elle, mais, quand elle eut atteint la dernière marche, il était déjà en train de lui tenir la porte d'entrée.

— Où est-il, ce vélo ? demanda-t-il. Je ne l'ai pas vu chez vous, ni dans votre bureau.

— C'est parfaitement normal. Je dois aller l'acheter à l'heure du déjeuner.

Comme la veille, il se saisit de son coude et la guida avec douceur vers le coin de la rue. Elle tressaillit. Elle aurait autant aimé qu'il ne la touchât pas. Chaque fibre de son corps réagissait à chacun de ses contacts.

— Combien d'argent avez-vous prévu de dépenser ? demanda-t-il.

— Deux cent vingt-cinq dollars. C'est un vélo d'occasion que j'ai trouvé dans les petites annonces.

94

— C'est une erreur d'acheter un vélo d'occasion, dit-il d'un ton de connaisseur. Il tombera en pièces détachées au bout de quelques jours. Laissez-moi vous emmener en acheter un neuf pendant votre pause-déjeuner. Je sais où l'on peut en trouver à moitié prix.

— Vous parlez de ce centre commercial dont vous connaissez le propriétaire ?

— Exactement. Il a toutes les grandes marques disponibles sur le marché. Vous trouverez votre bonheur en un rien de temps.

Comment un commerce légal pouvait-il proposer toutes les grandes marques de vélos 50 % moins cher ? se demanda Gabi avec inquiétude. Sans doute cet endroit était-il plein à ras bord de marchandises aux origines douteuses. Des voitures volées, par exemple...

Une fois qu'ils furent installés dans la voiture, il lui mit un grand gobelet de café fumant et un croissant encore chaud dans les mains. Il avait aussi acheté du yaourt et des fruits. Exactement ce qu'elle aimait manger le matin.

Où diable prenait-il cette mystérieuse faculté de toujours savoir ce qui lui ferait plaisir ? Etait-il un génie sorti d'une lampe magique pour réaliser ses moindres désirs ? Il était *vraiment* trop beau pour être vrai. Si le phénomène persistait, elle allait finir par trouver que la chose était naturelle. Alors que, selon son oncle Frank, elle aurait dû au contraire redoubler de vigilance.

— Je vous remercie pour votre offre, Anatoli. Mais je crois que je préfère rouler sur un vélo d'occasion. Ça m'évitera de me le faire voler trop vite.

Elle croqua quelques grains de raisin muscat. Il était sucré et rafraîchissant comme un sorbet.

Anatoli sourit.

— Vous êtes bien cynique pour une jolie femme qui ne ressemble pas le moins du monde à une avocate blasée !

— Mon appartement a été cambriolé deux fois à Miami. Ça m'a débarrassée de quelques illusions.

Il lui lança un regard pénétrant.

— C'est arrivé avant la mort de votre mari ?

— Avant... Et après, balbutia-t-elle, un peu déstabilisée.

— Je comprends pourquoi vous gardez toutes vos affaires personnelles dans votre bureau.

Ce n'était pas pour cette raison qu'elle le faisait, mais elle n'avait pas l'intention de lui révéler la vérité. Il en savait déjà bien plus qu'il ne fallait à son propos.

— Ces fruits sont délicieux. Merci d'avoir acheté tout cela.

— Mais je vous en prie. Il faudra que nous reportions notre visite au Juke-Box à samedi. Que diriez-vous d'y déjeuner ? Ainsi vous pourrez faire la grasse matinée.

Elle baissa les yeux.

— Non, Anatoli. Je ne pourrai pas.

— Oui, c'est terrible, n'est-ce pas ? dit-il avec le plus grand sérieux. Depuis que je vous connais, moi non plus je n'arrive plus à faire la grasse matinée. Le soir, je pense tellement à vous que je parviens à peine à fermer l'œil et, le matin, je tombe du lit à l'aube. Aucune femme ne m'a jamais fait un tel effet, pas même ma fiancée.

Elle ne put retenir un sourire devant son trait d'esprit volontairement gauche. Son humour était un autre aspect de sa personnalité qu'elle aimait.

— Ce n'est pas ce que je voulais dire ! J'ai d'autres projets samedi.

— Oh... C'est vrai ?

Il lui lança un regard à fendre l'âme. C'était si théâtral, qu'elle eut du mal à garder son sérieux.

— Vrai de vrai.

— Votre amant..., fit-il d'une voix sombre.

— Arrêtez, Anatoli. Je passe l'après-midi au parc avec les deux jeunes filles que je transportais le jour de l'accident.

— Quelle bonne idée ! renchérit-il, tout joyeux. Nous irons déjeuner tous ensemble et, ensuite, nous passerons tout l'après-midi au parc ! Je vous ai déjà dit que ma logeuse avait un jeu de croquet ? Je suis sûr qu'elle voudra bien me le prêter !

Seigneur ! Du *croquet* ! Qui jouait encore à cela à part des vieilles dames anglaises nées bien avant la guerre ?

— Se pourrait-il que votre logeuse ait dans les soixante-quinze ans et soit d'origine britannique ?

Ses yeux s'illuminèrent.

— Oui ! Comment le savez-vous ?

— Une intuition.

— Vous ne croyez pas que le croquet est une activité idéale pour des jeunes filles enceintes ? Ce n'est pas mieux que le frisbee ?

Elle soupira. Une fois de plus, ses arguments étaient imparables.

— Si.

— Alors, c'est d'accord. Nous formerons des équipes. Vous et moi contre les futures mamans. Nous les laisserons gagner, bien sûr, ajouta-t-il avec une mine de conspirateur.

Le cœur de Gabi se gonfla d'émotion devant ce nouveau témoignage de sa gentillesse.

— Vous n'avez pas de livraisons à faire le samedi ?

— Pas samedi prochain. C'est le mari de Karin qui s'en chargera.

— Pourquoi ?

— Depuis que vous avez appelé à la boutique, Karin m'a dit qu'elle voulait que j'aie plus de temps libre pour être avec ma bien-aimée.

Gabi hésita un instant.

— Alors il faut que vous demandiez à Karin de vous offrir un billet d'avion pour la Russie.

Il y avait plusieurs places libres devant le bureau de Gabi. Max se gara juste devant l'entrée de l'immeuble et coupa le moteur.

— Karin dit que je dois oublier Natacha et me consacrer à vous.

— Vraiment ? Est-ce qu'elle est au courant que je suis en train de lui procurer un visa pour qu'elle puisse venir vous retrouver ?

— Non. Karin ne veut pas que Natacha vienne.

Gabi fronça les sourcils.

— Pourquoi ?

Il haussa les épaules.

— Elle dit que mon comportement à son égard n'est pas celui d'un homme amoureux.

— C'est justement pour ça que vous avez besoin de la revoir !

— C'est ce que je lui ai dit. Mais elle pense que, si j'aimais vraiment Natacha, je ne l'aurais jamais quittée pour venir ici.

Gabi s'était fait la même réflexion.

— Je dois aller travailler, maintenant. Merci pour tout.

Il s'empara de sa main.

— Ne me remerciez pas. C'est un plaisir pour moi. Dites-moi à quelle heure vous avez rendez-vous pour votre vélo. Je viendrai vous chercher pour vous accompagner.

— Non. Je prendrai un taxi.

— Vous êtes l'Américaine la plus têtue que j'aie jamais rencontrée. C'est pour ça que vous me plaisez tellement, murmura-t-il en lui caressant doucement la paume.

Gabi crut qu'elle allait s'évanouir, tandis qu'il entreprenait d'explorer séparément chacun de ses doigts.

— Je vous en prie, murmura-t-il, mon travail me conduit de toutes façons à sillonner San Diego. Dites-moi où vous devez aller, et je vous conduirai.

— Mira Mesa, répondit Gabi.

Les mots étaient sortis de sa bouche tout seuls.

— J'ai toujours des livraisons à faire dans cette partie de la ville. Je viendrai vous prendre à midi. Nous irons chercher votre vélo, et ensuite nous ferons les livraisons ensemble. Ce sera amusant.

Sa voix se fit encore plus douce.

— Ce serait merveilleux si nous avions le même travail. Je demanderais à faire équipe avec vous et je n'aurais jamais à vous quitter un seul instant.

Soudain dégrisée, Gabi lui retira vivement sa main.

— Si vous ne vous dépêchez pas de partir, vous risquez de ne plus avoir de travail du tout.

— Vous ne connaissez pas Karin. Quand je lui dirai pourquoi je suis en retard, elle sera même prête à me payer pour que je passe encore plus de temps avec vous.

Le pire, c'était que Gabi n'avait aucun mal à le croire. Sans doute avait-il également ensorcelé sa patronne.

Lorsque Max revint à la camionnette après avoir fait sa dernière livraison de la matinée, il vit qu'il y avait un message sur son portable.

— Chuck ? Qu'est-ce que tu as trouvé ?

— L'adresse à Mira Mesa est celle d'une famille avec quatre enfants en âge d'aller à l'école. Les parents travaillent tous les deux. Le père est employé à Larson Heating, une entreprise de chauffage et climatisation. La mère travaille dans un supermarché de Mira Mesa. Elle a eu une contravention pour excès de vitesse il y a quelques mois. La fille aînée a un impayé auprès d'une société de vente de CD par correspondance. La compagnie a fait passer le dossier à une agence de recouvrement.

Rien que de très banal, à première vue, songea Max. Mais les meilleures couvertures avaient toujours des dehors parfaitement inoffensifs.

— Dis au policier de garde de me contacter s'il remarque quoi que ce soit de suspect dans l'appartement de Mme Peris.

— Ce sera fait. Il y aura une équipe à couvert autour de la maison quand tu arriveras.

— Entendu.

Il était midi moins dix. Max fit demi-tour et prit la direction de l'East Village. Il avait beau savoir qu'il était en train de jouer avec le feu, un irrépressible sentiment d'excitation l'aiguillonnait.

De loin, il aperçut Gabi qui l'attendait sur le trottoir. Il était impossible de ne pas la remarquer. Son tailleur bleu ciel et sa silhouette parfaite formaient un contraste frappant avec la grisaille environnante. A en juger par les œillades lascives que lui lançaient deux livreurs qui entraient *Chez Billy*, il n'était pas le seul homme à être ébloui par sa beauté.

Dès qu'elle l'aperçut, Gabi se dirigea prestement vers la camionnette. Dépités, les deux commis ne se gênèrent pas pour la dévorer outrageusement des yeux tandis qu'elle montait à côté de lui.

Un instant, il eut envie de faire une remarque, mais il se souvint qu'il n'était guère en position de donner des leçons de délicatesse. Un homme qui persécutait une femme sans tenir compte de ses protestations, s'introduisait chez elle en son absence pour fouiller ses tiroirs, forçait sa boîte aux lettres et espionnait ses conversations ne méritait guère le nom de gentleman.

Mais quel nom méritait une personne qui prévoyait froidement de supprimer quelqu'un ? Comment une femme si merveilleuse pouvait-elle nourrir un dessein aussi odieux ?

— Que diriez-vous de faire un saut au drive-in pour acheter des hamburgers ? Nous mangerons en route. Je vous invite, d'accord ?

Il avait peine à imaginer que ce visage ravissant puisse un jour se retrouver derrière des barreaux.

— Certains de mes compatriotes n'aiment pas la nourriture des fast-foods. Mais ce n'est pas mon cas. Il y a un Mac Donald's en bas de la rue, ça vous va ?

— C'est parfait ! J'adore leur Sunday à la vanille.

— Moi aussi.

Il posa sa main sur la sienne.

— Nous avons tellement de goûts en commun. C'est à croire que nous nous sommes connus dans une autre vie. Au temps des gentes dames et des preux chevaliers, peut-être...

Elle libéra sa main.

— Je doute fort que les preux chevaliers mangeaient du Sunday à la vanille.

— Les pauvres. Leur existence devait être bien misérable.

Une demi-heure plus tard, ils avaient terminé leurs hamburgers et trouvé la maison de Linda Early.

Max se rangea le long du trottoir et coupa le moteur. Son œil exercé n'eut aucun mal à repérer les voitures de police banalisées qui cernaient discrètement le pavillon.

— Vous vous y connaissez en mécanique, Anatoli ? demanda Gabi.

Il hésita un instant. Allait-elle lui demander de venir avec elle ?

— Je me défends.

— Vous m'accompagnez ?

Il était peu probable qu'elle ait prévu de le faire supprimer ici, dans un quartier résidentiel et en plein jour. Mais il fallait envisager toutes les éventualités. Songeant que ses équipiers étaient là pour le protéger, il se décida à la suivre.

— Je n'osais pas vous le proposer.

— La propriétaire est une lycéenne, et ça m'étonnerait qu'elle essaye de m'escroquer. Mais, vous comprenez, c'est la première fois que j'achète un vélo, et je ne suis pas sûre d'être assez experte pour détecter d'éventuels défauts techniques.

Il feignit d'être flatté, tandis que son esprit travaillait pour essayer de comprendre ce qu'elle avait derrière la tête.

— Je resterai à côté de vous pendant les négociations, et j'examinerai le vélo en détail.

— Vous êtes sûre que ça ne vous dérange pas ?

— Bien sûr que non, voyons.

Elle descendit de la camionnette sans lui laisser le temps de faire le tour pour lui ouvrir. Ensemble, ils se dirigèrent vers la porte d'entrée. Gabi pressa la sonnette, et une jeune fille blonde d'environ dix-huit ans vint leur ouvrir.

Par-dessus son épaule, Max glissa un coup d'œil à l'intérieur, mais ne vit personne.

— Bonjour, dit la jeune fille d'une voix timide.

— Bonjour. Je suis Gabi Peris, et voici un ami, monsieur Kuzmina. Je viens pour le vélo. Vous êtes Linda ?

— Oui. Une minute, je vais le chercher.

Elle laissa la porte entrebâillée, et réapparut quelques secondes plus tard avec le vélo.

A première vue, il semblait en bon état. En l'examinant, Max pu constater qu'il avait été nettoyé et graissé récemment. Il n'y avait pas trace de rouille. Il l'enfourcha et pédala quelques mètres pour vérifier que le dérailleur fonctionnait bien.

Il revint vers Gabi et hocha la tête pour lui signifier que tout semblait en ordre. Elle lui sourit.

Gabi... Elle était bien trop féminine pour porter ce prénom. Il préférait de loin l'appeler Gabriella.

Il ne s'étonna plus qu'elle lui ait demandé de l'accompagner. Après tout, son but était de le séduire. Flatter son ego faisait partie des stratagèmes qu'elle employait pour arriver à ses fins.

Elle ne soupçonnait probablement pas qu'elle avait atteint son objectif depuis bien longtemps. Oui, mission accomplie, agent Peris, et au-delà de toutes vos espérances ! songea-t-il avec amertume. Personne ne lui avait jamais fait cet effet-là. Pas même son ex-femme.

Gabi paya Linda, signa le formulaire de vente et la salua. Puis elle leva les yeux vers Max.

— Vous voulez faire un tour ? lui demanda-t-il

— Non. Je préfère attendre ce soir.

— Très bien. Je vais le mettre dans le coffre.

Sur le chemin du retour, Gabi se tourna vers lui et le regarda avec reconnaissance.

— Je voudrais vous remercier pour tout ce que vous avez fait, Anatoli. Vous avez réussi à transformer cet accident en partie de plaisir. D'ici samedi, je devrais être parvenue à résoudre votre problème de visa. Avec un peu de chance, vous pourrez commencer à faire des projets pour la visite de votre fiancée.

Un pas en avant, un pas en arrière. Ce petit jeu ne tarderait pas à le rendre fou.

— Si vous réussissez, alors vous êtes vraiment une femme exceptionnelle, Gabriella.

— Je ne vous promets pas un miracle, mais je ferai de mon mieux.

Il s'arrêta en double file devant son bureau.

— Attendez un instant. Je vais descendre votre vélo et vous aider à le transporter dans votre bureau.

— C'est inutile, je peux le faire seule.

— Je sais. Mais je préfère retarder encore un peu le moment de vous quitter.

Elle le remercia dans un murmure. Il sortit le vélo du coffre et le poussa à l'intérieur de l'immeuble tandis qu'elle lui tenait la porte. Un homme d'origine asiatique l'attendait en bas des escaliers.

— Je vais le mettre dans ce petit cagibi, derrière la cage d'escalier, il sera en sécurité, lui dit-il à l'oreille, humant au passage l'odeur de ses cheveux.

Elle hocha la tête et se dirigea vers l'homme. S'agissait-il d'un de ses contacts ?

Il se hâta de mettre le vélo à l'abri, puis grimpa les escaliers jusqu'au bureau de Gabi. Elle l'attendait à la porte.

— Je crois que j'ai oublié mon sac dans la camionnette, dit-elle.

Il était impossible qu'elle ait fait cela sans raison. Elle avait probablement besoin d'être seule avec cet homme pendant quelques minutes.

Ou alors, il y avait quelqu'un dans son bureau qui l'attendait, et que Max ne devait voir sous aucun prétexte. Elle le savait et avait trouvé cette excuse pour lui laisser le temps de se cacher ou de filer.

— Je vais le chercher, lança-t-il.

Il descendit les escaliers à toute allure, se précipita à l'extérieur, empoigna le sac qui était resté par terre, et remonta en trombe. Lorsqu'il apparut un peu essoufflé sur le seuil, elle eut un mouvement de surprise, mais il n'y avait personne d'autre que l'Asiatique dans le bureau.

— Merci, Anatoli. Je vous verrai samedi. Rendez-vous à 13 heures devant chez moi ?

Désolé, ma belle, mais tu vas être amenée à me revoir bien avant samedi, songea-t-il.

— Je serai là, et le jeu de croquet aussi. Nous allons passer un après-midi formidable.

Elle le contempla un instant, une lueur amusée dans les yeux.

— Pourquoi ai-je soudain l'impression que le croquet est un sport très répandu en Russie et que vous avez été champion du monde ?

— Parce que je l'ai été. Mais pas de croquet.

— De quoi, alors ?

— Peut-être que je vous le dirai... Un jour.

— Vous êtes vraiment impossible ! bougonna-t-elle.

Mais ses yeux brillaient de curiosité. La chaleur de ce regard brun l'attirait au-delà de tout ce qu'il aurait pu imaginer. Il lui suffisait de s'y plonger pour sentir toute sa volonté partir en fumée. Il avait beau se remémorer la mise en garde de Jack, les mots avaient perdu leur force et ne lui parvenaient qu'à travers un brouillard.

— D'autres femmes m'ont dit cela auparavant. Mais elles étaient loin d'être aussi merveilleuses que vous, Gabriella.

Ce n'était pas Anatoli qui avait parlé, c'était Max. Et il n'avait fait que constater ce qui était devenu pour lui un fait incontestable.

De retour dans la camionnette, Max prit le chemin de la boutique. Il fallait qu'il charge les commandes de l'après-midi et se dépêche de les livrer pour pouvoir exécuter la phase suivante de son plan.

En chemin, il appela le policier chargé de surveiller l'immeuble où Gabi travaillait.

— Donne-moi des renseignements à propos des clients qu'elle a reçus aujourd'hui.

— Jusqu'à maintenant, il n'y a eu que des « vrais » clients qu'elle assiste pour toutes sortes de demandes de visas. L'homme que tu as croisé tout à l'heure est venu prendre des renseignements à propos d'un visa de rapprochement pour sa fiancée.

— Et les coups de fil ?

— Toutes les conversations étaient liées à son travail, excepté une.

La main de Max se crispa sur son téléphone.

— Qui était-ce ?

— La secrétaire d'un certain docteur Karsh, à Miami. Elles ont fixé un rendez-vous pour une consultation téléphonique vendredi à 14 heures, heure de San Diego.

— Vois ce que tu peux trouver sur lui. Je te rappellerai plus tard.

Après avoir terminé sa tournée de l'après-midi, Max fit une halte chez lui pour enfiler un short et prendre son propre vélo. Il le chargea dans le coffre et se rendit à l'appartement de Gabi. Une fois arrivé à destination, il se gara, descendit le vélo du coffre et verrouilla la camionnette. Puis il se mit à pédaler en direction du bureau de Gabi.

Extirper le vélo du petit cagibi étroit sous l'escalier ne s'avéra pas être une tâche des plus aisées. Gabi dut le soulever en enjambant des cartons qui encombraient le sol et, quand elle se trouva enfin dans la rue, elle était déjà essoufflée et en nage, avant même de l'avoir enfourché.

Elle faillit s'arrêter de respirer tout à fait lorsque son regard tomba sur un magnifique inconnu négligemment appuyé sur la selle d'un vélo devant *Chez Billy*. Il était adossé contre un lampadaire et semblait attendre quelqu'un.

Ses yeux coururent le long des ses jambes minces et puissantes, suivant la courbe harmonieuse de ses muscles. Elle piqua du nez, honteuse à l'idée qu'il puisse la remarquer.

Décidément, elle avait tout à fait perdu la tête, songea-t-elle.

Du coin de l'œil, elle continua pourtant son exploration, remontant des jambes au torse bien dessiné de l'inconnu, puis à son visage, à moitié caché par la visière d'une casquette de base-ball qui portait l'inscription *Bronx Knights*.

Au moment où elle se disait que ce profil élégant avait un je-ne-sais-quoi de familier, l'homme se tourna de son côté, et elle reconnut Anatoli.

Une vague d'émotion lui monta à la gorge. Il avait l'air si typiquement américain, habillé de cette façon, qu'elle ne l'avait pas reconnu.

— Où avez-vous eu cette casquette ?

— Je l'ai échangée contre un CD de musique russe avec un étudiant que j'ai rencontré sur la plage.

— Mais pourquoi justement celle-là ?

— Elle ne vous plaît pas ?

Encore ce regard poignant !

— S'il vous plaît, Anatoli, ne prenez pas toujours tout ce que je dis tellement à cœur. Je suis surprise, c'est tout.

— Cela vous surprend que j'aie envie d'avoir l'air américain ?

— Non, c'est l'inscription qui...

Il lui coupa la parole.

— Je vous ai pourtant dit que j'allais être naturalisé très bientôt, dit-il sur un ton offensé. J'avais espéré vous faire plaisir en mettant ces vêtements, mais je sens bien que, pour vous, je serai toujours un petit immigré russe. Qu'est-ce que je dois donc changer pour vous être agréable ?

Gabi soupira. Il n'y avait décidément pas moyen de lui faire entrer dans la tête qu'elle le trouvait parfait tel qu'il était. Son petit air étranger faisait partie des choses qui la séduisaient.

— Dites-moi la vérité, Gabriella, dit-il d'une voix blessée. Qu'est-ce que je dois changer pour que vous soyez fière d'être vue en ma compagnie ? Si c'est mon accent, vous pourriez m'aider à m'en débarrasser, d'accord ? Je vous paierai.

Elle lui lança un regard indigné.

— Mais pour qui me prenez-vous, Anatoli ? J'adore votre accent, il est charmant !

— Alors, c'est mon apparence ? Aimeriez-vous que je me fasse couper les cheveux en brosse, comme tous les lycéens d'ici ?

— Surtout pas !

Sa réponse avait fusé avec une telle spontanéité que le feu lui monta aux joues.

Une expression amère se peignit sur le visage d'Anatoli.

— Alors il n'y a plus rien à faire. J'étais venu pour vous accompagner chez vous et m'assurer que vous arriveriez en un seul morceau. Mais je vois bien que ma présence vous embarrasse. Je vous comprends. Une belle Américaine telle que vous ne peut pas s'intéresser à un immigré comme moi.

Gabi était au supplice. Elle essaya de l'interrompre, mais il ne la laissa pas faire.

— Si vous ne voulez pas me voir samedi, je le comprendrai aussi. Mais promettez-moi d'être prudente. Vous n'avez aucune protection contre les voitures sur ce vélo, Gabriella. Faites-le pour vous, si vous ne le faites pas pour moi !

Rapide comme l'éclair, il s'élança avec souplesse sur son vélo et s'éloigna, slalomant avec agilité entre les voitures.

— Anatoli ! Attendez !

Gabi se jeta sur sa selle et se lança à sa poursuite.

— Ralentissez ! hurla-t-elle alors qu'il changeait de voie et tournait à droite.

Elle grilla le feu, indifférente aux coups de klaxon furieux et aux bordées de jurons des automobilistes. Il fallait absolument qu'elle rattrape cette tête de mule avant qu'il ne soit définitivement convaincu qu'il ne lui plaisait pas. Qu'importe s'il avait des activités illégales, l'idée de le perdre lui était insupportable.

D'ailleurs, il ne s'agissait probablement que de peccadilles, et elle était convaincue qu'avec son soutien Anatoli reviendrait dans le droit chemin. Elle savait parfaitement que son raisonnement était fallacieux, mais, pour le moment, il n'y avait qu'une seule chose qui comptait.

Redoublant d'efforts, elle commença à gagner du terrain sur lui.

— Anatoli ! cria-t-elle à pleins poumons.

Il regarda par-dessus son épaule, ralentit et se rangea le long du trottoir pour l'attendre.

Elle rassembla ses dernières forces pour arriver à sa hauteur, freina brusquement, et s'arrêta, pantelante.

Il posa la main sur son guidon, et étudia son visage écarlate d'un regard sombre.

— Vous n'auriez pas dû essayer de me rattraper.

— Vous saviez que j'étais derrière vous ! lui dit-elle, hors d'haleine. Pourquoi ne vous êtes-vous pas arrêté plus tôt ?

— Je suis un homme égoïste, Gabriella. Il fallait que je sache si vous vous intéressiez un peu à moi.

Cette fois-ci, la coupe était pleine. Une bouffée de colère l'envahit.

— En voilà assez, Anatoli ! Croyez-vous que je serais en train de remuer ciel et terre pour le visa de votre fiancée si je ne m'intéressais pas à vous ? Ce n'est pas moi qui pense que vous êtes un moins que rien parce que vous êtes un immigré, c'est vous, et uniquement vous ! Et si vous continuez à en être convaincu, vous allez finir par faire fuir le monde entier ! Personne ne peut apprécier la compagnie de quelqu'un qui n'arrête pas de se lamenter sur son sort !

Il baissa la tête et lui répondit gravement :

— Je crois que vous avez raison. Je vous promets que je ne me comporterai plus jamais comme si je n'étais pas votre égal.

Elle soupira. Enfin ! Il lui en avait fallu du temps pour comprendre !

— Bien. Je suis contente que nous ayons éclairci ce point une bonne fois.

Il lui adressa un sourire radieux. Le cœur de Gabi faillit exploser.

— Vous voulez que j'aille chercher la camionnette pour vous ramener chez vous ? demanda-t-il.

— Non, merci. Laissez-moi juste le temps de récupérer.

Ils restèrent silencieux tandis qu'elle reprenait son souffle. Le regard d'Anatoli était fixé sur le sien.

— Ce moment est merveilleux, Gabriella. Toute cette agitation autour de nous, ces gens qui tourbillonnent, se hâtent vers leurs rendez-vous. Et parmi eux, vous et moi, isolés sur notre île. Heureux.

6.

Les derniers mots d'Anatoli avaient exprimé ce que Gabi ressentait. Depuis le jour où elle l'avait rencontré, sa capacité à capter ses pensées les plus intimes l'avait fascinée. C'est sans doute pour cela que le lien invisible qu'elle sentait entre eux s'était tissé si vite.

Ce lien lui semblait déjà profond et puissant, aussi puissant que celui qu'elle avait partagé avec Paul. Peut-être même plus, parce qu'il s'était imposé tout de suite, avec la force d'une évidence, au lieu de se consolider avec le temps. Et pourtant, Anatoli était tout le contraire de son mari, aussi audacieux que Paul était prudent, aussi impétueux qu'il était réfléchi.

Gabi devait se résoudre à admettre qu'elle avait apprécié chacun des instants passés avec lui. Elle ne pouvait accepter l'idée qu'il puisse être un criminel en cavale ou, pire, un membre de la mafia russe. Une partie d'elle-même redoutait le prochain appel de son oncle. Si Frank lui révélait des choses inacceptables, elle serait forcée de cesser de le voir. Elle n'était pas prête pour cela.

— Je crois que nous pouvons repartir, maintenant.

— Alors, suivez-moi. Je connais un tas de raccourcis.

— Voilà donc comment vous arrivez à livrer toutes ces fleurs en un temps record ! Mais n'allez pas trop vite, je n'arriverais pas à vous suivre.

— Promis ! Je me transformerai en escargot !

— Je ne suis pas nulle à ce point ! protesta-t-elle, piquée.

Il rit de bon cœur, et elle se joignit à lui. Elle ne s'était pas laissé aller de cette façon depuis des lustres et se sentait merveilleusement bien. Tout ça grâce à sa seule présence.

— Vous êtes prête ? lui demanda-t-il, une fois qu'ils furent calmés.

Quelque chose dans son regard lui donna l'impression que sa question ne portait pas uniquement sur le chemin qu'ils s'apprêtaient à parcourir.

Etait-elle prête, en effet ? A la mort de Paul, quelque chose en elle s'était brisé irrémédiablement. Elle avait remonté la pente tout doucement, mais il était encore tôt. Si elle apprenait qu'Anatoli était un truand, ce nouveau coup risquait de l'anéantir pour de bon.

— Prête pour quoi ? demanda-t-elle.

— Nous allons passer par des petites ruelles dérobées. Mais ne vous inquiétez pas, je serai là pour vous protéger.

— Si ce n'est que ça ! Le quartier où j'ai grandi fourmillait de ruelles dérobées, comme vous dites, et elles étaient loin d'être aussi paisibles que celles de San Diego.

— Vous avez grandi dans le New Jersey, n'est ce pas ?

— Oui. Vous avez dû remarquer mon diplôme, dans mon bureau.

— Oui. Vous n'avez vraiment peur de rien, Gabriella.

« Si, songea-t-elle. De vous. De mes sentiments pour vous. »

— D'ailleurs, ça vaut mieux quand on travaille dans l'East Village, ajouta-t-il.

— Ce quartier n'est pas aussi terrible qu'on veut bien le dire. Et puis les loyers sont très bas.

Il l'examina de dessous ses paupières mi-closes.

— Je viens juste de décider que vous étiez l'être le plus noble que j'aie jamais rencontré.

Elle sourit.

— Vous allez me donner une médaille ou quelque chose de ce genre ?

— Vous le mériteriez. En Amérique, tout le monde ne pense qu'à devenir riche. Tous les avocats de cette ville roulent en Porsch, vivent dans des pavillons luxueux sur le front de mer et prennent six cents dollars de l'heure. Vous pourriez faire comme eux. Mais vous avez choisi d'aider des immigrants, et je doute qu'ils aient de quoi vous payer des honoraires mirobolants.

Ce portrait de sa personne et de son métier lui mit du baume au cœur et la remplit d'énergie. Soudain, elle avait de nouveau envie de mordre la vie à pleines dents. Mais pourquoi fallait-il que ce sentiment soit réveillé par un homme dont elle redoutait à chaque instant de découvrir la véritable nature ?

— Ne vous y trompez pas, dit-elle. Je gagne très correctement ma vie. Et, moi aussi, j'ai l'intention de m'installer un jour dans un pavillon sur le front de mer et de rouler en Mercedes. Mais, pour le moment, je me contenterai de ce vélo ! Nous y allons ?

Elle s'élança. Il la suivit, la rattrapa à un feu rouge, puis la dépassa et tourna à droite pour s'engager dans une petite rue.

Elle s'aperçut très vite qu'elle prenait un véritable plaisir à le suivre, tandis qu'il ondulait à droite et à gauche, évitant tantôt un groupe d'enfants qui jouaient, tantôt un camion de livraison. Quand il y avait assez de place, ils roulaient côté à côte, parfaitement synchronisés. Elle fut presque déçue lorsqu'ils débouchèrent dans sa rue.

Alors qu'elle se rabattait le long du trottoir, il était déjà descendu de son vélo et l'attendait en lui tenant la porte d'entrée.

— Quel bonheur ! s'écria-t-elle, un peu essoufflée mais les joues roses de plaisir.

Elle poussa le vélo dans l'entrée.

— Ça m'a rappelé mon enfance. Quand j'étais gamine, je rentrais de l'école à vélo, et nous faisions la course avec mes amis.

— Vous avez l'air heureuse, murmura-t-il. Je vais vous monter votre vélo.

Gabi n'essaya même pas de protester, elle savait que c'était inutile.

Pendant qu'il grimpait les escaliers, elle ouvrit sa boîte aux lettres. Sous un prospectus publicitaire, il y avait une carte postale. Elle la retourna et se mit à la lire :

Ma chère Gabi,

Je serai de retour à l'appartement samedi vers l'heure du dîner, si la circulation n'est pas trop dense. Je t'attendrai, même si tu rentres tard, j'ai une chose importante à te dire. J'ai pris une décision qui nous concerne toi et moi.

Je t'embrasse très fort,

Al.

Pensivement, Gabi tapota la carte contre sa joue. Ally réfléchissait depuis des mois à son projet de prononcer des vœux définitifs et de rentrer dans un couvent mais, jusqu'à présent, elle n'avait pas encore réussi à faire un choix définitif. Apparemment, c'était chose faite. Si c'était vraiment ce qu'elle voulait, c'était une excellente nouvelle.

Mais cela signifiait que Gabi allait devoir chercher une nouvelle colocataire. Et Ally était tellement formidable qu'elle ne voyait pas comment elle allait pouvoir la remplacer.

Peut-être valait-il mieux qu'elle vive seule jusqu'à ce qu'elle ait assez d'argent pour acheter cet appartement au bord de la mer dont elle rêvait.

— Gabriella ?

Elle leva les yeux. Anatoli se dirigeait vers elle, portant dans ses bras une grande pizza, surmontée d'une boîte en plastique pleine de salade et de deux canettes de coca.

— Ce midi, vous nous avez acheté des hamburgers, alors, avant d'aller vous chercher à votre bureau, j'ai commandé cette pizza et demandé qu'elle soit livrée à 18 h 30. Si nous ne la mangeons pas très vite, elle va refroidir.

Elle était tellement absorbée par la carte d'Ally qu'elle n'avait même pas vu passer le livreur. Une fois de plus, Anatoli avait déjà tout organisé d'avance, et il était trop tard pour refuser. Elle avait prévu de rappeler son oncle ce soir, mais tant pis. Si elle devait perdre à la fois Anatoli et Ally, autant profiter de cette dernière soirée avant que sa vie ne redevienne triste et solitaire.

Quand il était monté pour apporter son vélo devant sa porte, il avait laissé derrière lui une Gabriella rayonnante. Le plaisir qu'elle avait pris à ce trajet était authentique, il en était sûr.

Mais quand il redescendit, il lui trouva une mine préoccupée.

— Le grand air vous a fatiguée. Vous vous sentirez mieux dès que vous aurez mangé quelque chose.

— Je dois reconnaître que je prendrai volontiers une part de pizza.

Elle passa devant lui pour s'engager dans les escaliers. Le regard de Max tomba sur la carte postale qu'elle tenait toujours à la main.

Après avoir ouvert la porte, elle ressortit pour attraper son vélo dans le couloir. Tandis qu'il posait la nourriture sur la table, elle poussa l'engin à l'intérieur et le plaça contre le mur, à côté de la fenêtre qui donnait sur la rue. Puis elle se tourna vers son visiteur.

— Vous m'excusez un instant, Anatoli ? Je reviens tout de suite.

— Prenez tout votre temps. Je vais mettre la table en vous attendant.

A sa grande surprise, elle ne fit aucune objection. Elle laissa tomber la carte postale dans le fauteuil club et se dirigea vers le fond de l'appartement.

Elle ne faisait jamais rien sans avoir une idée derrière la tête, elle n'avait donc pas posé cette carte en évidence par hasard. Elle voulait qu'il la lise.

Il ne s'en priva pas. Il transporta d'une main les couverts et les assiettes dans le salon, tout en tenant la carte de l'autre. Elle avait été postée à Los Angeles. Après en avoir mémorisé le contenu, il la remit dans le fauteuil et termina de dresser la table.

La carte semblait indiquer qu'elle avait un petit ami, et qu'il avait l'intention de la demander en mariage. Evidemment, il ne pouvait s'agir que d'une fausse carte. Une femme pareille avait forcément un homme dans sa vie, mais il était prêt à parier que ce n'était pas ce mystérieux « Al ». Cependant, c'est ce qu'elle voulait lui faire croire. Mais dans quel but exactement ?

Peut-être était-ce une manière pour son oncle de lui annoncer qu'il avait trouvé quelque chose sur lui, et de mettre en route la phase finale de leur plan ?

Il réfléchit. L'invention d'un rival était évidemment destinée à attiser sa jalousie. « Al » était un rival sérieux, puisqu'il prévoyait de demander sa main samedi prochain.

Tout à coup, l'explication lui apparut, lumineuse et terrifiante. Quel meilleur subterfuge que cette carte pour l'attirer chez elle samedi soir ? Elle et son oncle avaient eu tout loisir d'observer le tempérament fougueux d'Anatoli et supposaient qu'il ne résisterait pas à la tentation de venir affronter son concurrent !

Cette carte postale n'était rien d'autre que son arrêt de mort. « Al » était probablement le tueur chargé de terminer la mission qu'elle avait commencée en fonçant dans son Audi. Une fois qu'ils l'auraient liquidé, ils lui mettraient une arme dans les mains, tireraient dans un mur et maquilleraient le tout en crime passionnel : le fiancé légitime forcé de se défendre contre le rival ivre de jalousie.

Il sursauta légèrement quand elle réapparut, le sourire aux lèvres.

— La salle de bains est libre, si vous voulez vous rafraîchir.

— Je me suis lavé les mains dans la cuisine. Dépêchez-vous de vous asseoir, la pizza va être froide.

Elle attaquait sa deuxième part lorsque la sonnerie de son portable retentit.

— Excusez-moi, dit-elle en laissant tomber la pizza dans son assiette.

Elle se leva d'un bond, et se précipita sur son portable qu'elle emporta à l'autre bout du salon.

Max continua à manger, essayant en vain de saisir le sens du murmure étouffé qui lui parvenait. Elle lui tournait le dos et était penchée sur le téléphone. La conversation ne dura qu'une minute, mais elle ne vint pas le rejoindre tout de suite après avoir raccroché.

Il se leva pour aller la retrouver.

— Quelque chose ne va pas ? Rien de grave, j'espère ?

— Un de mes clients est en difficulté. Je vais devoir aller en ville.

— Tout de suite ?

— Oui.

— A votre bureau ?

— Non.

— Où ?

— Je suis désolée, mais ça ne vous regarde pas, Anatoli. Merci pour le dîner.

117

— Comment irez-vous à votre rendez-vous ?

— A vélo.

— Pas question. La nuit ne va pas tarder à tomber. C'est dangereux. Laissez-moi vous conduire.

— Et comment ? Sur votre porte-bagages ? Vous êtes à vélo, vous aussi !

— Ma camionnette est garée en bas de chez vous.

Elle le regarda avec de grands yeux.

— Je suis d'abord passé chez moi pour charger mon vélo dans la camionnette, et ensuite je suis venu vous chercher. J'ai laissé la camionnette ici pour pouvoir rentrer en voiture.

Gabi fronça les sourcils.

— Quand je vous ai vu avec votre vélo, j'ai pensé que votre patronne n'avait pas pu vous laisser la camionnette ce soir.

— Non.

— Et vous avez fait tout ça uniquement pour pouvoir m'accompagner jusqu'à chez moi ?

— Oui.

— Vous êtes vraiment incroyable !

Le regard où palpitait de nouveau la douce flamme brune lui chavira le cœur.

Pourquoi était-ce justement cette femme qui l'attirait si irrésistiblement ?

Ils sortirent de l'immeuble, Gabi lui tenant la porte d'entrée pour lui permettre de sortir son vélo, puis ils marchèrent en silence jusqu'à la camionnette. Elle s'installa à l'avant pendant qu'il mettait le vélo dans le coffre.

Une fois derrière le volant, il se tourna vers elle et haussa les sourcils.

— Alors, vous allez me dire où je dois vous conduire, ou vous voulez que je le devine ?

Elle sourit.

— Et pourquoi pas ?

Sa réponse ne tarda pas.

— A la prison du comté.

Elle eut un mouvement de surprise.

— Bravo ! Vous êtes très fort. Comment le saviez-vous ?

— Je ne le savais pas, c'est une simple déduction. Pour qu'un client ait besoin de vous à cette heure-ci, c'est forcément qu'il a été arrêté.

— C'est exact, dit-elle en soupirant tristement.

— Ça vous ennuie tant que ça ?

— Oui. Il s'agit d'un jeune homme qui se trouve dans une situation très difficile. Il est venu aux Etats-Unis avec sa mère malade. Il a fait une ou deux bêtises après son arrivée, et il est tombé sous le coup du paragraphe HB 3488.

— Qu'est-ce que c'est ?

— C'est une nouvelle loi contre les voleurs de voitures récidivistes.

— Je ne comprends pas. Il y a quelques jours, vous êtes entrée dans une colère noire quand j'ai dit que j'espérais que votre voiture serait volée. Vous avez dit que le vol de voitures était un véritable fléau.

Elle rougit.

— Oui, mais ceci est un cas à part. Ce jeune homme n'est pas un délinquant. Il a juste besoin d'un petit coup de pouce pour retomber sur ses pieds. L'enfermer treize mois en prison ne ferait qu'aggraver les choses et le précipiter tout droit dans le crime. J'ai fait pression sur le juge pour qu'il le mette en liberté surveillée. De cette façon, il peut s'occuper de sa mère et continuer à travailler.

Impressionnant, songea Max. La mafia utilisait décidément les multiples compétences de Gabriella d'une manière tout à fait efficace. Ils étaient allés jusqu'à lui créer son propre cabinet d'avocate pour qu'elle puisse assister leurs complices dans leurs démêlées avec la police. Et leur éviter la prison...

— Je suppose qu'il compte sur vous pour le faire sortir ?

— Oui. Il m'a juré qu'il est innocent, et je suis presque sûre qu'il dit la vérité. Mais la police a fait une descente au garage où il travaille, et tout le monde a été arrêté. Malheureusement, il n'a qu'un visa provisoire : avec cette histoire, ses chances d'obtenir un renouvellement sont minces.

— A mon avis, elles sont mêmes proches de zéro.

— Sans doute. En plus, la juge chargée de son dossier va sûrement le faire expulser, et je ne pourrai rien faire.

C'était probable. Si la police avait nettoyé le local dont elle parlait, il s'agissait sans doute d'un de ces garages qui, à plein régime, maquillait des dizaines de voitures volées par mois. La région fourmillait d'endroits de ce genre.

— Je comprends que vous soyez inquiète pour lui. Je ne voudrais pas être à sa place et devoir retourner en Russie. De quel pays vient-il ?

— Justement, de Biélorussie.

Evidemment, il fallait s'y attendre, se dit Max.

Elle avait vraiment l'air abattu, s'il n'avait pas su de quoi elle était capable, il aurait cru qu'elle éprouvait une réelle compassion pour ce jeune homme.

Mais les réactions imprévisibles n'étaient qu'un artifice qu'elle employait pour brouiller les pistes. Au moment même où Max pensait voir clair dans son jeu, elle disait ou faisait quelque chose qui remettait toutes ses théories en question. Cette femme exerçait son sinistre métier avec une maestria qui forçait son admiration.

Il se gara sur le parking de la prison et la laissa descendre.

— Je vous attends ici.

— Merci, Anatoli, ce ne sera pas long.

— J'ai tout mon temps.

Dès qu'elle eut disparu à l'intérieur, il quitta le parking, fit le tour d'un pâté de maisons voisin et se gara à couvert. Puis il éteignit le moteur et appela Jack.

— Max ! Je suis drôlement content de t'entendre, mon vieux !

La voix de Jack était très tendue.

— Qu'est-ce qui se passe ?

— On a pas mal avancé dans nos recherches sur elle. Tout d'abord, elle ne semble avoir aucun lien de parenté avec une quelconque famille de la mafia. Ses parents sont David et Ellen Peris, elle est la benjamine de trois enfants. Son père dirige le complexe Eastern Hospital Care...

Max lui coupa la parole.

— Le grand groupe hospitalier dans le New Jersey ?

— Oui, mais attends la suite... L'oncle avec lequel elle a parlé s'appelle Frank Cracroft. Il est inspecteur de police à Atlantic City depuis des siècles, presque vingt ans.

Le cœur de Max battait à lui rompre la poitrine.

— La police ! Jack, on a mis le doigt sur quelque chose d'énorme.

— Peut-être. Comme tu l'avais dit, elle a obtenu un Master de droit à Rutger's Law School. Après avoir passé l'examen du barreau de New York, elle a été engagée par une filiale d'un cabinet d'avocats spécialisé dans l'immigration et la naturalisation. La maison mère est à Miami, en Floride. Je suppose qu'on l'a envoyée à San Diego pour ouvrir un bureau local.

Jack se tut quelques instants, attendant une réaction de Max qui ne vint pas, et reprit :

— Elle a épousé Paul Andrew, né à Miami Beach, enseignant à l'école primaire de Coral Creek, Miami. Deux ans et demi après leur mariage, il a été tué dans un accident de bateau avec un autre enseignant, au cours d'une partie de pêche au gros. Il ont été surpris par un orage et on ne les a jamais retrouvés. C'est tout pour le moment...

Max était sur des charbons ardents.

— Alors ? Qu'est-ce que tu en penses ? Souviens-toi de ce que j'ai vu sur son bloc-notes !

— Je n'ai pas oublié. Je suppose qu'elle a pu commencer à travailler pour la mafia à Miami.

— C'est aussi mon idée. Son mari a dû découvrir ses activités, et on l'a éliminé.

— C'est tout à fait possible. Et il pourrait bien t'arriver la même chose si tu ne laisses pas tomber très vite.

— Je n'abandonnerai pas cette mission, Jack !

— Sors-toi cette femme du crâne, bon sang !

— C'est impossible. Je ne le pourrais pas, même si je le voulais.

Il y eut un bref silence.

— De toutes façons, on ne va pas tarder à la coincer. Je crois qu'elle va m'attirer dans un piège samedi soir.

— Quoi ? ! Max, il faut que tu...

— Arrêtes et écoute-moi un instant, tu veux ? Si on réussit notre coup, on aura le nom de tous les gros poissons sur un plateau. C'est une chance unique de faire tomber tout le réseau. Avant que Karl ne me retire l'affaire et ne m'expédie à l'autre bout du pays, il faut lui faire comprendre qu'une occasion pareille ne se représentera pas. Et pour ça, j'ai besoin de ton aide.

— Ne compte pas sur moi ! De toute façon, Karl ne marchera jamais, c'est beaucoup trop risqué !

— Je te garantis qu'il marchera quand il connaîtra mon plan.

Le vendredi suivant, Gabi pensa toute la matinée à la conversation qu'elle devait avoir avec le Dr Karsh.

122

Il était 14 h 05 lorsqu'elle reconduisit son client à la porte de son bureau. Elle se dirigea vers le petit frigo pour y prendre un verre d'eau fraîche, s'installa dans un fauteuil et composa le numéro sur son portable.

La voix chaleureuse du docteur ne tarda pas à retentir.

— Comment-allez-vous, ma chère Gabi ?

— Je vais bien, docteur. Merci d'avoir accepté de me prendre en consultation par téléphone.

— Vous pouvez m'appeler quand vous voulez, Gabi, vous le savez. Alors ? Comment vous acclimatez-vous à San Diego ?

— Au début, c'était difficile. Mais j'ai appris à apprécier la ville.

— C'est très bien. Je suis fier de vous, Gabi. Et qui est l'heureux élu dont vous vouliez me parler ?

Elle faillit laisser échapper son verre.

— Pardon ?

— Je suppose que vous avez rencontré quelqu'un, non ? Ce n'est pas pour ça que vous m'appelez ?

— Si ! Mais ça n'a absolument rien à voir avec ce que vous décrivez !

Elle se leva et se mit à arpenter son bureau au pas de charge.

— Je vois ce que c'est ! dit-il en riant. Vous êtes attirée par lui et vous vous sentez coupable. C'est parfaitement normal : votre mariage était solide, vous vouliez des enfants... Mais si vous étiez partie la première, vous auriez souhaité que Paul reste célibataire toute sa vie ?

— Bien sûr que non ! Mais les choses ne sont pas aussi simples. Cet homme a une fiancée.

— S'il mène deux relations en même temps, vous n'avez pas besoin de moi pour vous dire qu'il y a quelque chose qui cloche.

— Ce n'est pas ça. Elle est en Russie. Je suis en train d'essayer de lui obtenir un visa pour qu'elle puisse revenir. Avant son départ pour les Etats-Unis, ils avaient prévu de se marier, mais maintenant il n'est plus tout à fait sûr de le vouloir. Il va être naturalisé bientôt et dit qu'il a besoin de se passer du temps avec elle avant de s'engager.

— Ça me paraît tout à fait raisonnable. Je suppose que l'attraction entre vous est réciproque ?

Elle fit un effort pour être tout à fait honnête.

— De mon côté, elle est très forte. Quant à lui, son comportement laisse supposer qu'il s'intéresse à moi, mais comment savoir ce qu'il ressent vraiment ? Tout est si compliqué entre nous !

— Depuis combien de temps le connaissez-vous ?

Elle se sentit rougir.

— Moins d'une semaine.

— Et vos sentiments sont déjà aussi intenses ?

— Vous comprenez pourquoi j'avais besoin de vous parler, maintenant ? Je suis sûre que ce n'est pas normal !

Il se mit à rire.

— Allons, Gabi, tranquillisez-vous ! Il arrive que s'opère une alchimie particulière entre deux personnes, et que l'attraction physique soit très violente. Parfois même dès la première rencontre.

— Peut-être, mais ça ne m'est jamais arrivé, à moi. Depuis la mort de Paul, il me semble que j'ai sombré dans une sorte d'état léthargique. Et maintenant, je me réveille en sursaut, avec en prime une libido débridée que je ne soupçonnais même pas !

La veille, lorsque Anatoli l'avait ramenée chez elle, il l'avait déposée devant la porte et avait attendu que la lumière s'allume à sa fenêtre pour partir. Elle avait pensé qu'il voudrait monter avec elle. Comprenant qu'il ne viendrait pas, elle avait été tellement déçue qu'elle en avait souffert physiquement.

— Ce n'est pas un problème, Gabi, au contraire, c'est très sain. Vous vous sentez coupable d'avoir fait l'amour avec lui ?

Elle devint écarlate.

— Non ! Je veux dire, si ! Enfin, ce que je veux dire, reprit-elle en essayant de se calmer, c'est que nous ne l'avons pas encore fait. Mais j'en ai très envie, et c'est pour ça que je me sens coupable.

— Parce que vous avez le sentiment de trahir la mémoire de Paul ?

— Peut-être.

— Il n'y a pas de peut-être qui tienne. C'est évident. Mais je sens qu'il y autre chose. Dites-moi, aviez-vous fait l'amour avec Paul avant de l'épouser ?

— Non.

— Pourquoi ?

Elle entendait encore sa mère lui dire : « Jamais avant le mariage, Gabriella. Crois-moi, je sais de quoi je parle ».

— En partie à cause de mon éducation catholique. En partie à cause de celle de Paul. Nous étions très comme il faut. Il était timide, et je n'avais aucune expérience.

— Mais, avec cet homme, tout est différent ?

— Oui.

— Expliquez-moi pourquoi.

— Je ne sais pas exactement. Il est très sensuel. Très démonstratif.

— Le contraire de Paul ?

— Oui. Paul était plutôt réservé.

— Et maintenant que vous avez été mariée, vous en avez, de l'expérience.

Elle rougit de nouveau.

— Oui.

— Quelque chose me dit que cet homme n'est pas du tout quelqu'un de « comme il faut ».

— Vous ne croyez pas si bien dire.

— Et vous vous sentez coupable d'avoir choisi un homme qui pourrait déplaire à vos parents.

— La question ne se posera pas s'il finit en prison ou expulsé du territoire.

Il y eut un long silence.

— Vous pensez que c'est un sorte de truand ? Un membre de la mafia russe, par exemple ?

— Je ne sais pas ! cria-t-elle, au bord des larmes.

— Qu'est-ce qui vous fait penser cela ?

Elle lui raconta rapidement l'accident et tout ce qui s'en était suivi.

— En d'autres termes, vous n'avez aucune preuve tangible, que des soupçons.

— Oui.

— Alors, voici mon conseil : tant que vous n'avez rien de concret contre lui, autorisez-vous à le fréquenter. Prenez le temps de faire sa connaissance, mais ne compliquez pas les choses en ayant des relations sexuelles avec lui. C'est trop tôt. Vous devez garder les idées claires et dominer vos pulsions.

Elle était entièrement d'accord. Mais comment faire ? Chaque fois qu'Anatoli lui prenait la main, ce qu'il faisait sans arrêt, tout son corps se liquéfiait.

— Excellente idée ! dit-elle en plaisantant. Vous avez un médicament à me suggérer ?

Il rit.

— Les progrès de la médecine laissent encore à désirer en la matière ! Tout ce que je peux faire, c'est vous donner quelques trucs que je recommande à mes filles : voyez-le dans des lieux publics, forcez-vous à prendre congé avant de vous sentir faiblir, prenez un taxi pour rentrer chez vous.

— Merci, docteur. Ce sont de sages conseils que je m'efforcerai de suivre. Merci d'avoir écouté mes élucubrations.

— C'est un plaisir, Gabi. Appelez-moi quand vous voulez.

— Ne vous inquiétez pas, vous n'êtes pas encore débarrassé de moi.

— Soyez prudente, d'accord ?

— C'est promis.

Elle raccrocha.

Ce qu'elle aurait vraiment voulu que le Dr Karsh lui dise, c'était qu'Anatoli n'avait rien à se reprocher. Mais cela, seul son oncle pouvait le faire.

7.

— Tu es en retard, Irina. Je croyais pourtant t'avoir interdit de traîner dehors après l'école. Où étais-tu ?

Du haut d'une montagne de muscles, les yeux bleu acier la dévisageaient froidement.

Irina savait que le petit ami de sa mère était là le vendredi après-midi, et elle avait retardé autant que possible le moment de rentrer chez elle.

— Où est ma mère ?

— Elle est comme sa fille, jamais à la maison à l'heure.

Il referma la porte d'un coup de pied et se campa devant elle. Il fallait qu'elle invente une excuse.

— C'est le club de danse. Nous avons terminé un peu plus tard que prévu, dit-elle la gorge serrée. Je vais poser mes affaires.

Elle fila dans sa chambre et se jeta sur son lit.

Le cauchemar du week-end était sur le point de recommencer. Tous les vendredis, les associés de Nikolaï se réunissaient chez sa mère. Les effluves de vodka et la fumée des cigarettes parvenaient jusque dans sa chambre, et souvent leurs vociférations la réveillaient en sursaut au beau milieu de la nuit. Ce soir, elle n'oserait même pas fermer les yeux pour dormir. Pas depuis ce qui était arrivé la semaine précédente.

Elle venait d'éteindre la lumière et ne dormait pas encore. Soudain, la porte s'était ouverte et une silhouette massive était apparue sur le seuil. Elle avait poussé un cri, et sa mère était accourue. « Tout va bien, ma chérie, ne t'inquiète pas, avait-elle dit, Alexei n'a pas voulu te faire peur. Il cherchait juste la salle de bains, il s'est trompé de porte, c'est tout. Rendors-toi, maintenant. »

Irina savait parfaitement que c'était faux. Des choses pareilles étaient arrivées à des filles bien plus jeunes qu'elle en Russie. Depuis son seizième anniversaire, les garçons à l'école ne la regardaient plus de la même façon. Les collègues de Nikolaï non plus. Un soir, l'un d'entre eux se glisserait dans sa chambre, et sa mère ne pourrait rien faire pour l'en empêcher.

Depuis la mort de son père, un an auparavant, sa mère avait plusieurs fois ramené des hommes à la maison, mais il n'étaient jamais restés bien longtemps. Irina les avait tous détesté. Mais Nikolaï était le pire d'entre eux. Depuis qu'il était là, elle était allée jusqu'à envisager de se procurer une arme pour le tuer.

Il était à peine installé depuis une semaine qu'il avait commencé à régenter leur vie et à leur donner des ordres. Il avait une clé et se conduisait comme si l'appartement était à lui.

« Nous n'avons pas à recevoir ses amis ici ! avait-elle dit à sa mère. C'est notre maison ! ». Mais sa mère avait répondu qu'elle devait bien ça à Nikolaï, qu'il faisait beaucoup pour elles. Grâce à lui, elles avaient de quoi manger à leur faim tous les jours et acheter de belles choses, comme une machine à laver ou un frigo neuf.

Irina se fichait bien d'avoir un nouveau frigo. Tout ça n'avait aucune importance à ses yeux. Elle aurait préféré que sa famille ne quitte jamais la Russie. Tout s'était mis à aller de travers quand ils étaient arrivés en Amérique. Son père était devenu méconnaissable, il était en permanence accablé de soucis et se mettait en colère pour un rien. Il se disputait avec sa mère, et elle pleurait tous les soirs.

Mais au moins, avant le terrible accident de voiture qui l'avait tué, il était là pour les protéger. Maintenant, elles étaient toutes seules.

Nikolaï la suivit dans la cuisine. Il avait déjà empilé des caisses de vodka et de cognac sur le plan de travail et préparé du thé.

— Mes associés ne vont pas tarder à arriver. Tu as intérêt à être gentille et à bien t'occuper d'eux.

Le cœur d'Irina se mit à battre à tout rompre. Nikolaï ne parlait pas uniquement de nourriture, c'était évident.

Elle se dirigea vers le réfrigérateur et en sortit le ragoût que sa mère avait préparé la veille. Elle le versa dans une casserole et le mit sur le four pour le réchauffer.

— Je vais faire des blinis pour accompagner le *rassolnik*, murmura-t-elle, tout en priant pour que sa mère rentre le plus vite possible.

— Pense à prévoir de la crème fraîche pour aller avec.

Il s'adossa au plan de travail, alluma une cigarette et se mit à la jauger du regard.

Les mains tremblantes, elle réunit les ingrédients nécessaires pour confectionner les blinis. Alors qu'elle ouvrait le placard juste à côté de lui pour y prendre la farine, il la tourna dos au plan de travail et plaqua son corps imposant contre les sien. Ses mains commencèrent à remonter lentement le long de ses cuisses.

Elle était pétrifiée de terreur.

— S'il vous plaît, arrêtez, dit-elle dans un souffle.

— Pourquoi ? Ça ne te plaît pas ? demanda-t-il d'une voix mielleuse, tout en s'approchant plus près de son visage.

Elle tourna la tête.

— Non.

— Tu verras, bientôt tu en redemanderas.

La serrure de la porte d'entrée cliqueta.

— Irina ?

Elle faillit s'évanouir de soulagement.

— Oui, maman, je suis dans la cuisine ! cria-t-elle.

Nikolaï lui adressa un petit sourire retors avant de la lâcher.

Il savait qu'elle n'oserait pas le dénoncer à sa mère. Nikolaï était d'un tempérament violent. Sans raison, il partait soudain dans des colères noires et devenait sourd et aveugle à tout ce qui l'entourait. Si sa mère essayait d'intervenir pour la protéger, il s'en prendrait à elle et la battrait sauvagement.

— Où étais-tu encore fourrée, Galena ? demanda-t-il alors que la mère d'Irina entrait dans la cuisine.

Sans lui laisser le temps de répondre, il jeta son mégot de cigarette dans l'évier, se dirigea vers elle et se mit à l'embrasser voracement.

— Nikolaï, pas devant Irina, murmura-t-elle.

— C'est une grande fille maintenant. Presque aussi belle que sa maman. Elle peut comprendre ces choses-là. Pas vrai, Irina ?

Irina tourna le dos et réprima un violent haut-le-cœur. Si elle quittait la pièce maintenant, sa mère voudrait savoir pourquoi. Elle n'avait donc pas d'autre choix que de continuer à préparer les blinis.

— Oleg et Alexei sont arrivés en même temps que moi, dit sa mère.

— Alors va leur apporter du thé. Dépêche-toi !

Quand il parlait ainsi à sa mère, Irina avait envie de lui enfoncer un couteau dans le cœur.

Dès que Galena eut quitté la cuisine avec le thé, Nikolaï se tourna vers elle.

— Tu es une fille intelligente, Irina. Belle aussi, presque plus que ta mère. Ce soir, un homme très important va venir. Il s'appelle Evguéni Babichenko. Il devrait être ici d'une minute à l'autre. Si tu es gentille avec lui, il te donnera des choses dont tu n'as jamais osé rêvé. Une voiture, des robes magnifiques, peut-être même un appartement. Pour toi toute seule. Mais si tu es méchante, je serai très contrarié. Tu as bien compris ?

Irina hurlait intérieurement, mais se força à hocher la tête d'un air soumis.

— Bien. Maintenant, finis les blinis et va mettre une jolie robe.

Après ce que Nikolaï lui avait fait tout à l'heure, Irina avait compris à quel point elle était en danger. Une froide détermination prit le dessus sur sa peur. Jamais ils ne l'auraient, elle s'en fit le serment. Elle préférait mourir que de laisser n'importe lequel de ces hommes la toucher.

— Je n'ai qu'une seule belle robe. Elle est en bas, dans la buanderie. Tu sais, là où je fais du repassage le samedi.

Il la regarda avec des yeux méfiants.

— De quelle couleur est-elle ?

Son cœur sombra. Nikolaï n'était pas dupe. Il avait compris qu'elle cherchait à s'échapper.

— Rouge avec des fleurs.

— Je vais aller te la chercher.

— Tu vas avoir besoin de la clé.

La clé de la buanderie était suspendue à un crochet à côté d'une petite fenêtre. Celle-ci donnait sur une rue à l'arrière de l'immeuble.

Irina repensa au serment qu'elle venait de se faire et se sentit soudain profondément calme.

Elle tendit la clé à Nikolaï.

— Tu ne vas peut-être pas la trouver tout de suite, lui dit-elle. Elle est sur la corde à linge avec beaucoup d'autres vêtements.

— Ne t'inquiète pas pour moi. Pendant ce temps, maquille-toi un peu.

Il lui pinça la joue si fort que la douleur lui fit monter les larmes aux yeux.

— Tu es trop pâlichonne ! Evguéni s'attend à trouver une belle jeune fille aux joues bien roses, comme je le lui ai promis.

Enfin, il quitta la cuisine. A travers la porte entrebâillée, elle le vit saluer ses amis avant de se diriger vers la porte d'entrée.

— Où vas-tu ? lui demanda Galena.

— Du calme, ma chérie ! Je vais juste chercher quelque chose pour Irina. Finis donc de servir le thé à nos invités, je reviens tout de suite.

Il claqua la porte d'entrée. Irina prit une caisse de vodka sur le plan de travail et la poussa sous la fenêtre. Le cœur battant, elle tourna la poignée et tira de toutes ses forces.

La fenêtre finit par s'ouvrir. Elle monta sur la caisse, enjamba le mur, s'agrippa à l'échelle de secours qui était juste à côté et commença à descendre.

L'échelle s'arrêtait assez haut au-dessus du sol. Surmontant sa peur, Irina se suspendit au dernier échelon et se laissa tomber dans le vide. Heureusement, elle portait des baskets, et l'impact ne fut pas aussi violent qu'elle l'avait imaginé.

Enfin, elle était libre. Elle se mit à courir droit devant elle, sans savoir où elle allait. La seule chose qui comptait était de mettre la plus grande distance possible entre elle et Nikolaï. Quand il découvrirait qu'elle s'était enfuie, il alerterait immédiatement ses hommes et les enverrait à sa recherche. Il fallait qu'elle trouve une cachette.

Arrivée au bout de la rue, elle obliqua en direction de la grande artère commerçante du quartier. Il était 18 heures. Les trottoirs étaient encombrés de gens qui rentraient du travail, et Irina n'arrivait pas à avancer. Elle sauta dans un autobus qui se dirigeait vers le quartier de Marina.

Vingt minutes plus tard, elle descendit devant un parc et se mit à le traverser en courant. Si sa mémoire était bonne, il y avait un grand centre commercial de l'autre côté. Elle trouverait sûrement un téléphone à l'intérieur.

La dame qui était venue leur parler à l'école avait dit que le numéro était facile à retenir. Il suffisait de composer le mot VILLAGE avec les lettres du clavier.

Max venait de livrer sa dernière commande du vendredi après-midi et roulait en direction de l'appartement de Gabi. Sur le chemin, il appela l'agent chargé de la surveillance de son bureau.

— Calder à l'appareil. Fais-moi un rapport de ses activités de la journée.

— Elle a eu des rendez-vous jusqu'à 14 heures. Vers 15 heures, elle a reçu un appel du Département d'Etat. Un certain Joe qui avait l'air de bien la connaître. Il lui a dit qu'un visa étudiant temporaire au nom de Natacha Azarnova, qui avait été rejeté, avait finalement pu être accepté. Il l'a fait envoyer à son adresse à Moscou.

Eh bien, Mme Peris avait réellement le pouvoir de déplacer des montagnes, songea Max. Pourtant, elle ne s'était pas aperçu que toutes les informations sur lui et Natacha étaient fausses.

— Après cet appel, reprit le policier, elle a reçu encore deux clients et elle est partie.

Max fronça les sourcils.

— Il y a un trou dans son emploi du temps entre 14 et 15 heures.

— Oui, je ne sais pas ce qu'elle a fait. Tout ce que je peux dire, c'est qu'elle n'a pas quitté son bureau.

Max se souvint du rendez-vous qu'elle avait pris avec ce docteur.

— Qu'est-ce tu a trouvé sur le Dr Karsh ?

134

— C'est un psychiatre de renom. Il a dirigé un célèbre hôpital psychiatrique à Miami Beach pendant plus de vingt ans. Né en Floride, président de l'Association des psychiatres de Floride.

Max se mordilla pensivement les lèvres. Le Dr Karsh était il un maillon du réseau mafieux de Miami ?

Gabriella avait dû enlever le micro qu'il avait fixé sous son ordinateur. Ou alors, elle avait décidé de le laisser pour ne pas éveiller leurs soupçons, et utilisait son portable dans un coin de la pièce où le micro ne captait pas. Comment le savoir ?

Un grognement lui échappa.

— Bon travail. Continuez comme ça.

Il raccrocha et appela les deux policiers en civil chargés de la filer.

— C'est Calder. Où en êtes-vous ?

— Elle est rentrée chez elle à vélo et repartie quelques minutes plus tard pour aller dans une laverie automatique à deux rues de son appartement. C'est sur Maple Street, au numéro 1300. L'agent Barr l'a suivie à l'intérieur. Pour le moment, ils n'ont pas bougé.

Peut-être qu'entre 14 et 15 heures, elle avait appelé Al pour lui donner un rendez-vous là-bas.

— Elle y est allée à pied ?

— Non, à vélo. Elle a calé le sac de linge sur son porte-bagages.

— Appelez-moi dès qu'elle sort. Et ne la perdez pas de vue une seule seconde.

— Entendu.

Max raccrocha.

Quand il arriva dans le quartier italien, il se gara à quelques rues de chez Gabi et attendit que l'agent le rappelle. Vingt minutes plus tard, son téléphone sonna. Il décrocha.

— Elle s'en va ?

— Elle vient de passer la porte avec son linge. Elle est sur son vélo et se dirige vers le nord.

Max démarra et manœuvra pour quitter sa place.

— Dites à Barr de m'appeler dès que possible.

— Il m'aura rejoint dans la voiture dans quelques instants.

En effet, le téléphone de Max sonna à peine trente secondes plus tard.

— Barr à l'appareil. Avant que Mme Peris ne remplisse sa machine, j'ai jeté un coup d'œil à l'intérieur en disant que ma femme avait oublié quelque chose. J'ai aussi vérifié toutes les autres machines. Il n'y avait aucun message pour elle. Après avoir mis sa machine en route, elle s'est assise et a sorti un volume de mots croisés.

C'était probablement celui que Max avait vu sur sa table de nuit.

— Il y avait six autres clients à l'intérieur, reprit Barr, mais elle n'a parlé à personne. Elle s'est levée une fois pour mettre ses affaires dans le séchoir. Le cycle terminé, elle a tout remis dans son sac et elle est partie. J'ai vérifié la machine et le séchoir qu'elle a utilisés pour voir si elle avait laissé un mot pour quelqu'un. Rien.

— Bon travail, Barr. Continuez, je vous rappellerai plus tard.

Max se dirigea vers l'appartement de la jeune femme. Il était temps de passer à la phase suivante.

Gabi était à mi-chemin entre la laverie automatique et son domicile lorsqu'elle entendit son portable sonner. Elle le sortit de la poche arrière de son jean pour consulter l'indicateur d'appel. A sa grande surprise, il provenait du Village. Elle n'avait reçu aucun appel d'eux depuis plus d'un mois.

Elle s'arrêta devant la boutique d'un marchand de journaux et décrocha.

— Gabi ? C'est Janene. Nous avons une urgence. Il faut que tu ailles tout de suite au parking qui se trouve derrière le super-maché Greenbrier's, dans le centre commercial du quartier de Marina. Une jeune fille de seize ans se cache dans le container à ordures du milieu, à côté de l'entrepôt de livraisons. Elle porte un T-shirt rose et un jean. Elle s'appelle Svetlana.

Un prénom russe. Probablement une immigrante, songea Gabi.

— Je m'en occupe.

Elle raccrocha, puis appela un taxi, pestant intérieurement de ne pas avoir sa voiture.

Le taxi commandé, elle remit son téléphone dans sa poche et fonça dans la boutique de journaux.

— Excusez-moi, Monsieur.

L'homme derrière la caisse leva les yeux.

— Qu'est-ce que je peux pour vous ?

— On vient de m'appeler pour une urgence, et j'attends un taxi. Pourrais-je vous laisser mon vélo et ce sac de linge ? Je reviendrai les chercher dès que possible.

Il hésita une seconde.

— D'accord. Je vais les mettre derrière le comptoir.

— Merci infiniment, c'est vraiment très gentil à vous.

Elle lui passa le sac de linge et sortit chercher son vélo.

— Voici ma carte professionnelle, lui dit-elle.

Elle la posa devant lui et quitta la boutique au pas de course. Son taxi était déjà arrivé.

Le parking du supermarché était noir de monde. Le chauffeur s'arrêta devant le container à ordures central, Gabi descendit en laissant la portière ouverte, et entrebâilla le couvercle.

— Svetlana ? Je suis Gabi, c'est le Village qui m'envoie. N'aie pas peur.

Le couvercle se souleva doucement, laissant apparaître des cheveux blonds, puis un joli visage et deux yeux bleus effrayés.

— Viens. Je t'emmène au Village.

Gabi l'aida à sortir.

— Monte dans le taxi et cache-toi par terre.

Elle obéit. Gabi la suivit à l'intérieur et claqua la portière. Le chauffeur savait où il devait aller, et démarra aussitôt.

— Merci beaucoup, murmura la jeune fille, dans un anglais marqué d'un très fort accent russe.

— Je t'en prie, Svetlana. Je suis là pour t'aider. Comment connaissais-tu le Village ?

— Une dame est venue nous parler à l'école. Elle a dit qu'on pouvait appeler si on avait des problèmes.

— Mme Apgard ?

— Je ne sais plus.

La jeune fille tremblait comme une feuille. Gabi se demanda ce qui avait bien pu lui arriver.

— Tu as très bien fait de nous appeler. Nous allons pouvoir t'aider. Est-ce que quelqu'un d'autre est en danger, à part toi ?

— Oui. Ma mère. Son petit ami va la tuer quand il verra que je me suis enfuie.

La jeune fille couvrit son visage de ses mains et éclata en sanglots.

Gabi sentit les larmes lui monter aux yeux.

— Veux-tu que nous appelions la police pour qu'ils aillent la chercher ?

— Non ! hurla-t-elle. Il sera encore plus en colère si la police vient.

Quelques mois plus tôt, Gabi avait arraché Sandra à un père violent, et elle avait réagi de la même façon. Elle avait refusé que Gabi appelle la police parce qu'elle avait peur qu'il s'en prenne à sa famille.

Gabi sortit son téléphone portable et appela le service de sécurité du Village.

— Gabi Peris à l'appareil. Je vous amène une jeune fille qui s'appelle Svetlana. Je suis en taxi, nous serons là dans cinq minutes.

Elle rangea le téléphone et caressa les cheveux de Svetlana qui sanglotait toujours.

— Courage, Svetlana. Nous sommes presque arrivées. Tu verras, tout le monde est très gentil au Village. Tu y seras en sécurité.

— Depuis que mon père est mort, je ne suis en sécurité nulle part.

— Ne t'inquiète pas, c'est un endroit très sûr. Personne ne pourra te faire de mal là-bas.

Les gardiens les attendaient devant le portail du Village. Après avoir vérifié l'identité de Gabi, ils appelèrent la réception pour prévenir de leur arrivée et ouvrirent la grille. Gabi demanda au taxi de l'attendre pendant qu'elle accompagnait la jeune fille à l'accueil.

Liz, la bénévole de permanence, les accueillit à l'entrée. Gabi se tourna vers Svetlana.

— Voici Liz. Elle va te montrer ta chambre et t'aider à t'installer. Après, tu pourras aller au réfectoire pour dîner. Liz va te présenter Sandra. Je suis sûre que vous vous entendrez très bien toutes les deux.

— Ça m'a l'air d'être une excellente idée, répondit Liz en souriant à Svetlana. Tu viens avec moi ?

La jeune fille hésita un instant et regarda Gabi.

— Merci encore. Vous m'avez sauvé la vie.

L'accent de Svetlana était beaucoup plus fort, mais Gabi y reconnut les intonations d'Anatoli. Cette jeune fille la touchait jusqu'au plus profond de son cœur.

Elle la prit dans ses bras.

— Ne me remercie pas. Te savoir en sécurité me suffit.

— Vous travaillez ici ? demanda Svetlana.

— Je viens chaque fois que mon travail me laisse un peu de temps. En fait, je serai ici demain après-midi. On pourra se voir !

Demain, elle serait avec Anatoli. La seule pensée de passer l'après-midi avec lui la remplissait d'une joie enfantine qu'elle ne pouvait réprimer.

Svetlana lui adressa un faible sourire, puis suivit Liz le long du couloir qui menait aux chambres.

Gabi se dirigea rapidement vers la sortie. Elle aurait pu retourner à l'appartement et mettre un peu d'ordre en attendant l'arrivée d'Ally, mais elle ne pouvait s'empêcher de penser à Svetlana. Ce qu'elle avait dit à propos de sa mère et de son petit ami l'obsédait.

Le prénom Svetlana, à supposer que c'était vraiment le sien, était un point de départ suffisant pour faire des recherches sur les fichiers du Département d'Etat.

Le père était mort. Les types de visas qui permettaient l'immigration d'une famille n'étaient pas excessivement nombreux, et ils avaient probablement demandé un visa qui permettait une naturalisation à terme. Voilà qui limitait encore les recherches.

Elle donna l'adresse de son bureau au chauffeur du taxi. Une fois arrivée, elle le paya et le remercia chaleureusement pour son aide. Puis elle remonta les escaliers quatre à quatre, s'enferma dans son bureau, alluma son ordinateur et se mit au travail.

Le brusque détour de Gabi avait déclenché un véritable branle-bas de combat dans l'équipe de surveillance.

Les agents qui la filaient avaient immédiatement averti Max et alerté le central. Jack avait lancé les vérifications d'usage sur le propriétaire de la boutique de journaux où elle avait laissé ses affaires.

Max était resté en contact permanent avec l'agent Barr et son coéquipier. Leur récit d'une adolescente cachée dans un container à ordures et ramenée au Village par Gabi corroborait des informations récentes communiquées par le FBI, selon lesquelles une filière de proxénètes faisait entrer des jeunes filles russes sur le territoire pour, ensuite, leur confisquer leurs papiers et les forcer à travailler comme strip-teaseuses ou comme prostituées.

Le Village était une institution reconnue et respectée, une façade idéale pour dissimuler ce genre d'activités. Mme Peris semblait décidément être une criminelle de grande envergure que la mafia utilisait pour toutes sortes de missions.

Grâce aux indications de l'agent Barr, Max arriva devant le bureau de Gabi au moment où elle était en train de payer le taxi.

Il se gara à couvert et lui laissa deux minutes pour arriver dans son bureau. Heureusement, la porte principale n'était pas encore fermée. Il se glissa au premier étage et jeta un coup d'œil discret par la porte vitrée du bureau. Apparemment, elle venait d'allumer son ordinateur. Pour qu'elle soit venue ici au lieu de rentrer directement chez elle, il devait se passer quelque chose de très important.

Déterminé à découvrir ce dont il s'agissait, il frappa à la porte. Elle sursauta et tourna la tête dans sa direction.

— Gabriella ? appela-t-il

Elle bondit de son siège et se dirigea vers la porte. L'expression de son visage le prit complètement au dépourvu. Il s'attendait à y déceler de la dissimulation, mais il n'y en avait pas trace. Elle semblait à la fois très accablée par quelque chose, et très heureuse de le voir.

— Qu'est-ce que vous faites là ? lui demanda-t-elle en le couvant de ce regard doux et chaud qui le bouleversait.

— Je suis allée chez vous parce que j'avais à vous parler sérieusement. Ne vous trouvant pas, j'ai pensé que vous deviez travailler tard et suis venu ici. Ce que j'ai à vous dire est très important. Ça ne me dérange pas d'attendre que vous ayez fini ce que vous avez à faire.

Elle sourit.

— Vous êtes sûr que ça ne peut pas attendre demain ?

— Non, dit-il d'une voix ferme. Je dois vous parler à propos de ma fiancée. J'ai réfléchi : finalement, je ne veux pas qu'elle vienne.

Elle eut l'air très étonné.

— Je suis désolée, Anatoli, mais je crains qu'il ne soit trop tard.

— Que voulez-vous dire ?

L'arc parfait de ses sourcils se fronça.

— Venez dans mon bureau.

Il la suivit à l'intérieur et tourna la clé derrière lui.

Elle était debout devant le bureau, et, par-dessus son épaule, il pouvait voir une longue liste de noms sur l'écran de l'ordinateur.

Il était un peu loin pour pouvoir les lire, mais il préféra ne pas prendre le risque de s'approcher plus d'elle. Les courbes douces de son corps qui, dans la semi-obscurité, se dessinaient sous son short et son T-shirt l'attiraient trop fortement.

— Expliquez-moi pourquoi il est trop tard.

— J'ai appris aujourd'hui même que le visa de Natacha avait été accepté. J'ai bien peur qu'il ne soit déjà parti par la poste.

Il lâcha une bordée de jurons en russe.

— Y a-t-il un moyen de l'empêcher d'arriver jusqu'à Moscou ?

— Pas à ma connaissance.

Après un bref silence, elle lui lança un regard taquin.

— Vous savez ce que je crois ? Vous faites une petite crise d'angoisse prénuptiale. Il n'y a pas de quoi s'inquiéter, ça arrive à tous les hommes.

— Ce n'est pas ça, Gabriella. Quand je me suis réveillé ce matin, je me suis rendu compte que je n'avais qu'un seul désir : passer la journée avec vous. Alors j'ai compris ce qui m'arrivait.

Elle avait l'air dérouté.

— Je suis très sérieux, Gabriella. Jamais il ne m'était arrivé de vouloir passer chaque seconde de ma vie avec une femme. Pas même avec ma fiancée. Quand je vous ai vue pour la première fois, j'ai été ébloui, mais je pensais que le charme se dissiperait très vite. Or, c'est le contraire qui est arrivé. J'ai plus envie d'être avec vous aujourd'hui que le matin de l'accident. Vous êtes entrée si brutalement dans ma vie. J'ai eu l'impression que la terre tremblait sous mes pieds.

— Les tremblements de terre sont très fréquents dans la région.

— Ne soyez pas sarcastique, Gabriella, c'est cruel.

Elle poussa un soupir exaspéré.

— Arrêtez, Anatoli. Si vous aviez percuté ma voiture comme je l'ai fait, non seulement j'aurais été furieuse, mais j'aurais été préparée à ne pas vous aimer du tout — ce qui aurait été très difficile, je le reconnais, parce que vous êtes extrêmement aimable. Mais je pense que, si vous vous intéressez toujours à moi, c'est parce que cette rencontre a totalement échappé à votre volonté. Vous ne supportez pas de ne pas mener la danse avec les femmes, c'est la première fois que ça vous arrive et c'est ce qui vous a retenu.

Comment avait-elle deviné qu'il avait en effet tendance à vouloir tout contrôler dans ses relations avec les femmes ?

— C'est vrai, vous m'avez pris au dépourvu, et ça m'a séduit. Mais j'aurais dû me remettre depuis. Cela n'est pas arrivé. Je ne peux pas épouser Natacha, mes sentiments pour vous sont trop puissants. Je ne veux pas la voir.

— Vous tirez des conclusions hâtives, Anatoli.

— Non. Karin avait raison. Si j'aimais vraiment Natacha, je n'aurais pas quitté la Russie. Je n'aurais pas dû vous demander de m'aider pour son visa, c'était stupide. Mais je l'ai fait pour combattre mes sentiments envers vous. Je vais appeler Natacha et lui dire qu'elle ne doit pas venir. Nous n'avons aucun avenir ensemble.

Il jeta un coup d'œil sur sa montre.

— Il y a onze heures de décalage horaire. Elle doit être en train de se préparer pour aller travailler. Est-ce que je peux utiliser votre téléphone ?

Max se dirigea vers le bureau. Il pouvait voir l'écran d'ordinateur de près, maintenant. Elle avait lancé une recherche sur le prénom Svetlana dans une banque de données des services d'immigration. Il mémorisa ce qu'il put pendant qu'il sortait un billet de vingt dollars de son portefeuille.

— Vous allez l'appeler d'ici ? demanda-t-elle, incrédule.

Il posa le billet sur le bureau.

— Si vous êtes d'accord, oui. La communication sera peut-être plus chère. Si c'est le cas, dites-le moi quand vous recevrez la facture et je vous paierai la différence. Je vous en prie, continuez votre travail, ne vous dérangez pas pour moi.

— Mais Anatoli... Vous avez besoin d'un peu d'intimité.

— Au cas où vous essayeriez de me dire que vous comprenez le russe, je vous assure que je n'ai rien à lui dire que vous ne puissiez entendre.

— Je ne connais que quelques mots, répondit-elle d'une voix calme. Mais je pensais que vous auriez quand même envie d'être seul.

144

Il tenait le récepteur du téléphone à la main.

— Si j'avais envie d'être seul, je n'aurais pas passé ma soirée à vous chercher. Dès que vous aurez fini de travailler, je mettrai votre vélo dans ma camionnette et vous raccompagnerai chez vous.

— Non. Je veux dire... Je n'ai plus envie de travailler.

Elle semblait troublée. Pour une fois, elle avait quitté son masque de calme inébranlable.

Il reposa le récepteur sur le combiné.

— Je vous ai embarrassée, Gabriella. Excusez-moi. Je tenais tellement à vous faire savoir que ma relation avec Natacha était terminée que je n'ai pas réfléchi. C'est votre bureau, et je me suis montré sans gêne en venant vous déranger ici. Je suis désolé. Je vais vous laisser.

Il se dirigea vers la porte, mais Gabi le rappela.

— Ne partez pas. Vous ne m'avez pas dérangée. Je n'ai pas mon vélo aujourd'hui, et ça m'arrangerait si vous pouviez me ramener.

— Vous ne faites pas cela par pitié ? Je ne pourrais pas le supporter.

— Je pourrais éprouver beaucoup de choses pour vous, mais certainement pas de la pitié.

Il lui adressa un sourire rayonnant.

— Beaucoup de choses ? C'est vrai ?

Elle ne répondit pas et s'assit devant son ordinateur pour l'éteindre.

Cédant à un désir contre lequel il ne pouvait plus lutter, il posa ses mains sur ses épaules, et fut submergé par la chaleur de sa peau sous la mince étoffe du T-shirt. Son corps était crispé.

— Il faut vous détendre, murmura-t-il.

Il brûlait de la toucher depuis le jour de l'accident. Il approcha ses lèvres de son cou et effleura la peau satinée et frémissante de sa nuque.

— Je voudrais détacher vos cheveux. Vous me le permettez, Gabriella ?

8.

Gabi se remémora la conversation qu'elle avait eue avec le
Dr Karsh. Ses recommandations résonnaient encore dans sa
tête : « Voyez-le dans des lieux publics, forcez-vous à prendre
congé avant de vous sentir faiblir... »

Elle se glissa hors du siège, espérant échapper au danger en
mettant quelques centimètres entre elle et Anatoli.

— Je ne vous permets pas de détacher mes cheveux mais,
en échange, je vous autorise à déverrouiller la porte pendant
que je range mes affaires, dit-elle en souriant.

Les bras ballants, il la regarda comme si elle lui avait planté
un couteau dans le cœur.

— Je crois que vous prenez plaisir à me torturer.

— Ne vous retournez pas tout de suite, mais la patronne du
salon de beauté nous fait signe depuis la cage d'escalier.

Gloria, une femme divorcée d'une quarantaine d'années,
prenait grand soin de son apparence. Sa chevelure blond pla-
tine et sa silhouette avantageuse ne manquaient généralement
pas d'attirer les regards masculins. Elle avait probablement vu
passer Anatoli dans le hall de l'immeuble, et brûlait de lui être
présentée.

Rapide comme l'éclair, Anatoli déverrouilla la porte du
bureau. Gabi le précéda dans le couloir.

Gloria était tellement occupée à dévorer Anatoli du regard qu'elle en oublia de saluer Gabi. En la considérant, Gabi comprit pour la première fois de sa vie ce que signifiait l'idée de rivalité féminine.

— Bonjour, Gloria, lui dit-elle. Comment ça va ?

Gloria sursauta légèrement, comme tirée d'un rêve.

— Merveilleusement bien ! C'est inhabituel que tu travailles si tard. A cette heure ci, je suis toujours comme une pauvre âme esseulée dans ce grand immeuble. Alors je me suis dit que j'allais passer te dire un petit bonjour ! dit-elle, les yeux brillants.

A d'autres, Gloria, se dit Gabi.

— Gloria, voici Anatoli Kuzmina.

Elle se tourna vers Anatoli.

— Anatoli, voici Gloria Stewart. Elle dirige le salon de beauté au rez-de-chaussée.

— Enchanté, Gloria, dit-il en lui serrant poliment la main.

Gloria leva vers lui deux grands yeux bleus candides débordants d'espoir.

— Etes-vous un client de Gabi ?

— Non. Gabriella est ma petite amie.

Le visage de la jeune femme s'assombrit d'un seul coup, tandis que Gabi sentait monter en elle un délicieux sentiment d'euphorie.

— Ah..., dit Gloria d'une voix blanche.

— Je suis heureux de savoir que vous veillez sur Gabriella quand je ne suis pas là. Elle compte beaucoup pour moi, et je ne supporterais pas qu'il lui arrive quoi que ce soit. D'ailleurs, je suis venu pour la ramener chez elle.

— Ah..., répéta Gloria.

— J'ai été ravi de vous rencontrer, Gloria. Nous aurons sans doute l'occasion de nous revoir.

— Je suppose, dit-elle.

Elle jeta un coup d'œil perplexe à Gabi.

— Bon, eh bien, bonne nuit.

— Bonne nuit, Gloria, répondit Gabi. Passe un bon week-end. Je te verrai lundi !

Alors que Gloria descendait les escaliers, Gabi se souvint qu'Anatoli avait laissé de l'argent sur son bureau, et retourna le chercher en trombe.

Elle lui tendit le billet.

— Tenez, vous alliez oublier votre...

Il ne la laissa pas terminer. Ses lèvres avaient trouvé les siennes. Elle désirait cet instant depuis des jours. Mais Anatoli n'essaya pas d'approfondir son baiser. Et, lorsque sa bouche se sépara de la sienne, elle ne put retenir un soupir de frustration.

Le visage en feu, frémissante de confusion devant ce témoignage trop évident de sa déception, Gabi lui tourna vivement le dos, descendit les escaliers, sortit de l'immeuble comme une flèche et ne s'arrêta qu'une fois arrivée devant la camionnette.

— Ne soyez pas fâchée, Gabriella, dit Anatoli, debout derrière elle. Je vous ai déjà dit que j'étais un homme égoïste. J'ai toujours besoin de tester la température de l'eau avant de m'y plonger tout à fait.

— Si c'est ça que vous appelez un test, autant ne rien faire du tout ! répliqua-t-elle en s'acharnant sur la poignée de la portière.

—Bientôt, nous nous jetterons à l'eau ensemble, Gabriella.

Il l'écarta doucement et déverrouilla la porte. Gabriella se jeta sur le siège.

— Ne soyez pas surpris si elle est devenue glaciale d'ici là ! bougonna-t-elle avec humeur.

Il fit le tour de la camionnette, s'installa à côté d'elle et démarra.

— Je ne pense pas que cela arrivera. Depuis le début, un feu brûle entre nous. Il ne s'éteindra pas.

Irritée par son assurance, Gabi fixait ostensiblement les immeubles qui défilaient le long de l'avenue.

— Maintenant, reprit Anatoli, j'ai la preuve que vous avez surmonté votre deuil et réussi à trouver la place qui convient pour le souvenir de votre mari.

Il fallait reconnaître qu'il avait raison sur ce point. Le souvenir de Paul ne lui avait pas même traversé l'esprit. Elle s'attendit à ressentir un pincement de culpabilité, mais il n'en fut rien.

— Depuis que je vous ai rencontrée, Natacha aussi est sortie de mon cœur. C'est pour cela que je dois lui parler ce soir. Et demain, je pourrai me présenter devant vous en homme libre.

Gabi restait silencieuse, en proie à une lutte intérieure. Sa raison devait garder le dessus. Croire ce qu'il disait était une folie. Et pourtant, de toute son âme elle voulait le croire, de tout son corps elle le désirait. Elle désirait Anatoli Kuzmina. Un homme qui menait probablement une double vie. Un homme dont elle devrait avoir honte, qu'elle ne pourrait pas présenter à sa famille. Son dernier espoir était son oncle Frank. Bientôt, il l'appellerait pour lui révéler des choses qui détruiraient définitivement tous ces sentiments qui naissaient en elle, et elle serait enfin libérée.

Anatoli la regarda.

— Vous êtes préoccupée, Gabriella. Je vous ai rendue nerveuse.

Ils étaient arrivés devant chez Gabi. Il coupa le moteur et regarda droit devant lui.

— Moi aussi, je suis ébranlé par l'intensité du désir qui me pousse vers vous. Partez, Gabriella, avant que je ne fasse bien plus que détacher vos cheveux. Je viendrai vous chercher à 13 heures demain.

Elle avait déjà mis un pied sur le trottoir, lorsqu'il tourna les yeux vers elle et les vrilla au fond des siens.

— Demain, nous serons libres. Un homme et une femme à leur premier rendez-vous officiel. Nous pourrons rire et nous amuser, le cœur léger. Vous savez à quel point il est merveilleux d'éprouver une joie profonde ici ?

Il posa la main sur son cœur.

Une fois encore, c'était comme s'il avait deviné ses pensées les plus intimes. Elle savait exactement de quoi il parlait. Cette même joie avait envahi son cœur, et elle n'aurait jamais pensé pouvoir l'éprouver de nouveau. D'ailleurs, elle n'avait jamais rien ressenti de tel. C'était la première fois de sa vie. Et cela, il valait mieux qu'Anatoli ne le sache pas.

— Oui, je suis sûre que nous nous amuserons bien, demain, répondit-elle d'une voix neutre. Merci de m'avoir ramenée, Anatoli.

Elle claqua rapidement la portière et se précipita à l'intérieur de l'immeuble.

Une fois chez elle, elle jeta son sac sur un fauteuil et se mit à faire les cent pas dans l'appartement.

Si seulement Ally avait été là ! Elle avait traversé des épreuves que peu de gens avaient eu à affronter dans leur vie. Cela lui avait donné une sagesse et une perspicacité qui lui auraient été très précieuses en ce moment. Mais Ally ne rentrait que le lendemain, et, en attendant, il fallait qu'elle trouve un moyen d'évacuer toute cette énergie inemployée, autrement qu'en arpentant le salon comme un lion en cage.

Elle décida de faire le ménage à fond. Après avoir balayé les sols, astiqué frénétiquement les carreaux, nettoyé la salle de bains et la cuisine, elle entreprit de dégivrer le réfrigérateur.

Enfin épuisée, elle se glissa sous la couette et se mit à penser au lendemain. Qu'allait-elle porter ? Pendant une heure encore, cette pensée l'obséda. Il était hors de question qu'elle achète des vêtements neufs pour l'occasion, ç'aurait été un aveu trop évident de ses sentiments. D'un autre côté, rien de ce qu'elle avait dans sa garde-robe ne l'inspirait. Elle finit par décider que cela ne l'engageait à rien d'aller jeter un œil dans la jolie boutique à côté de la laverie en allant chercher son linge le lendemain. Restait la question de la coiffure. Devait-elle lâcher ses cheveux pour le surprendre, ou serait-ce une référence trop claire au désir qu'il avait exprimé dans son bureau ce soir-là ? Mais si elle les attachait comme d'habitude, peut-être cela ne ferait-il que renforcer son envie de les détacher... Gabi sourit dans l'obscurité au souvenir de son air effondré lorsqu'elle s'était levée de son siège pour lui échapper.

Et lui ? songea-t-elle, aurait-il acheté des vêtements neufs ? De toutes façons, il était magnifique dans tout ce qu'il portait. Elle se laissa aller à s'imaginer à son bras dans une réunion de famille. Ses cousines en pâliraient d'envie ! Elle repensa à ce qu'il avait dit à Gloria : « Gabriella est ma petite amie. Elle compte beaucoup pour moi ». Bercée par les accents sensuels de la voix d'Anatoli lui parvenant à travers les premières brumes du rêve, Gabriella sombra doucement dans un sommeil heureux.

— Calder. Qu'est-ce qui se passe ?

— Une voiture te suit depuis le dernier feu. Une Passat beige métallisée.

Cela ne pouvait être qu'Oleg. Il jeta un coup d'œil dans le rétroviseur. Il y avait plusieurs voitures derrière lui, et il ne pouvait voir la Passat.

— Il est seul ? demanda Max

— Non, ils sont deux.

— Bien. Merci de m'avoir appelé.

Il raccrocha.

Si Oleg était avec quelqu'un, c'est qu'il était en mission. Les jobs se faisaient toujours en équipe. Les accidents n'avaient jamais lieu le soir, il y avait donc autre chose. Mais quoi ? Max voulut en avoir le cœur net, et appela Oleg depuis son portable. Oleg ne décrocha pas.

Il se gara sur le bas-côté et attendit la Passat. Dès qu'il l'eut aperçue, il fit signe au conducteur et la voiture se rangea à côté de lui. Il descendit la vitre de la camionnette, et Oleg, installé du côté passager, fit de même.

— Je t'ai vu dans le rétroviseur, lui dit Max. Je t'ai appelé. Pourquoi n'as-tu pas décroché ?

— La batterie de mon portable est morte, répondit Oleg. Nous allions chez toi. Il y a du grabuge.

Si c'était le cas, pourquoi Nikolaï ne l'avait-il pas appelé lui-même ?

— Nikolaï ne t'as pas encore prévenu ? demanda Oleg

—Non, répondit Max, inquiet. Retrouvez-moi au rayon fruits et légumes du supermarché Shopwise, sur Sycamore avenue, troisième à droite.

Le conducteur hocha la tête et démarra. Max attendit quelques instants, appela l'équipe de surveillance pour signaler sa destination, puis se mit en route.

Après avoir trouvé une place près de l'entrée, Max attrapa un caddie et s'engouffra dans le supermarché. En passant dans les rayons, il en profita pour faire quelques courses en prévision de sa sortie du lendemain avec Gabriella. Arrivé dans la section fruits et légumes, il repéra Oleg devant une pile de pommes, rangea son caddie à côté de lui et se mit à remplir un sac de pommes bien rouges.

— Tu as de la chance de ne pas avoir été là à la réunion de ce soir chez Galena, dit Oleg. Nikolaï était dans une colère noire.

Max avait toujours eu des rapports plutôt amicaux avec Oleg. Le conducteur lui faisait confiance, et ses confidences avaient plusieurs fois permis à Max de récolter des renseignements précieux.

— Nikolaï est *toujours* dans une colère noire, dit-il à Oleg. En tout cas, c'est ce qui arrive chaque fois qu'il me voit. Il me hait.

— Ça, c'est certain. Il préférerait te voir mort plutôt que régisseur des villes de la côte.

— C'est ça qui l'a mis dans cet état aujourd'hui ?

Oleg secoua la tête.

— Non, cette réunion n'était pas une soirée de travail ordinaire. Nikolaï mijotait un gros coup, mais ça n'a pas marché parce que la fille de Galena a fichu le camp.

Max ne fut pas surpris. Alexei louchait vers la jeune fille depuis le jour où il l'avait vue pour la première fois chez Galena. Max s'était promis de la protéger, mais cela lui était impossible depuis que Nikolaï l'avait suspendu.

— C'est mauvais pour nous, répondit-il. Elle connaît nos noms.

— S'il n'y avait que ça ! Nikolaï nous a dit qu'elle savait des choses compromettantes sur tout le réseau de San Diego.

La main de Max se figea sur une pomme. Ce qu'Oleg venait de dire signifiait qu'Irina connaissait les noms des chefs du réseau. Il réfléchit. Qu'avait-il bien pu se passer ? Etait-il possible que ce monstre de Nikolaï ait prévu d'offrir la jeune fille en « cadeau » à Alexei pour s'attirer ses faveurs ? Si Irina avait eu suffisamment peur pour s'enfuir, il s'agissait forcément de quelque chose de grave.

— Il a envoyé tous les conducteurs qui étaient chez Galena à sa recherche, reprit Oleg. Il ne va sûrement pas tarder à t'appeler.

Si Nikolaï envisageait réellement de s'abaisser à appeler son ennemi juré à l'aide, c'est que la situation était critique.

— Je me suis dit que si nous mettions la main sur la fille, reprit Oleg, il serait peut-être moins remonté contre toi.

Les motivations d'Oleg étaient moins généreuses qu'elles n'en avaient l'air. Il espérait que, si Max devenait régisseur, il aurait suffisamment de pouvoir pour le faire nommer conducteur dans le réseau des villes côtières.

— Merci, Oleg. De toutes façons, elle nous met en danger, et nous devons tout faire pour la retrouver. Comment s'est-elle enfuie ?

— Par la fenêtre de la cuisine. Elle a pris l'échelle de secours et a rejoint la rue par l'arrière-cour.

— Comment Nikolaï a-t-il pu la laisser s'échapper ?

— La petite a réussi à le berner. Il a dit à Galena de nous servir du thé, et il est parti chercher quelque chose pour Irina. Il est revenu cinq minutes plus tard et il est allé directement dans la cuisine. Mais Irina avait disparu. Il y avait une caisse de vodka sous la fenêtre, alors il a compris qu'elle avait filé.

« Bien joué, Irina », pensa Max.

— Il a envoyé Galena chercher des renseignements chez les voisins et il nous a tous attribué à chacun un périmètre à fouiller autour de l'immeuble, mais nous n'avons rien trouvé. J'ai décidé d'aller chez toi pour voir si tu avais une idée de l'endroit où elle a pu se cacher.

— Elle a dû aller quelque part où elle pouvait se noyer dans la foule.

— Comme dans un centre commercial ?

— C'est ce que j'aurais fait à sa place, le temps de décider quoi faire.

— Il y a quatre centres commerciaux pas très loin de chez Galena.

— La plupart ne vont pas tarder à fermer. Achète une batterie pour ton téléphone et va faire un tour au centre de Three Points et à Colonial Square. Moi je m'occupe de Nine Palms Court et de Fashion Place.

— Et si on ne la trouve pas ?

— Alors on passera aux terminaux de bus et aux halls d'hôtel.

— Il *faut* qu'on la retrouve, dit Oleg. Sinon, on est cuits.

Max comprenait son inquiétude. Aucun conducteur n'avait envie de se présenter devant Nikolaï bredouille. Il leur avait vissé la peur au ventre, comme si leur terreur permanente à l'idée de se faire arrêter ne suffisait pas.

— Si Nikolaï ne m'a pas encore appelé, ça signifie peut-être qu'il y a déjà une piste, dit Max. Dès que tu auras ta batterie, appelle Nikolaï pour savoir où ils en sont, et appelle-moi pour me le dire.

Oleg acquiesça et tourna les talons.

Max s'empara de quelques bananes, puis se dirigea vers les caisses. Une fois ses achats payés, il sortit retrouver sa camionnette sur le parking.

Il était à peine à quelques mètres du supermarché lorsque Oleg l'appela.

— Anatoli ? Nikolaï est toujours à la recherche d'Irina, et il m'a ordonné de continuer de mon côté.

Max fut extrêmement soulagé.

— Il avait l'air fou furieux. Il m'a vraiment fait peur.

— Garde la tête froide. Elle ne peut pas être bien loin. Répartissons-nous les recherches comme convenu.

Dès qu'il eut raccroché, Max appela Jack et le mit au courant des derniers événements.

— Voilà d'excellentes nouvelles ! s'exclama Jack au terme du bref récit de Max.

— Oui, mais seulement si nous réussissons à trouver Irina avant eux, ce qui ne va pas être facile. Son anglais est plutôt rudimentaire, et je ne pense pas qu'elle se soit adressée à la police ou ait demandé de l'aide à des passants. Et même si c'est le cas, ça m'étonnerait qu'elle ait utilisé son vrai nom. Heureusement, je peux te la décrire en détail.

156

Jack nota les indications de Max, et conclut :

— Je vais lancer un avis de recherche dans tous les districts.

— Le personnel de son lycée devrait pouvoir nous donner les coordonnées de ses amis. Peut-être qu'ils ont une idée de l'endroit où elle a pu aller. Nous devons absolument la trouver avant Nikolaï, sinon, tu peux être sûr que personne ne la reverra plus jamais.

— J'ai compris. Vers où te diriges-tu en ce moment ?

— Je vais à Nine Palms Court d'abord, et ensuite à Fashion Place, comme prévu. Oleg pourrait décider de venir me rejoindre.

— D'accord. Juste une chose avant de raccrocher. Tu ne penses pas que l'adolescente que madame Peris a récupérée dans ce container à ordures pourrait être Irina ?

L'identité de cette jeune fille obsédait Max depuis des heures. S'appelait-elle vraiment Svetlana, ou Gabi avait-elle lancé des recherches sur ce prénom pour des raisons totalement différentes ?

Il était fort possible qu'Irina ait donné ce faux nom à Gabi pour se protéger et, dans ce cas, il ne fallait sous aucun prétexte qu'Irina le voie au Village. Il allait devoir tenter d'en savoir plus auprès des deux jeunes filles qui devaient venir au parc le lendemain après-midi.

— Ça me paraît trop simple, dit-il à Jack. Je vais quand même essayer de vérifier. Tout est en place pour demain soir ?

— Oui. Tous les postes sont distribués, il y aura même des gars sur le toit.

— Parfait. A plus tard, Jack.

Elle avait parlé à son oncle, et il ne lui avait rien appris de nouveau. Elle s'était donc autorisée à cesser de se torturer et à jouir pleinement de cet après-midi en sa compagnie.

L'appartement n'avait jamais été aussi propre. Tout était prêt pour l'arrivée d'Ally. Elle avait fait des courses et rempli le réfrigérateur. Les roses étaient toujours aussi belles. Elle espérait qu'Anatoli aimerait sa nouvelle tenue, un short couleur chamois et un haut en coton crème avec des rayures de la même couleur.

Elle avait fini par décider d'attacher ses cheveux, et avait entouré sa queue-de-cheval d'un foulard écru. Avant de sortir, elle fourra un petit appareil photo jetable dans son sac. Les photos feraient de jolis souvenirs pour les filles, et elle s'arrangerait pour en faire une ou deux d'Anatoli qu'elle garderait pour elle.

Elle verrouilla la porte et descendit prestement les escaliers. A mi-chemin, elle rencontra Anatoli. Il portait la casquette qu'elle lui connaissait déjà, un short bleu marine et un pull-over de la même couleur qui lui allaient magnifiquement bien.

Ses yeux verts la contemplaient avec admiration.

— Vous ressemblez à de la glace à la vanille flottant dans du champagne, Gabriella. C'est un de mes desserts russes préférés.

Il déposa un léger baiser sur ses lèvres et passa la main sur ses cheveux.

— Ce foulard est une tentation délicieuse, murmura-t-il. Ce soir, je n'aurai qu'à tirer légèrement dessus pour voir vos cheveux tomber en cascade autour de votre visage.

Il la prit par les épaules et la regarda dans les yeux.

— Alors, vous êtes prête ?

— Oui, balbutia-t-elle d'une voix faible.

— Tant mieux, dit-il tendrement avant de se pencher vers elle et de l'embrasser plus longuement.

Il se détourna et commença à redescendre les escaliers. Gabi le suivit, en priant pour que ses jambes flageolantes réussissent à la porter jusqu'à la voiture, un coupé bleu qu'elle ne connaissait pas.

Une fois installés, elle lui indiqua le chemin du Village et ils se mirent en route.

Gabi examina l'intérieur de la voiture, puis se tourna vers lui :

— Anatoli, répondez-moi sérieusement, commença-t-elle.

Il ne lui laissa pas le temps d'achever.

— Cette voiture appartient à Karin, si c'est ça que vous voulez savoir. Si vous vouliez me poser une question à propos de Natacha, je peux vous dire que, depuis 7 heures ce matin, je ne suis plus fiancé. Elle ne viendra pas en Amérique.

Son cœur bondit si haut dans sa poitrine qu'elle en fut surprise. En évitant son regard, elle répondit :

— Si cela vous soulage, alors je suis contente pour vous.

La main d'Anatoli glissa vers la sienne.

— Je pense que vous savez à quel point je suis heureux, Gabriella.

— En fait, répondit-elle, je voulais savoir pourquoi vous aviez échangé votre CD contre cette casquette-là.

Il la regarda, stupéfait.

— Alors ? Pourquoi ?

— C'est vraiment cela, la question sérieuse que vous vouliez me poser ?

— Oui.

— Pourquoi cela vous intrigue-t-il autant ?

— Parce que si vous essayez d'avoir l'air américain, vous devriez savoir que les *Bronx Knights* ne sont pas une équipe de base-ball.

Il fronça les sourcils.

— J'ai pourtant lu dans le journal qu'ils allaient venir disputer un match à San Diego.

— C'est exact. Mais ce n'est pas un match de base-ball.

— Je ne comprends pas.

— C'est une équipe de stickball.

— De quoi ?

— De stickball. C'est un sport de rue qui est né dans l'est des Etats-Unis. Quand j'étais petite, j'y jouais avec les enfants de mon quartier. Plus tard, j'allais voir les championnats et soutenir mon équipe préférée, *les Barrio Gents*.

— Vous avez une casquette ?

— J'en avais une. Mais je l'ai perdue quand j'ai déménagé. Quand nous serons chez moi, je vous montrerai mon fanion.

— Vous savez vraiment jouer au stickball ?

— Oui.

Son visage s'éclaira d'un large sourire. Gabi en fut éblouie.

— Vous me montrerez, quand nous serons au parc ? demanda-t-il.

— Nous n'avons pas l'équipement adapté, mais nous improviserons.

Il la regarda, rayonnant.

— Voilà ce que j'aime en vous, Gabriella. Vous êtes si entreprenante !

— Je ne peux décemment pas vous laisser arpenter les rues de San Diego avec cette casquette alors que vous n'avez aucune notion de base du stickball, répliqua-t-elle avec le plus grand sérieux.

— Je suis impatient de vous avoir comme professeur.

Elle lui adressa un sourire malicieux.

— Vous êtes bon perdant ?

— Que voulez-vous dire ?

160

— Est-ce que vous serez vexé si je réussis certaines choses mieux que vous ? Les hommes n'apprécient pas beaucoup ce genre de concurrence.

— Pas du tout. Je veux que vous soyez meilleure que moi.

— Vous dites ça maintenant.

— Je pense tout ce que je dis, Gabriella. Vous excellez dans certains domaines, et moi dans d'autres. Nous sommes complémentaires.

A son grand regret, Anatoli dut lâcher sa main pour rétrograder, car ils arrivaient à proximité du Village. Il tourna à droite et s'arrêta devant le porche.

— Vous voulez venir avec moi ? demanda-t-elle

Il coupa le moteur et passa le bras derrière son siège.

— Je voudrais ne jamais vous quitter, répliqua-t-il en se penchant vers elle pour l'embrasser dans la nuque. Son parfum faillit lui faire perdre tout à fait le contrôle de ses sens.

— Mais je ne veux pas intimider les deux jeunes filles, poursuivit-il en se redressant. Elles préfèrent sans doute vous voir seule avant d'être présentées à un étranger.

Gabi fut conquise comme toujours par tant de délicatesse.

— Je n'en ai que pour une minute, dit-elle en tentant d'ouvrir la portière qui résistait à ses tentatives maladroites.

Anatoli sortit de la voiture et lui ouvrit de l'extérieur. Alors qu'elle descendait, il tira malicieusement sur le bout de sa queue-de-cheval, ce qui la fit tressaillir de la tête aux pieds.

— Je vous attendrai ici avec impatience, dit-il.

Elle fila vers la porte principale. Sandra et Juanita l'attendaient dans le hall.

— Bonjour ! lancèrent-elle en chœur.

— Comment vont les futures mamans ? répliqua gaiement Gabi.

— Bien, répondit Juanita en la regardant avec admiration. Tu es très belle !

— Merci, c'est gentil.

— C'est une nouvelle tenue ? demanda Sandra.

Gabi hocha la tête.

— Ça ne serait pas pour l'homme de l'accident, par hasard ? s'enquit Juanita.

— Eh bien... Si !

Les deux jeunes filles échangèrent des sourires entendus.

— Bien, allons-y, reprit Gabi. Mais ne lui dites rien, vous deux ! Il va nous emmener déjeuner au Juke-Box Café, et ensuite nous irons au parc. Ça vous va ?

— Génial ! dit Juanita.

— Une dernière chose. Est-ce que vous avez déjà joué au croquet ?

Elles la regardèrent en fronçant les sourcils.

— Je m'en doutais. Ecoutez, Anatoli a apporté un jeu spécialement pour vous, il sait que vous êtes enceintes et ne voulait pas que vous soyez obligées de vous fatiguer. Alors vous voudrez bien jouer avec lui ? Il s'en fait toute une joie.

Elles hochèrent la tête ensemble.

— Parfait. Venez, je meurs de faim, et je parie que vous aussi.

— Je suis sûr que vous êtes fatiguées, mesdemoiselles, lança Anatoli. Alors maintenant, vous allez vous reposer pendant que Gabriella nous montrera un jeu qu'elle a appris quand elle était jeune fille.

Gabi le regarda avec un air de défi.

— D'accord. Mais je dois organiser le terrain d'abord. Vous voyez ce monument là-bas ? Il fera parfaitement l'affaire.

— L'affaire pour quoi ? demanda Juanita.

— Vous verrez, répondit-elle d'un air mystérieux. Je reviens dans une seconde.

162

Elle ramassa quatre maillets de croquet et une balle et s'éloigna.

Il s'accroupit dans l'herbe entre Sandra et Juanita.

— Vous croyez que d'autres jeunes filles du Village auraient envie de nous accompagner au parc une prochaine fois ?

— Toutes sans exception ! déclara Juanita.

—Y a-t-il des jeunes filles qui viennent de l'étranger ?

Juanita hocha la tête.

— Nous avons une jeune Indienne, et une Mexicaine.

— Il y aussi une nouvelle qui est arrivée hier soir, ajouta Sandra. Elle est russe. Elle dort dans ma chambre. Je lui ai demandé si elle voulait venir avec nous aujourd'hui, mais elle a dit non.

Max pela une banane et commença à la manger.

— Si elle vient juste d'arriver de Russie, il va probablement lui falloir un peu de temps avant de se sentir bien ici. Elle a de la chance de vous avoir pour amies.

— J'ai l'impression que Svetlana ne fait confiance à personne, elle a l'air complètement traumatisé, remarqua Juanita. Elle n'ose même pas sortir, parce qu'elle a peur.

— C'est vraiment triste, dit Max.

— J'étais comme elle quand je suis arrivée, dit Sandra. Mon beau-père prenait de la drogue et nous battait sans arrêt, moi et ma mère. J'avais peur de ce qu'il pourrait me faire s'il me retrouvait. Mais, finalement, la police l'a arrêté pour vol à main armée. Maintenant, il est en prison, et je n'ai plus peur.

— Tu as bien fait de te réfugier au Village. Svetlana t'a raconté ce qui lui était arrivé ?

Sandra hocha la tête.

— Elle s'est enfuie parce qu'elle avait peur du petit ami de sa mère. Lui et ses amis voulaient la violer, alors elle s'est échappée par la fenêtre de la cuisine. Elle s'est cachée dans

163

un supermarché et a appelé le Village. C'est Gabriella qui est allée la chercher.

— Comment Svetlana savait-elle qui il fallait appeler ?

— Elle a entendu parler du Village dans son lycée. Ça s'est passé de la même façon pour moi. C'est Gabriella qui est venue me chercher quand j'ai appelé.

— Gabriella est très courageuse. Exactement comme vous deux. Il y a combien de temps que cela t'est arrivé, Sandra ?

— Il y a environ six mois.

— Hé Ho !

Gabriella leur faisait signe à l'autre bout de la pelouse.

— Venez ! leur cria-t-elle Vous allez me laisser faire tout le travail ?

— Allons-y, mesdemoiselles, dit Max en se levant.

Sandra et Juanita le suivirent jusqu'au monument.

— Bien, dit Gabi. Vous, les filles, asseyez-vous derrière cette ligne, là où j'ai posé ce maillet. Le monument nous servira de but. Là-bas, il y a un autre maillet, nous dirons que c'est la base du lanceur. Anatoli, c'est votre place.

Elle lui donna la balle, puis se saisit d'un maillet et alla se poster près du monument.

Il se dirigea vers la base du lanceur, ayant les plus grandes peines du monde à ne pas sourire.

— Vous êtes prête ? demanda-t-il

— Plus que jamais ! dit-elle

Elle fléchit les genoux, prête à réceptionner la balle. Max décida de ne pas trop lui compliquer la tâche et lui lança une balle facile. Aussitôt, il entendit un claquement et vit la balle décrire une courbe ample dans les airs. Les filles applaudissaient et criaient des encouragements.

— Anatoli ! Pendant que vous récupérez la balle, imaginez qu'un joueur a réussi à atteindre la première base ! Lancez-moi vite une nouvelle balle.

164

Il finit par retrouver la balle dans l'herbe au pied d'un arbre. Il prendrait moins de précautions au prochain lancer.

Il se prépara, puis lança la balle en lui imprimant un léger mouvement de rotation.

Clac !

Elle l'avait parfaitement réceptionnée. Et, cette fois-ci, elle l'envoya encore plus loin que la première. Lorsqu'il émergea quelques instants plus tard d'un buisson plein d'épines, la balle à la main, son sourire s'était évanoui pour laisser place à une expression renfrognée.

— Deux joueurs ont atteint la base, maintenant ! lança-t-elle d'une voix joyeuse.

« Serez-vous vexé si je réussis certaines choses mieux que vous ? », lui avait-elle demandé. Eh bien, oui, il l'était, et ça ne se passerait pas comme ça !

Il lui lança une balle particulièrement puissante, qu'elle ne réussit pas à rattraper.

— Strike ! Pas mal du tout, Kuzmina ! Continuez comme ça et vous pourrez entraîner une équipe complète de jeunes filles au Village ! Essayez encore. Plus vite, cette fois !

« Vous l'aurez voulu, madame Peris ! » songea-t-il.

Il prit son élan.

La balle rencontra bien le maillet, mais elle avait tellement de force que celui-ci se brisa net.

9.

— Oh non ! s'exclama Gabi en contemplant les morceaux du maillet éparpillés à ses pieds.

Max se dirigea vers elle en courant.

— Vous êtes blessée, Gabriella ?

Elle secoua la tête.

— Non. Mais nous aurions dû utiliser une balle en caoutchouc, et j'aurais dû savoir que c'était risqué d'utiliser le maillet de votre logeuse en guise de batte. Je m'en veux tellement !

Il lui prit les morceaux de bois des mains.

— C'est ma faute. J'ai lancé la balle trop fort. Demain, nous irons acheter un nouveau maillet ensemble.

Il la contempla avec admiration.

— Vous êtes une joueuse de stickball exceptionnelle.

— Vous croyez ?

— Comment se fait-il que vous soyez si bonne ? Racontez-moi tout.

— Quand j'étais petite, je jouais tous les soirs jusqu'à la tombée de la nuit, devant le garage des voisins. Quand je n'étais pas là parce que j'avais des devoirs à faire ou que je devais rester à la maison, les garçons venaient sonner à ma porte et suppliaient mes parents de me laisser sortir. Ils leur disaient que l'équipe ne pouvait pas se passer de moi.

Les yeux d'Anatoli brillaient.

— Ça ne m'étonne pas.

— Vous êtes bon joueur aussi. Je parie que quelqu'un vous a appris comment imprimer une rotation à votre balle... Elle se tut brusquement, sembla réfléchir quelques instants avant de s'exclamer :

— Bas les masques, Anatoli ! Vous avez déjà joué, n'est-ce pas ?

Ses lèvres sensuelles dessinèrent un irrésistible sourire en coin.

— Peut-être que je vous ai un peu menti.

— Il n'y a pas de peut-être qui tienne ! Avouez que vous vous entraînez à la plage chaque fois que vous en avez l'occasion !

— Cela fait quatre jours que je n'ai pas touché à une batte.

Et comment l'aurait-il pu ? songea Max. Depuis quatre jours, il passait chacun de ses moments libres avec elle.

— Nous irons au championnat national ensemble, d'accord ?

— D'accord, dit-elle, dissimulant avec peine la joie que lui procurait ce nouveau rendez-vous.

— Est-ce qu'on pourra venir ? demanda Juanita.

— Parle pour toi, dit Sandra. Je serai probablement à l'hôpital en train d'accoucher !

Gabi mis son bras autour des épaules de Sandra.

— Je viendrai te voir.

— Nous viendrons tous les deux, dit Anatoli. Je n'ai jamais vu un nouveau-né.

— Vous plaisantez ? s'écria Sandra. Quand je pense que ma mère a eu sept enfants... C'est moi qui me suis occupée de la plupart d'entre eux, ajouta-t-elle d'un air triste.

Gabi se sentit envahie de pitié pour Sandra.

— Anatoli ne ment jamais, dit-elle pour l'égayer.

167

Anatoli lui lança un coup d'œil malicieux.

— Je vois que nous avons un petit compte à régler !

— En effet, Anatoli.

— Parfait. Je suis impatient de savoir quelle punition vous avez choisi de m'infliger.

— Vous voilà devenu raisonnable ! C'est tant mieux, parce que quelqu'un va devoir ranger tout le jeu de croquet avant notre départ.

— Je vais vous aider, dit Juanita.

Pendant que la jeune fille accompagnait Anatoli, Gabi sortit son appareil jetable de son sac et prit une photo. Elle en avait fait beaucoup au cours de l'après-midi, profitant de moments où Anatoli ne la voyait pas. Elle brûlait d'impatience de faire développer la pellicule.

— Viens Sandra, tu as l'air fatiguée. Il est temps de te ramener à la maison.

Elles se mirent en route vers la voiture.

— Anatoli est très beau. Il est drôle, aussi.

— Je suis tout à fait d'accord.

— Je crois qu'il t'aime.

— Nous ne nous connaissons que depuis quatre jours, tu sais...

— Peut-être. Mais tu devrais voir ses yeux quand il te regarde. Un jour, j'espère que je rencontrerai quelqu'un qui me regardera comme ça. Ça fait plusieurs mois que j'ai décidé de faire adopter mon bébé. A te voir aussi heureuse avec Anatoli, je me rends compte que c'est une vie comme celle-là que je voudrais avoir un jour. Mais mon bébé mérite de grandir avec des gens qui veulent vraiment de lui et peuvent s'en occuper.

Gabi la serra tendrement dans ses bras.

— Que vas-tu faire après sa naissance ?

— Le conseiller du Village va m'aider à finir ma scolarité au lycée. Après, j'irai à l'université.

— Je t'admire beaucoup, Sandra. Tu es vraiment très courageuse.

— Je me suis dit la même chose à propos de Svetlana.

— Alors, elle s'est un peu confiée à toi ?

— Oui. Elle m'a raconté qu'après la mort de son père, le petit ami russe de sa mère s'était quasiment approprié leur appartement. La nuit où elle s'est enfuie, il l'a touchée d'une façon dégoûtante et lui a dit qu'un homme important allait venir et lui faire des cadeaux si elle était gentille avec lui. Elle a eu peur d'être violée, alors elle est passée par la fenêtre, a descendu l'échelle de secours et s'est enfuie.

Gabi frémit.

— C'est un miracle qu'elle ait réussi à leur échapper.

— Elle dit que les hommes russes sont terribles. A l'heure qu'il est, sa mère est peut-être morte. Mais Svetlana a peur de prévenir la police.

— C'est ce qu'elle m'a dit dans le taxi. Je suis heureuse qu'elle t'ai parlé de tout ça.

— Je lui ai raconté ce qui m'était arrivé. Elle sait qu'elle est en sécurité au Village. Mais j'ai l'impression qu'elle n'osera plus jamais mettre les pieds dehors.

— L'avenir nous le dira. Il est encore trop tôt pour le moment. Un psychologue va bientôt la prendre en charge. En attendant, si tu pouvais devenir son amie, ce serait merveilleux.

— J'essaierai.

— Je sais que tu feras de ton mieux.

Alors qu'elle aidait Sandra à monter dans la voiture, Anatoli et Juanita les rejoignirent.

Juanita respirait la joie de vivre. Gabi ne l'avait jamais vue aussi détendue. Anatoli était décidément un magicien, se dit-elle.

Elle se réjouit à l'idée qu'Ally serait rentrée lorsqu'il la ramènerait chez elle. Si elle devait se retrouver seule avec lui dans l'état où elle se trouvait maintenant, les sages conseils du Dr Karsh risquaient fort de partir en fumée dès qu'ils auraient franchi le pas de la porte.

— Merci d'avoir été aussi merveilleux aujourd'hui. Sandra vous trouve drôle, quant à Juanita, elle est folle de vous. Ça a beaucoup d'importance venant de jeunes filles à qui la vie n'a donné aucune raison de faire confiance à qui que ce soit.

— Je les apprécie aussi. Nous avons passé une journée formidable. Je voudrais qu'elle ne finisse jamais.

— Moi aussi, dit-elle en baissant les yeux.

Elle sentit son regard la couver.

— Vous me cachez quelque chose, Gabriella. Qu'est-ce qui vous préoccupe ?

— J'aimerais beaucoup passer la soirée avec vous, mais c'est impossible.

— Vous avez du travail à votre bureau ?

— Non, il ne s'agit pas de ça. La personne qui partage mon appartement rentre ce soir.

Aussitôt, Anatoli se gara le long du trottoir. Il coupa le moteur et se tourna vers elle.

— Vous ne m'avez jamais dit que vous viviez avec quelqu'un.

La gorge serrée, elle le regarda timidement.

— Je sais. Jusqu'à aujourd'hui, je n'ai pas jugé nécessaire de vous le dire. Mais vous avez rompu vos fiançailles, et maintenant vous avez le droit d'en savoir un peu plus sur ma vie.

— Vous étiez ensemble avant qu'il ne s'absente ?

Il semblait totalement désespéré. Etait-ce son côté théâtral qui refaisait surface où était-il vraiment affecté ? se demanda Gabi.

— Anatoli, j'ai parlé d'une personne qui partage mon appartement, pas d'un petit ami ! Ally est une femme ! C'est la première personne avec qui je suis devenue amie à mon arrivée à San Diego. Nous nous sommes tout de suite entendu, et nous avons décidé de louer un appartement ensemble.

— *Ally ?*

— Oui, Ally. Elle s'appelle Allison, mais tout le monde l'appelle Ally ou Al. Elle s'est absentée plusieurs semaines. L'autre jour, j'ai reçu une carte postale où elle m'annonçait son arrivée pour ce soir. Elle disait qu'il était important que je sois là, parce qu'elle avait une chose à me dire qui nous concerne toutes les deux.

Il la dévisageait sans dire un mot.

— Vous ne me croyez pas ?

— Si, bien sûr. Mais je me demande s'il y a encore d'autres choses que vous m'avez cachées.

Elle se mordit la lèvre.

—Vous ne me croyez pas. Vous pensez que j'ai tout inventé.

— Je croirai tout ce que vous voulez que je croie. Vous dites qu'elle est probablement déjà rentrée ?

— Je suppose que oui.

— Alors il faut que je vous ramène chez vous.

Il restait impassible.

— Vous n'êtes pas fâché ? demanda Gabi.

— Je suis déçu que vous ne m'ayez rien dit. Mais je ne suis pas fâché.

Il démarra.

— Vous aimeriez la rencontrer ? demanda-t-elle.

— Si vous avez des choses importantes à vous dire, le moment est peut-être mal choisi. Vous lui avez parlé de moi ?

— Je n'en ai pas encore eu l'occasion. Mais lorsqu'elle verra vos roses, elle se doutera qu'il se passe quelque chose. Je n'achète jamais de fleurs aussi superbes.

— Elle resteront belles pendant au moins encore une semaine.

Sa voix semblait un peu plus gaie.

— Anatoli ?

— Oui, Gabriella ?

— Je voudrais que vous la rencontriez.

— Alors c'est d'accord. Mais je ne vous dérangerai pas longtemps.

Quelques minutes plus tard, Anatoli garait la voiture non loin de l'appartement de Gabi.

— Je brûle d'impatience, dit-il en verrouillant la voiture.

— Pourquoi ?

— Je veux tout savoir sur vous. Vous avez vécu avec cette femme pendant des mois. Je suis curieux de voir quel genre de personne elle est.

Il entoura les épaules de Gabi de son bras, et ils se mirent à marcher en direction de son immeuble. Gabi se sentit envahie par un merveilleux sentiment de bonheur. Marcher ainsi près de lui, comme n'importe quelle femme amoureuse près de l'homme qu'elle aime, c'était si simple et si naturel. Chaque fois que sa hanche frôlait la sienne, tout son corps vibrait. Elle brûlait d'envie de lui dire qu'elle aimerait rencontrer ses amis aussi, mais elle se retint à l'idée qu'il était encore possible qu'elle apprenne quelque chose qui la forcerait à ne plus le voir.

Gabi le précéda dans les escaliers et s'arrêta sur le seuil de chez elle.

— Je vais juste entrer voir si Ally est déjà arrivée, et si elle n'est pas en train de se reposer ou de prendre une douche. Si elle est là, je viendrai vous chercher dès qu'elle sera prête.

Al, le tueur chargé de l'éliminer, était une femme qui s'appelait Allison ?

Comment Gabriella avait-elle pu vivre pendant des mois avec cette personne sans que lui et son équipe ne s'en aperçoivent ? Etaient-ils donc tous devenus aveugles ?

Max n'avait pas vu les hommes postés sur le toit en entrant dans l'immeuble, mais il n'avait pas peur d'être blessé. Il savait qu'ils étaient là et qu'ils le protègeraient.

Malheureusement, ni leurs armes ni leur entraînement de haut niveau ne suffiraient à protéger Max d'un danger bien plus grand : ses sentiments pour Gabi. Il savait qu'aujourd'hui il avait franchi une limite avec elle. La limite devant laquelle on les mettait en garde à l'entraînement, celle qu'on traversait à ses risques et périls, et derrière laquelle la raison ne vous protégeait plus.

Deux jours plus tôt, Karl et Jack avaient voulu qu'il abandonne cette affaire. Mais déjà, Max ne pouvait plus les écouter, comme si Gabriella lui avait fait boire un philtre quelconque qui le rendait sourd à tout ce qui ne venait pas d'elle.

Il était fort possible que Svetlana et Irina soient en réalité la même personne. Le récit de Sandra semblait correspondre à ce qu'Oleg lui avait raconté. Max soupira. Il aurait dû être en train de tirer ce point au clair et, au lieu de cela, il était ici, à la merci d'une femme qui le menait par le bout du nez depuis une semaine.

La porte de l'appartement s'ouvrit, découvrant le visage souriant de Gabi.

— Vous pouvez entrer, Anatoli.

Le cœur de Max se mit à battre un peu plus vite. Cette femme était-elle donc un démon ? se demanda-t-il. La chaude flamme brune pétillait dans ses yeux, comme pour l'attirer malgré lui à l'intérieur. Et ce sourire, comment pouvait-il être si caressant alors qu'elle se préparait à le faire abattre ?

Il est temps d'en finir, se dit-il. Il s'avança à l'intérieur, prêt à se jeter à plat sur le sol afin de se mettre à couvert.

A sa grande surprise, il ne fut pas accueilli par le crépitement des balles, mais par le sourire d'une jolie jeune femme blonde un peu plus grande que Gabriella. Vêtue d'une longue robe blanche, elle se tenait à côté de la lampe où Max avait caché un micro.

— Bonjour, Anatoli, lui dit-elle. Je m'appelle Allison. Mais vous pouvez m'appeler Ally, ou Al, si vous préférez.

Légèrement perplexe, Max fit quelques pas dans sa direction.

— Bonjour, Ally. Je suis heureux de vous rencontrer.

Ils se serrèrent la main.

Gabriella était dans la cuisine, occupée à sortir des boissons du réfrigérateur.

— J'ai fait quelques sandwichs, dit Gabriella. Il y a aussi des chips et du guacamole. Installez vous pendant que j'apporte tout ça sur la table.

Quelques secondes plus tard, Gabi rejoignait Anatoli sur le canapé avec son assiette, et tous deux se mirent à manger voracement. Ally s'était assise dans le fauteuil club.

— Nous avons joué au stickball cet après-midi, lui dit Gabriella.

— Ça explique votre appétit ! dit Ally.

— Nous avons aussi joué au croquet. Anatoli est un homme aux multiples talents !

— Racontez-moi comment vous vous êtes rencontrés.

Gabriella détourna les yeux, gênée.

— Je ne peux pas te le dire, Ally. C'est trop embarrassant.

—Laisse-moi deviner... Tu as foncé sur lui dans la rue en faisant semblant de ne pas le voir ?

Gabriella lui adressa un sourire crispé.

— Tu n'es pas si loin de la vérité que tu le penses, sauf que je ne l'ai pas fait exprès. Nous avons eu un accident. J'ai percuté la voiture de Max et j'ai bien failli tous nous envoyer à l'hôpital. J'ai tellement honte.

Max sourit.

— Moi, je pense que c'était mon jour de chance.

Ally lui sourit. Elle ne ressemblait pas le moins du monde à un tueur à gages, et Max commençait à se demander si Jack n'avait pas raison lorsqu'il avait suggéré que Gabi n'avait probablement rien à voir avec la mafia.

— Et comment crois-tu qu'Anatoli a réagi ? reprit Gabriella à l'attention d'Ally. En m'apportant ce magnifique bouquet de roses !

Ally dévisagea Anatoli avec curiosité.

— Toutes les femmes devraient avoir autant de chance que toi, Gabi. J'espère qu'aucun de vous deux n'a été blessé ?

— Non. Mais nos deux voitures sont au garage.

— Comment fais-tu pour aller travailler ?

— Anatoli m'emmène partout où je veux avec la camionnette de son entreprise.

— Tu as rencontré un vrai prince charmant ! dit Ally en souriant à Max.

Max lui retourna son sourire. Il n'était qu'à moitié surpris qu'une femme telle que Gabriella ait une amie aussi sympathique.

— Si j'avais su qu'il allait t'arriver tout ça, je serais partie plus tôt. Je parie que tu n'as pas pensé à moi une seule seconde ! dit Ally en riant.

Gabi tressaillit. Elle était profondément attachée à Ally, et celle-ci lui avait manqué plusieurs fois ses derniers jours. Mais il fallait bien admettre aussi que, par instants, elle avait senti poindre en elle l'idée que sa rencontre avec Anatoli mettrait un point final à la vie de femmes célibataires qu'elles menaient toutes les deux.

— Bien sûr que si, Ally, protesta-t-elle. Mais aussitôt ses joues s'enflammèrent, montrant qu'elle ne disait pas tout à fait la vérité. Elle baissa les yeux.

Le trouble de Gabi n'échappa pas à Max, et il en fut bouleversé. Gabriella ne pouvait pas simuler cette réaction. Dans l'espoir de reprendre le contrôle de ses sens qui s'affolaient, il s'empara des assiettes et les emporta dans la cuisine.

Tout en les déposant dans l'évier, il se dit qu'il fallait coûte que coûte qu'il s'en aille afin de pouvoir réfléchir à la situation à tête reposée.

— Merci pour le dîner, Gabriella, dit-il en revenant dans le salon. Je dois partir, maintenant. Voulez-vous que je passe vous prendre demain ? Nous irons acheter un nouveau maillet.

— Je ne voudrais surtout pas vous chasser, lui dit Ally.

Max se tourna vers elle.

— Gabriella m'a dit que vous aviez des choses importantes à vous dire. Je ne veux pas vous déranger.

— Je vous en prie, restez, dit Ally. Ce que j'ai à lui dire ne prendra qu'un instant. Ensuite, j'irai me coucher.

— D'accord. Mais ça dépend de Gabriella. Vous souhaitez que je m'en aille ?

Gabriella ne répondit pas. Ally leva le pied et taquina affectueusement la jambe de Gabi, qui gardait obstinément les yeux baissés.

— Tu sais très bien que tu ne veux pas qu'il parte tout de suite, dit-elle.

Sans laisser à Gabi le temps de répondre, elle se tourna vers Max.

— Elle veut que vous restiez, déclara-t-elle.

Max reprit sa place sur le canapé à côté de Gabi, dont les joues étaient toujours aussi rouges. Presque sans y penser, il prit sa main dans la sienne. Gabi ne la retira pas.

— Je sais ce que tu vas me dire, Ally. Ta carte postale m'y a préparée.

Le visage d'Ally prit une expression sérieuse.

— Je n'ai qu'un seul regret, c'est de devoir te quitter et t'obliger par la même occasion à trouver une autre colocataire.

— Tu voudrais que je t'accompagne et que je renonce au monde comme toi ?

Max était sur des charbons ardents. Ne réussissant plus à dissimuler sa curiosité, il regarda Ally et lui demanda :

— Où allez-vous donc ? On dirait que vous partez pour une sorte de pèlerinage.

Gabriella soupira profondément.

— C'est exact. Je peux lui dire, Ally ?

— Bien sûr.

Gabi se tourna vers Anatoli.

— Ally va entrer au couvent. Nous nous sommes rencontrées un dimanche au musée d'art moderne. Je venais d'arriver et j'étais encore à l'hôtel. Ally m'a dit qu'elle travaillait à la mission San Diego Welcome, une association religieuse qui s'occupe de trouver des logements pour les gens qui sont nouveaux en ville. Elle m'a assurée que l'association pourrait sûrement m'aider à trouver un logement.

— J'aurais dû m'adresser à vous quand je suis arrivé, murmura Anatoli.

— Anatoli à dû partager une chambre avec treize autres immigrants pendant un mois à son arrivé aux Etats-Unis, dit Gabi.

177

Ally secoua la tête.

— C'est terrible.

— Nous avons survécu, dit Anatoli.

Gabriella serra sa main dans la sienne.

— Peut-être, mais les choses ne devraient pas se passer comme ça. En tout cas, Ally et moi nous sommes appréciées tout de suite. Comme elle avait envie d'un appartement plus grand, nous avons très vite décidé de nous installer ensemble dans ce meublé.

Max se souvint du crucifix et de la Bible qu'il avait remarqués dans la chambre à coucher.

— Ally avait déjà décidé de mener une vie très simple et de ne pas s'attacher au luxe et au confort. Pour moi, c'était important qu'elle se sente bien ici, plus important que d'avoir de jolis meubles ou un ordinateur. Alors j'ai décidé de laisser provisoirement toutes mes affaires personnelles dans un garde-meuble.

— C'est pour ça que votre bureau est si différent de votre appartement, dit Anatoli.

Ally hocha la tête.

— J'ai rarement rencontré quelqu'un d'aussi délicat et généreux que Gabi. Elle pourrait donner des leçons à certaines personnes qui se prétendent croyantes.

Gabi s'exclama, embarrassée :

— Arrête, Ally, vraiment tu exagères !

Ally sourit.

—D'accord, d'accord ! Je ne dirai plus un mot. Mais je n'en pense pas moins. Avant d'entrer au couvent, je voudrais t'aider à trouver une autre colocataire.

— Je ne veux pas d'une autre colocataire.

Max regarda Gabi.

— A combien s'élève votre loyer, Gabriella ?

— Mille deux cents dollars par mois.

— Je connais un endroit où les appartements sont à huit cents dollars, charges comprises.

Une lueur d'impatience s'alluma dans les yeux de Gabi.

— Oui, j'ai entendu parler de cet endroit. Ça s'appelle la vallée de la Mort, et la deuxième caverne, à gauche au fond du canyon, est à louer, c'est ça ?

Ally gloussa avant de reprendre.

— De toute façon, je ne partirai que lorsque je serai sûre que tu as trouvé une solution pour l'appartement.

Max se leva.

— Gabriella vivra avec moi.

Les deux jeunes femmes les regardèrent, stupéfaites.

— La jeune Française qui vivait dans mon immeuble est partie pour San Francisco avec ses enfants. La logeuse recherche un nouveau locataire, mais elle n'accepte que les gens qui lui sont recommandés par quelqu'un qu'elle connaît bien. Si je me porte garant pour Gabriella, Mrs Bills sera ravie de l'accueillir.

Gabi s'approcha de lui.

— De quel genre d'immeuble s'agit-il ?

— Vous allez adorer. C'est une vieille maison de l'époque victorienne qui appartenait à sa famille. Elle y a fait aménager des appartements.

Ally se leva également.

— Ça m'a l'air d'être la solution idéale. Maintenant que tu es au courant de ma décision, je vais aller me coucher. J'ai été ravie de vous rencontrer, Anatoli. J'espère que nous nous reverrons avant mon départ.

— Je l'espère également. Bonne nuit, Ally.

Une fois qu'elle eut disparu, Max se tourna vers Gabi.

— Laissez-moi vous montrer l'immeuble.

— Vous voulez dire tout de suite ?

— Oui. Vous verrez, c'est très agréable. Demain, c'est dimanche. Mrs Bills va probablement faire visiter l'appartement à des locataires. Je suis sûre qu'à la fin de la journée il sera loué. Si nous y allons maintenant, vous pourrez le voir la première.

Elle sourit.

— Je ne suis pas sûre que ce soit une bonne idée de vivre dans le même immeuble que vous.

— Je ne suis pas d'accord. C'est la chose qui se rapproche le plus de l'idée que je me fais du paradis.

— Ne dites pas cela.

— Et pourquoi pas ? Je n'y peux rien, c'est ce que je ressens. Quand j'ai appris que votre amie allait partir, je n'avais qu'une envie, c'est de vous proposer de prendre sa place. Je sais que c'est un peu tôt pour ça, mais depuis que je vous ai rencontrée, j'ai envie de passer chaque instant avec vous.

— Je ne sais pas si c'est raisonnable, Anatoli.

— Il y aurait d'autres avantages. J'aurais moins de chemin à faire pour vous conduire à votre travail... Et pour le reste, Mrs Bills sera notre ange gardien.

— Que voulez-vous dire ?

— Elle a établi des règles très strictes. Il y a six locataires dans l'immeuble. Jusqu'à dix heures du soir, nous avons le droit de nous réunir dans la salle commune et de recevoir des amis. Mais après, elle nous interdit d'amener qui que ce soit dans notre appartement.

— Parfois, lorsqu'on vit sous le même toit que quelqu'un, on se met à se disputer, dit Gabi, l'air songeur.

Anatoli éclata de rire.

— Voilà qui serait intéressant ! C'est une chose que nous n'avons pas encore vécue. Je suis très impatient de voir ce que cela donnerait.

Elle rit.

— Est-ce qu'elle fait signer un contrat de location ?

— Non, mais elle demande une caution de deux mois de loyer.

— Tout cela est trop beau pour être vrai, je n'arrive pas à croire que le loyer est si bas.

— Les appartements des étages supérieurs sont plus chers. Les nôtres sont au premier, et ils sont plus petits. Mais le plafond est si haut que l'on ne sent pas à l'étroit. De plus, on a l'impression d'être dans une maison, et non dans un appartement.

— Et nous pourrons regarder des matches ensemble dans la salle commune ?

Une vague de tendresse submergea Max. Il lui sourit.

— Bien sûr.

— Je suppose que je peux aller jeter un coup d'œil. Mais je ne vous promets rien, Anatoli, même si j'apprécie beaucoup votre proposition.

Elle prit son sac et se dirigea vers la porte. Sur le palier, il la contempla en souriant.

— Je suis tellement heureux à l'idée que nous allons vivre sous le même toit, dit-il. En plus, vous pourrez m'aider à préparer le test d'anglais pour ma naturalisation. J'adorerai vous avoir comme professeur.

Ils s'engagèrent dans les escaliers.

— Vous n'avez pas besoin de professeur, Anatoli. Votre anglais est parfait. Dans combien de temps devez-vous passer le test ?

— Dans un mois. Mais je ne suis pas d'accord avec vous. Mon anglais est très éloigné d'être bon.

Elle se tourna vers lui, une leur amusée dans les yeux.

— « *Loin* » d'être bon, Anatoli.

Il la regarda en feignant la stupeur.

— Vraiment ? Ce n'est pas « éloigné » ?

— Non.

— Vous voyez bien que j'ai besoin d'un professeur.

— Votre petit stratagème est à peu près aussi subtil que celui d'un éléphant, mais si vous voulez vraiment que je vous aide, je...

Il ne la laissa pas terminer. Il approcha ses lèvres des siennes et lui donna un léger baiser.

— Vous viendrez lorsque je prêterai serment sur la Constitution pour ma naturalisation ? murmura-t-il tout près de ses lèvres.

— J'en serai honorée.

— Après, nous irons boire du champagne.

— D'accord.

Il lui donna un autre baiser, qu'il eut toutes les peines du monde à ne pas prolonger. S'arrachant à ses lèvres, il la précéda jusqu'en bas des escaliers pour lui tenir la porte. Au moment où elle passa devant lui, elle sentit son corps entier baigné par la douce chaleur qui se dégageait de celui de son compagnon. Elle baissa vivement les yeux, sentant que si elle croisait son regard, il lui serait impossible de résister à la tentation de se jeter dans ses bras.

« Tu es une fille intelligente, Irina. Belle, aussi, presque plus que ta mère. Ce soir, un homme très important va venir. Il s'appelle Evguéni Babichenko. Il devrait être ici d'une minute à l'autre... Si tu es gentille avec lui, il te donnera des choses dont tu n'as jamais osé rêver. Une voiture, des robes magnifiques, peut-être même un appartement. Pour toi toute seule. Mais si tu es méchante, je serai très contrarié. Tu as bien compris ? »

— Svetlana ?

Irina sentit quelqu'un lui tapoter doucement l'épaule.

— Svetlana ? Réveille-toi, tu as fait un cauchemar. Tout va bien.

Elle entendait une voix, mais ce n'était pas son nom qu'on appelait.

— Allez, réveille-toi.

La lumière s'alluma. Irina cligna des yeux et leva la tête. Sandra était debout près de son lit et la regardait.

— Tu pleurais dans ton sommeil. Tu bougeais tellement que j'ai eu peur que tu ne tombes de ton lit.

Irina se redressa.

— Je faisais un mauvais rêve.

— Au début, cela m'arrivait tout le temps. Mais tu verras, au bout d'un moment, ça s'arrête. Tu veux que je laisse la lumière allumée ?

Irina remonta ses jambes contre sa poitrine et posa sa tête sur ses genoux.

— Je ne sais pas.

De grosses larmes coulaient sur ses joues.

— Veux-tu que j'appelle l'infirmière ? Peut-être qu'elle pourra te donner quelque chose pour t'aider à dormir.

— Ma mère..., dit Irina entre deux sanglots.

— Tu te fais du souci pour elle. Je comprends. Ecoute, tu te souviens de Gabi, la jeune femme qui t'a amenée ici ?

Irina hocha la tête.

— Elle est vraiment super, tu sais. Si tu lui donnais ton adresse, elle pourrait essayer de savoir comment va ta mère.

— C'est trop dangereux.

— Ce n'est pas dangereux pour elle. Elle est avocate et elle sait comment avoir des renseignements sans que personne ne le sache. Parfois, elle porte même des déguisements.

— Vraiment ?

— Oui. Personne ne la reconnaît. Elle l'a déjà fait pour moi, c'est comme ça qu'elle a pu avoir des nouvelles de ma famille.

— Pas de police ?

— Non. Demain, il a une réunion des bénévoles au Village. Gabi sera là. Tu pourras lui parler. Tu te sentiras beaucoup mieux quand tu sauras comment va ta mère.

— Bon, d'accord.

— Tu crois que tu vas pouvoir te rendormir ?

— Oui.

— Alors j'éteins la lumière. Bonne nuit, Irina.

— Bonne nuit, Sandra.

10.

— Est-ce qu'un chèque vous convient, Mrs Bills ? Peut-être préférez-vous du liquide ?

— Un chèque me va très bien, madame Peris. Anatoli m'a dit que vous étiez son avocat. C'est une garantie suffisante pour moi.

Il était évident que Mrs Bills, la logeuse, aimait beaucoup Anatoli. Il n'y avait pas là de quoi s'étonner, pensa Gabi. Elle avait eu l'occasion de s'apercevoir que peu de gens semblaient résister à son charme. A l'idée qu'elle n'était peut-être qu'une autre victime impuissante de ce magnétisme, Gabi ressentit un léger pincement d'orgueil.

Peut-être l'avait-il réellement rendue aveugle. Peut-être Anatoli était-il passé maître dans l'art d'ensorceler les gens uniquement pour pouvoir leur cacher sa double vie. D'un autre côté, vivre dans le même immeuble que lui était le meilleur moyen de savoir s'il y avait des zones d'ombre dans son emploi du temps. Elle décida que, si elle découvrait quoi que ce soit de louche le concernant, elle mettrait fin à leur relation.

A peine cette pensée eut-elle traversé son esprit qu'un poids s'abattit sur son cœur. La perspective de le quitter était insupportable. Surtout lorsqu'il lui souriait comme il le faisait en ce moment.

— Alors, Gabriella, vous signez ? lui murmura-t-il à l'oreille. Ne me mettez pas au supplice !

La veille maison de l'époque victorienne était pleine de charme. Le vaste escalier était recouvert d'un tapis profond, et bordé d'une rampe de bois sculpté, les murs et les plafonds décorés d'élégantes moulures, et l'appartement de Gabi était magnifique. Les mêmes moulures agrémentaient le plafond, qui était très haut. Dans la pièce principale, les panneaux supérieurs des fenêtres étaient de verre coloré. Le sol était recouvert d'un parquet de chêne sombre et luisant, qui sentait bon la cire. La cuisine et la salle de bains étaient assez petites, mais les équipements étaient entièrement neufs.

Dans la chambre à coucher trônait un grand lit ancien et une grande armoire.

Se décidant, Gabi signa le chèque et le tendit à Mrs Bills.

— Voilà, Mrs Bills.

La vieille dame lui sourit.

— Merci. Vous pouvez emménager dès que vous le souhaitez.

— Je ne pourrai probablement pas le faire avant la semaine prochaine. Peut-être mardi ou mercredi.

— C'est parfait. Anatoli vous montrera le parking juste derrière la maison.

— Merci, mais je crois que je devrais encore me contenter de mon vélo pendant quelques semaines. Y a-t-il un endroit où je peux le laisser ?

— Il y a une remise pour les vélos juste à côté du parking. Elle ferme à clé.

— C'est formidable !

— Je suis heureuse que vous soyez satisfaite. Je crois que tout est réglé pour le moment, alors je vais prendre congé. Je vous reverrai très bientôt.

Gabi regarda Anatoli.

— Je vais partir aussi, je crois qu'il vaut mieux que je retourne voir Ally.

Elle allait se diriger vers la porte d'entrée, lorsqu'elle sentit deux mains se poser sur ses épaules.

— Vous voulez déjà me quitter ? murmura Anatoli dans le creux de sa nuque.

— Je préférerais rester avec vous, mais je me sens coupable de laisser Ally seule. Je crois qu'elle a besoin de parler de sa décision. Et elle sera soulagée d'apprendre que j'ai trouvé à me loger ici.

— Pas autant que moi, dit-il en souriant. Maintenant que je suis tout à fait sûr de vous avoir près de moi tous les jours, je vais me montrer magnanime. Je vous autorise donc à retourner chez vous ce soir.

Il déposa un baiser sur ses cheveux.

— Allons, venez. Je vais vous conduire.

Le véhicule avança à sa hauteur et ralentit. Une porte s'ouvrit sur le côté. Max grimpa à l'intérieur et referma la porte derrière lui.

Jack l'accueillit avec une tape chaleureuse sur l'épaule.

— Ça me fait plaisir de te voir, mon vieux !

— A moi aussi, Jack.

— Tu veux une bière ?

— Avec plaisir.

Jack sortit deux bières d'un petit frigo derrière lui et en tendit une à Max. Ils s'installèrent face à face sur les banquettes qui longeaient chaque côté du camping-car.

Jack le contempla avec un large sourire bonhomme.

— Alors, quel effet ça t'a fait quand tu es entré dans l'appartement et que tu t'es trouvé nez à nez avec une religieuse ?

Max sourit.

— Disons que c'est un moment que je n'oublierai pas de sitôt.

— Je crois que cette soirée entrera dans les annales du Département...

Max piqua du nez et soupira.

— J'imagine qu'ils doivent tous me trouver ridicule avec mes idées de tueur à gages...

— Tu n'y es pas du tout, mon vieux ! Le clou de la soirée, c'est ton numéro de séduction avec Gabriella. Avec tous ces micros, votre conversation est passée à peu près aussi inaperçue qu'un troupeau d'éléphants dans le métro. Pour les gars de l'équipe, tu es ce qu'on a inventé de mieux depuis James Bond. Karl envisage même de faire des copies des enregistrements pour les intégrer dans le programme d'entraînement des nouvelles recrues, et leur montrer ce que c'est qu'un vrai agent double.

— Tu plaisantes ?

— Pas du tout. Il se demande où tu vas chercher toutes tes trouvailles de séducteur. Les gars pensent que Gabriella et toi devriez faire un remake de *L'espion qui m'aimait*. Ils sont sûrs que vous feriez un malheur au box-office.

Max finit sa bière d'un trait.

— Tu veux tout savoir ? reprit Jack, une lueur malicieuse dans les yeux. Les paris sont ouverts quand à la suite des événements. Les uns pensent que tout ça va finir par un mariage, les autres imaginent que tu arracheras Gabriella des griffes de la mafia et que vous vous enfuirez sur une île déserte. Mais ils ne sont pas vraiment sérieux. Pratiquement personne ne pense plus que Gabriella fait partie de l'organisation. Même Karl en est quasiment convaincu.

Max leva les yeux sur lui.

— Et tu es d'accord ? Tu as oublié les notes que j'ai trouvées chez elles ? Le manuel de russe ?

Le visage de Jack s'assombrit.

— Je n'ai pas d'explication pour ça. C'est la seule chose qui me tracasse. En ce qui concerne le manuel de russe, son travail l'amène à côtoyer beaucoup d'étrangers, et il me semble naturel qu'elle veuille pouvoir communiquer plus facilement avec eux.

— En tout cas, si elle joue vraiment la comédie, elle est sacrément adroite.

Jack étudia le visage de son ami avec attention.

— Après toutes ces années de service, comment as-tu pu tomber amoureux d'une femme qui est impliquée dans une de nos affaires ?

Max se détourna avec humeur.

— Tu crois peut-être que ça me fait plaisir ?

Il jeta la canette de bière vide dans la corbeille.

— Oui, je le crois. Une partie de toi-même est très attirée par cette femme. J'ai écouté les enregistrements. C'est ton cœur que j'ai entendu. Ça m'a fait très peur parce que ça veut dire que tu ne contrôles plus ce qui se passe. J'ai compris que tu étais amoureux d'elle à l'instant où tu lui as proposé de vivre dans ton immeuble.

Max se frotta pensivement la nuque.

— C'est un moyen de la surveiller plus facilement.

— C'est inutile. Nous la surveillons déjà vingt-quatre heures sur vingt-quatre.

— Il y a encore des éléments qui nous échappent, objecta Max. Nous n'avons pas mis assez de micros chez elle. Il me sera bien plus facile de le faire si elle vit dans mon immeuble. Et nous n'avons pas réussi à cacher un mouchard dans son téléphone portable. Je m'en occuperai demain, quand je l'emmènerai faire des courses. De cette façon, si elle fait partie de la mafia, elle n'aura plus aucune chance de nous échapper.

Jack hocha la tête, pas vraiment convaincu.

— Parlons de Svetlana, maintenant. Tu as découvert quelque chose ?

— D'après ce que m'a raconté Sandra, je suis presque certain qu'il s'agit d'Irina. Il faudrait que tu aies accès au fichier du Village. Ils ont des photos d'identité pour chacune de leurs pensionnaires. Si je reconnais Irina, nous devrons tenter quelque chose pour libérer Galena. Une fois qu'elles auront témoigné, nous les mettrons sous protection.

— Je m'occuperai de ça demain à la première heure. Nikolaï ne t'as toujours pas appelé ?

— Non. Cette ordure veut me mettre complètement à l'écart. Même dans cette situation désespérée, il ne veut pas de mon aide. Imagine à quel point il me déteste. Mais j'ai prévu de lui rendre visite avec Oleg, en prétextant que je suis inquiet à cause des risques que je cours si on ne retrouve pas Irina.

Le conducteur klaxonna.

— Nous sommes arrivés chez vous, Max.

— D'accord. Je descends dans une seconde.

Il se tourna vers Jack et lui serra la main.

—Merci de ton soutien, Jack.

— Pas de quoi, mon vieux. J'espère de tout mon cœur que Gabriella n'a rien à se reprocher. D'après les enregistrements, ce qu'il y a entre vous semble tellement fort...

Le flot d'émotions qui submergea Max à la pensée de Gabriella donnait raison à son ami. Il soupira.

— Alors peut-être que tu peux imaginer ce que j'endure. Je t'assure que c'est un véritable supplice.

Jack lui serra affectueusement le bras.

— Nous ne tarderons plus à découvrir la vérité, maintenant.

Max se redressa et ouvrit la portière du camping-car.

— Tu as raison. Quoi que nous apprenions, ce sera préférable à cette incertitude. Merci pour tout, Jack.

— Bonjour, vous deux ! Je suis contente que vous soyez venue me trouver, ça m'évite d'avoir à faire le chemin jusqu'à vos chambres. J'ai un petit cadeau pour vous.

Elle ouvrit son sac et en sortit un jeu de photos qu'elle leur tendit.

— Regardez. Vous avez l'air de vraies professionnelles du croquet, toutes les deux !

— A côté d'Anatoli, je ressemble à une montgolfière !

— Sandra !

La jeune fille sourit.

— Mais c'est vrai, non ?

— Moi non plus, je ne ressemble pas vraiment à une gazelle, grommela Juanita en regardant les photos. Et pourtant, on ne voit pas encore que je suis enceinte !

— Il n'existe pas une seule femme au monde qui se trouve jolie sur une photo, soupira Gabi. Peut-être que ce n'était pas une très bonne idée.

— Mais si, protesta Sandra. Ça n'a pas d'importance que nous ne nous trouvions pas jolies. Ce qui compte, c'est qu'elles nous rappellent une journée formidable. Merci beaucoup.

— Oui. Merci, Gabi, renchérit Juanita.

— Au fait...

— Oui, Sandra ?

— Tu veux bien nous accompagner jusqu'à ma chambre ? Svetlana voudrait te parler.

Gabi jeta un coup d'œil sur l'horloge suspendue dans le hall.

— Je dois partir dans dix minutes, mais je vais venir.

— Anatoli vient te chercher ?

— Non. Je suis venue en vélo. Mais ma colocataire déménage aujourd'hui, et je dois déjeuner avec elle avant son départ.

— C'est la personne qui va entrer au couvent ?

— Oui.

— Elle va devoir mettre un voile et ne pourra plus jamais parler à personne ?

— Ce n'est pas tout à fait ça. Je t'expliquerai. Mais pour le moment, allons voir Svetlana.

Vingt minutes plus tard, Gabi disait au revoir aux filles et quittait le Village, le cœur serré à cause de ce qu'Irina lui avait révélé.

Elle enfourcha son vélo et, tout en pédalant, fit mentalement un bilan de la situation. Svetlana était un faux nom. La jeune fille s'appelait en réalité Irina. Sa mère, Galena, était à la merci d'un petit ami qui la retenait en otage.

La seule chose qui pourrait soulager Irina était de savoir si sa mère allait bien. A supposer qu'elle soit toujours en vie...

Irina n'était pas entrée dans les détails, mais Gabi pensait que la mère d'Irina était tombée entre les griffes d'un membre de la mafia russe. Son père avait dû entrer malgré lui au service de l'organisation et être mêlé à de faux accidents. La jeune fille avait de bonnes raisons d'être inquiète. Sa mère était en danger de mort.

Gabi pédala plus vite et se mit à réfléchir à la suite des événements.

Elle possédait une description détaillée de Nikolaï et de Galena, et l'adresse de leur domicile. Mais comment faire pour s'assurer que Galena était sauve ? Anatoli devait passer la prendre après le déjeuner avec Ally. Peut-être pourrait-elle lui demander son aide ?

Elle savait qu'elle n'oserait pas le faire. Elle ne pouvait se résoudre à prendre le risque de se confier à lui et de découvrir qu'il faisait partie de ces criminels. Si jamais elle apprenait qu'il avait quoi que ce soit à voir avec de tels monstres, elle ne le supporterait pas. A cette seule pensée, une douleur intense lui traversa le cœur.

Arrivée devant chez elle, elle monta les escaliers aussi vite que possible. Lorsqu'elle entra dans l'appartement, Ally n'eut qu'à la regarder pour comprendre aussitôt que quelque chose n'allait pas.

— Qu'est-ce qui se passe, Gabi ?

La jeune femme lui raconta immédiatement la tragique histoire d'Irina.

— C'est affreux, souffla Ally quand elle eut terminé.

— Oui. Et je m'en veux tellement. Quand je pense que j'ai perdu du temps à faire des recherches sur le prénom Svetlana dans le fichier central des services d'immigration ! Mais au moins, j'ai son adresse. Il faut que j'y aille tout de suite. Tu me pardonnes si nous ne déjeunons pas ensemble ?

— Oublie notre déjeuner. Comment puis-je t'aider ? De quoi as-tu besoin ?

— D'un plan. D'un déguisement.

Ally réfléchit un instant. Elle partit dans la salle de bains et revint avec une serviette en éponge blanche, qu'elle plaça sur sa tête.

— Qu'est-ce que tu vois ? demanda-t-elle à Gabi.

Le visage de Gabi s'éclaira.

— Ally, c'est une idée géniale !

Ally sourit.

— Qui soupçonnerait deux innocentes religieuses faisant une tournée dans le quartier pour promouvoir l'église locale et distribuer des brochures sur la religion ?

— Mais est-ce que nous avons le droit de faire ça ? Tu ne risques pas d'avoir des ennuis ?

— C'est une occasion de faire une bonne action. Je vois ça comme un présage très favorable pour la vie qui m'attend. Je suis prête à partir, il faut juste que je me change.

Gabi la suivit dans la chambre.

— Nous prendrons ma voiture pour faire un saut à l'école paroissiale de Notre-Dame-du-Salut. Sœur Paulina va pouvoir nous aider. Je vais l'appeler pour la prévenir de notre arrivée.

Gabi alla chercher son téléphone dans le salon et le donna à Ally. Celle-ci mit rapidement Paulina au courant de la situation, et la religieuse accepta aussitôt de les aider.

Quand elle eut raccroché, Gabi s'assit sur le lit et regarda Ally avec tendresse.

— J'aurais voulu que tu sois avocate. Nous aurions pu travailler ensemble.

Ally lui sourit.

— Moi, j'aurais voulu que tu entres au couvent avec moi. Mais je sais bien que c'est impossible. Est-ce que je t'ai déjà raconté l'histoire de cette voisine qui vivait en recluse à côté de chez mes parents, à Bel Air ?

— Non, je ne crois pas.

— Pour seule compagnie, elle avait un grand cacatoès blanc. Tous les jours, elle le laissait sortir une demi-heure et le posait sur la branche d'un chêne qui poussait dans son jardin. Elle lui avait fait couper les ailes, et le pauvre animal faisait des tentatives désespérées pour s'envoler. Il battait des ailes de toutes ses forces, mais ne réussissait qu'à se déplacer péniblement d'une branche à une autre. Il regardait les moineaux s'élever dans les airs et cachait sa tête sous ses ailes de tristesse. Je le voyais depuis ma chambre d'enfant, et ce spectacle me faisait toujours pleurer.

— Si tu me racontes cela pour me décourager d'entrer au couvent, c'est réussi.

— Non. D'ailleurs, je n'ai pas non plus l'intention de passer toute ma vie là-bas. Un jour, j'irai en Amérique du Sud pour enseigner. Mais cette histoire me fait penser à toi. Le Dr Karsh a eu raison de te conseiller de prendre ton envol après la mort de Paul.

Gabi se mit à l'écouter avec attention.

— Je sais parfaitement combien ta famille est formidable, reprit Ally. Ton père et ta mère sont merveilleux. Mais si tu étais restée avec eux, tu n'aurais jamais volé de tes propres ailes comme maintenant.

Gabi baissa les yeux.

— Dirais-tu la même chose si tu savais que j'avais pris un mauvais chemin ?

— Tu parles d'Anatoli. Seul l'avenir pourra te le dire, il faut lui laisser sa chance.

— C'est ce que je me force à penser. Mais ce qui s'est passé après l'accident...

— Tu veux parler de ses passagers étrangers qui se sont évanouis Dieu sait où ?

— Oui. Je pense aussi à cette voiture de luxe.

— Il t'a dit qu'elle appartenait à l'entreprise où il travaillait comme comptable.

— Et s'il ne disait pas la vérité ? Je n'ai aucune idée de ce qu'il fait quand il n'est pas avec moi. Je sais qu'il livre des fleurs à mi-temps, mais...

— Mais quoi ?

— Je ne sais pas. Son anglais est d'un niveau excellent pour quelqu'un dont ce n'est pas la langue maternelle.

— Si son grand-père faisait des affaires avec des Américains, il a probablement encouragé Anatoli à apprendre l'anglais. D'ailleurs, Anatoli a fait des études supérieures. Tu l'as vu sur le fichier.

— Je sais.

— Tu m'as dit que Sandra et Juanita l'aimaient beaucoup. Parfois, l'intuition des jeunes gens est meilleure que celle des adultes. Elles ont senti que c'était quelqu'un de bien.

— C'est vrai. Et sa patronne et sa logeuse l'adorent. Mais je ne connais aucun de ses amis. Il ne m'en a même jamais parlé.

— Vous vous connaissez depuis très peu de temps, Gabi. De plus, s'il a dû mener deux emplois de front pour économiser de l'argent pendant plusieurs années, il n'a probablement pas eu beaucoup de temps pour se faire des amis. Sois un peu plus patiente.

— C'est ce que m'a dit le docteur Karsh, mais...

— Tu dis toujours : « mais... », sans vraiment savoir ce qui te gênes. Repense au moment où tu as eu des doutes à propos de lui pour la première fois. Visualise la scène dans ta tête. Que t'es-tu dit exactement ?

Gabi se transporta mentalement jusqu'au matin de l'accident.

— C'était au moment où je me suis dirigée vers lui pour lui redire combien j'étais désolée. Il était entouré de ses amis, ils étaient plongés dans une discussion qui semblait sérieuse... Je n'ai pas entendu ce qu'ils disaient, ils parlaient à mi-voix. Ses amis étaient nerveux, mais je n'ai pas eu l'impression que c'était à cause de l'accident. Anatoli semblait avoir une grande autorité sur eux. Il leur parlait posément avec une expression grave sur le visage, et eux l'écoutaient comme si leur vie dépendait de lui. Je ne sais pas comment l'expliquer, mais cette situation ne semblait pas naturelle. Il y avait dans tout ça un je-ne-sais-quoi d'inquiétant.

Ally soupira.

— Donc, tes doutes sont fondés sur un je-ne-sais-quoi.

— Oui. Pendant un instant, j'ai éprouvé un sentiment désagréable. Peut-être que c'est à cause de ce séminaire sur le réseau de faux accidents mis en place par la mafia russe. Tous les éléments qui devaient nous mettre sur nos gardes d'après l'officier qui nous a parlé semblaient correspondre à la situation. De l'Audi neuve aux passagers étrangers... Mais plus tard, quand il est venu chez moi pour m'apporter les roses, toute mon inquiétude est partie en fumée. Depuis, il n'a plus jamais rien fait qui m'ait semblé suspect.

— Et pourtant, tu penses toujours qu'il pourrait faire partie de la mafia ?

Gabi prit une profonde inspiration.

— Et si c'était le cas, Ally ?

Il y eut un long silence. Enfin, Ally se décida à parler.

— Si tu es vraiment convaincue qu'il y a quelque chose qui cloche, reprit-elle, alors peut-être que tu devrais écouter ton instinct.

Gabi bondit.

— Tu penses que j'ai raison de douter, n'est-ce pas ?

— Ceci n'a rien à voir avec moi, Gabi. J'ai passé assez de temps avec toi pour savoir combien tu es stable. J'en conclus que, si tu as ce genre de réserves, alors même que ton oncle Frank n'a rien pu trouver de compromettant sur Anatoli, c'est que tu as peut-être raison.

Gabi hocha la tête.

— J'ai peur, Ally. J'ai vraiment peur.

— Ne parle pas comme ça, c'est moi qui ai peur, maintenant. En tout cas, même si cet homme est coupable des pires forfaits, il est amoureux de toi. J'ai vu la façon dont il te regardait hier soir. Je crains qu'il ne soit pas si facile pour toi de le quitter si tu le voulais. Surtout maintenant que tu vas emménager dans le même immeuble que lui.

— Tu crois que je pourrais devenir une victime, comme la mère d'Irina ?

— Si nous imaginons le pire, oui. Dans la mesure où les hommes de la mafia semblent être extrêmement possessifs avec leurs petites amies.

Un frisson parcourut Gabi.

— J'ai joué son jeu depuis le début, Ally. C'est exactement comme au cinéma : un criminel séduit une femme qui lui plaît, s'arrange pour qu'elle tombe éperdument amoureuse, au point d'être prête à faire n'importe quoi pour lui. Lorsqu'il est sûr de pouvoir compter sur son total dévouement, il commence à se montrer sous son vrai jour. Mais pour elle, il est trop tard.

Gabi se mit à pleurer doucement.

— Il est déjà trop tard pour moi ! dit-elle.

Ally vint s'asseoir à côté d'elle.

— Ecoute Gabi, si Anatoli est vraiment un menteur, lui poser la question directement ne ferait qu'aggraver la situation. Au contraire, s'il est sincère, cela le blesserait profondément. Je ne vois donc qu'une seule solution.

— Je sais ce que tu vas me dire, murmura Gabi. Il faut que je parte. Maintenant.

Ally hocha la tête.

— Dès que nous aurons réglé la question de la mère d'Irina, tu sauteras dans un avion pour le New Jersey. Il faut que tu ailles voir ton oncle Frank et que tu aies une longue conversation avec lui. Il engagera deux détectives privés qui surveilleront Anatoli dans toutes ses activités. Quant à toi, tu resteras avec ta famille le temps de savoir enfin ce qu'il en est.

— Mais mes clients ! s'exclama Gabi.

— Ce n'est pas un problème. Arrange-toi avec des collègues pour qu'ils les prennent en charge pendant ton absence. Demande à ton assistante de prendre son poste un peu plus tôt que prévu. Elle pourra faire la liaison entre tes clients et tes collègues. Tu resteras en contact téléphonique avec elle.

— Tu as raison. Oh Ally, je n'arrive pas à croire que je suis obligée d'en arriver là !

— Je sais que c'est triste, mais il faut que tu agisses tout de suite. Plus tu attends, plus ce sera difficile. Pour le moment, Anatoli n'a aucun soupçon. Tu lui as donné tout ce qu'il voulait.

— Pas tout à fait. Nous n'avons pas encore fait l'amour, et nous ne nous sommes même pas embrassés... Pour de bon. Tu comprends ce que je veux dire ?

— Il t'a juste taquinée avec de petits baisers légers, c'est ça ?

— Oui.

— Ça ne m'étonne pas que vous deveniez fous tous les deux.

Gabi pleurait, la tête cachée dans ses mains.

— Je n'ai passé qu'un petit moment avec lui hier soir, murmura Ally. Mais j'ai tout de suite senti que c'était quelqu'un d'intelligent. S'il fait partie de la mafia, il ne peut y occuper qu'une fonction importante. Ce qui le rend très dangereux pour toi.

Gabi se redressa en s'essuyant les yeux.

— C'est gentil de me rassurer.

— Tu voulais que je sois franche avec toi, c'est ce que je fais.

— D'accord. Continue. Au point où j'en suis, je ne crains plus rien.

— Ne désespère pas. Il y a une lueur d'espoir dans tout ça.

« Une lueur d'espoir ? se dit Gabi, incrédule. Alors que cette douleur sourde s'était emparée de chaque fibre de son corps ? »

— Je ne vois vraiment pas où, gémit-elle.

— Tu as un avantage sur lui. Il ne s'attend pas à ce que tu disparaisses aujourd'hui.

Gabi ne répondit pas. La douleur l'avait plongée dans une sorte de torpeur. Elle n'avait aucune envie de disparaître. Elle avait rendez-vous avec lui l'après-midi même.

— Gabi ? Ally lui caressait l'épaule.

Gabi essaya de se secouer.

— Oui, Ally.

— Il faut absolument que tu partes maintenant. C'est ta seule chance de le prendre par surprise. Si tu hésites, il sera peut-être trop tard pour lui échapper.

Gabi dut reconnaître qu'Ally avait raison.

— Quand nous partirons tout à l'heure, ne prévois pas de revenir avant que ton oncle t'ait donné un feu vert.

— Et le propriétaire ? Notre contrat de location dure encore deux mois.

— Tu l'appelleras depuis Atlantic City. Tu lui diras que nous avons dû partir pour des raisons imprévues, et qu'il peut louer l'appartement. Je lui paierai le reste de ce que nous lui devons.

— Nous partagerons, Ally. Pauvre Mrs Bills. Que va-t-elle penser de moi quand elle verra que je ne m'installe pas dans l'appartement ?

— Elle ne pensera rien du tout. Elle a touché deux mois de loyer d'avance et, si besoin est, elle trouvera quelqu'un d'autre en un rien de temps. Ta vie est plus importante que tout le reste. Laisse à Anatoli le soin d'inventer une histoire pour justifier ta disparition.

En entendant son nom, Gabi se remit à pleurer.

— Il vient me chercher à 15 heures.

— Tu ne seras pas là.

— Non. Et toi non plus...

Ses sanglots redoublèrent.

— Viens là, lui dit Ally en la prenant dans ses bras.

Les larmes coulaient aussi sur les joues d'Ally maintenant, et quand les deux jeunes femmes se séparèrent, elles ne purent s'empêcher de rire en voyant leurs yeux gonflés et leurs joues trempées.

Ally s'essuya les yeux.

— Tu ferais mieux de préparer ta valise. D'après ce que tu m'as raconté, Anatoli pourrait très bien décider d'arriver en avance.

— C'est exactement ce que je pensais, dit Gabi. Je n'ai pas besoin de grand-chose, je...

Elles sursautèrent toutes les deux. Quelqu'un venait de frapper à la porte.

Gabi lança un regard désespéré à Ally.

— Ne bouge pas d'ici. Je vais m'occuper de ça, murmura Ally.

— Non, répondit Gabi à voix basse. S'il ne me voit pas, il trouvera une excuse pour rester ici. Il vaut mieux que j'essaye de me débarrasser de lui le plus vite possible.

11.

Le cœur battant à tout rompre, Gabi ouvrit la porte d'entrée.

Anatoli était debout sur le seuil, un paquet enveloppé d'un papier multicolore à la main.

Il portait un pantalon de toile blanc qui soulignait la courbe puissante de ses cuisses, et un sweat-shirt en coton bleu marine qui mettait en valeur le contraste de sa peau mate et de ses yeux verts lumineux. Il était tout simplement superbe.

Submergée par une vague de désir, Gabi eut toutes les peines du monde à ne pas se jeter dans ses bras. Il suffisait qu'il apparaisse pour que tous les doutes qui la torturaient s'évanouissent en fumée.

— Gabriella, dit-il d'une voix si enveloppante qu'elle sentit son cœur fondre comme neige au soleil.

— Si vous étiez seule, reprit-il, je vous garantis qu'il n'y aurait pas la moindre parcelle d'air entre nous en ce moment.

Il la dévorait des yeux. Rassemblant toute la volonté qui lui restait, elle se concentra sur son objectif, le faire partir au plus vite, sans éveiller ses soupçons.

— Quelle surprise, Anatoli ! Je ne vous attendais pas si tôt, dit-elle avec un large sourire.

— Je sais. Pardonnez-moi, mais je ne pouvais pas supporter d'être séparé de vous si longtemps. Penser que vous allez bientôt vivre sous le même toit que moi est la seule chose qui m'a permis de tenir jusqu'à ce matin. Ça me rend tellement heureux !

Leurs yeux se rencontrèrent, et, pendant un instant, ils n'eurent plus la force de parler.

— J'ai apporté un petit cadeau pour Ally, dit-il en s'arrachant avec peine aux profondeurs veloutées du regard de Gabi.

— C'est très gentil de votre part, Anatoli.

— Ce n'est rien, c'est juste un porte-bonheur pour sa nouvelle vie.

— Entrez, je vais la chercher.

Gabi referma la porte derrière lui et fila droit dans la chambre à coucher. Elle avait trop peur de ce qui pouvait arriver si elle restait trop longtemps seule avec Anatoli.

En voyant son visage en feu, Ally secoua la tête.

— Gabi, il est vraiment temps que tu t'en ailles.

Gabi soupira.

— Je sais. Anatoli t'a apporté un cadeau.

— Ton prince charmant fait toujours exactement ce qu'il faut, n'est-ce pas ?

Gabi hocha la tête d'un air grave.

Elles sortirent de la chambre ensemble et se dirigèrent vers le salon.

— Bonjour, Anatoli.

— Bonjour, Ally. Ceci est pour vous.

— C'est vraiment très gentil à vous. Merci.

Elle prit le cadeau et défit le papier, découvrant une élégante boîte en carton crème décorée d'arabesques dorées. Lorsqu'elle en souleva le couvercle, Gabi l'entendit étouffer un cri de surprise.

A l'intérieur, il y avait une magnifique combinaison de gardénias et de roses blanches montée sur une broche.

— C'est..., c'est magnifique, balbutia Ally.

203

Elle semblait profondément émue.

— Vous n'auriez pas dû, Anatoli.

— Ally ? dit alors Gabi en posant une main sur l'épaule de son amie. Pourquoi ne l'emportes-tu pas dans ta chambre ? Tu la mettras quand tu auras fini tes bagages.

— Oui, tu as raison, répondit-elle d'une voix blanche. Merci encore, Anatoli.

Elle se leva et se précipita hors du salon sans le regarder.

Anatoli posa une main sur le bras de Gabi et le serra.

— Je lui ai fait de la peine, Gabi. Je pensais que toutes les femmes aimaient les fleurs. Pourquoi est-elle offensée ?

— Vous ne l'avez pas offensée. Je sais qu'elle apprécie beaucoup votre geste, mais je crains que ces fleurs n'aient fait remonter des souvenirs qu'elle aurait préféré oublier.

— Que puis-je faire pour qu'elle se sente mieux ? Aidez-moi à comprendre mon erreur.

— Asseyez-vous, je vais vous expliquer.

Il lâcha son bras et s'assit sur le canapé.

— Autrefois, Ally était hôtesse de l'air. Au cours d'un de ses voyages, elle a rencontré un homme originaire du Chili, et ils sont tombés amoureux l'un de l'autre. Ils se sont mariés à Los Angeles, en présence de toute sa famille. Le mari d'Ally lui avait offert un bouquet de roses blanches et de gardénias pour le mariage. Après la cérémonie, les invités ont tous pris l'avion pour continuer la fête à Santiago, au Chili. Il y a eu un accident. L'avion s'est écrasé dans la cordillère des Andes.

— Mon Dieu ! s'écria Anatoli.

— Sur deux cents passagers, reprit Gabi, seuls cinq ont survécu. Les secours ont mis dix jours à arriver sur les lieux. Beaucoup sont morts de froid ou de faim en les attendant. Ally s'en est sortie.

Des larmes se mirent à couler sur les joues de Gabi.

— Elle a perdu tous ceux qu'elle aimait dans cet accident.

Elle regarda Anatoli. Il avait l'air totalement abasourdi.

— Mon Dieu..., répéta-t-il d'une voix faible.

— Il y avait une religieuse à bord, une femme d'origine chilienne. Elle a également survécu et a beaucoup aidé les autres jusqu'à l'arrivée des secours. C'est grâce à elle qu'Ally a trouvé la force de tenir le coup. Les survivants ont été transportés dans un hôpital de Santiago. Ally avait une jambe cassée. Dès que sa jambe a été plâtrée, la religieuse lui a trouvé une famille d'accueil pour sa convalescence. Je crois qu'Ally et elle ont développé des liens que seules deux personnes ayant partagé une telle expérience peuvent comprendre.

Anatoli bondit sur ses pieds et se mit à faire les cent pas dans le salon.

— Tout cela explique tant de choses, Gabriella !

Elle hocha la tête.

— Ally a démissionné de son poste d'hôtesse de l'air. Elle est restée un moment au Chili, où elle a travaillé pour une entreprise américaine. Mais ce qui l'attirait vraiment, c'était la religion. Alors elle a décidé de s'y consacrer entièrement, et formé le projet d'entrer un jour dans un couvent. La religieuse chilienne lui a conseillé de retourner aux Etats-Unis et de reprendre contact avec ses racines avant de faire un choix définitif. Avec beaucoup de réticence, Ally a suivi son conseil. Elle est retournée à Bel Air, mais elle a très vite eu le sentiment que sa vie était désormais ailleurs. Finalement, elle a décidé de venir ici pour travailler avec une congrégation religieuse, le temps de prendre sa décision. C'est comme ça que nous nous sommes rencontrées.

Anatoli poussa un profond soupir.

— Rien de ce que j'aurais pu lui offrir n'aurait pu lui causer davantage de souffrance...

— Vous ne pouviez pas savoir, Anatoli. Ally va pleurer un moment, mais elle se remettra.

— C'est déjà fait.

Ils se retournèrent en même temps. Ally était entrée dans la pièce. Elle avait épinglé la broche sur son corsage blanc.

Elle se dirigea vers Anatoli et déposa un baiser sur sa joue.

— Merci pour ce cadeau, Anatoli. Vous m'avez donné un nouveau souvenir. Un souvenir heureux.

Anatoli lui adressa un sourire si chaleureux que Gabi en fut bouleversée.

— Je ne veux pas vous priver de Gabriella plus longtemps. Je suis sûre que chaque instant qu'il vous reste à passer en sa compagnie est précieux.

Il lança un regard plein de tendresse à Gabi.

— Je vous verrai à 3 heures.

— Oui, répondit-elle.

Gabi le raccompagna à la porte. En le regardant s'engager dans les escaliers, heureux à l'idée de la revoir dans quelques heures, elle eut l'impression que son cœur se déchirait.

Garant la camionnette devant chez lui, Max coupa le contact et essaya de calmer le tourbillon d'émotions qui l'assaillait. La tragique histoire d'Ally l'avait bouleversé, et la confiance que Gabi lui avait témoignée en la lui racontant l'avait profondément touché. Autant que du désir, il ressentait maintenant un sentiment de communauté d'esprit et d'intimité à son égard. Il la respectait et l'admirait pour la qualité de la relation qu'elle avait établie avec Ally.

Il prit sa tête entre ses mains. Son cœur, son corps, son âme, tout en lui semblait lui crier qu'une personne aussi merveilleuse que Gabi ne pouvait être associée à quoi que ce soit de criminel. Mais peut-être était-il devenu fou. Peut-être était-elle seulement l'agent double le plus habile qu'il lui ait jamais été donné de rencontrer...

La sonnerie de son portable le ramena à la réalité. C'était Jack.

— Tu m'appelles juste à temps. Oleg m'a contacté tout à l'heure. Il doit passer chez moi d'une minute à l'autre. Nous devons aller chez Galena ensemble. Tu as pu mettre la main sur une photo de Svetlana ?

— Oui, j'ai fait une photocopie.

— Décris-la moi.

— Cheveux blond cendré, raides, mi-longs. Yeux bleus. Elle a environ seize ans. 1,75 m, 52 kg. Plutôt jolie. Des lèvres charnues, de longs cils et une peau de pêche.

— Aucun doute, c'est Irina. Quelle chance qu'elle ait pu échapper à Nikolaï ! Tant qu'elle est au Village, elle est en sécurité. Sauf s'il s'agit vraiment d'un vivier où la mafia séquestre des jeunes filles qu'elle force à se prostituer...

— J'ai demandé aux gars de l'équipe de vérifier ça. Ils ont fouillé les archives du Village et sont remontés quinze ans en arrière. Ils n'ont trouvé aucun indice qui nous permette de valider cette hypothèse.

Max poussa un soupir de soulagement.

— Voilà déjà une bonne nouvelle. Malheureusement, ça ne signifie pas que Gabriella n'utilise pas son travail de volontaire comme couverture pour d'autres activités. Et puis nous devons nous occuper de Galena.

— Oui. Ne sois pas surpris si tu trouves l'appartement barricadé en arrivant. Je n'ose même pas y penser, mais je crois qu'il y a un risque que Nikolaï ait déjà fait payer la fuite de sa fille à Galena.

— Peut-être. Mais n'oublie pas qu'elle représente un moyen de pression sur Irina. Tant qu'elle est en vie, Irina ne prendra pas le risque de parler. Quelque chose me dit que Nikolaï compte sur le fait qu'Irina ne tiendra pas le coup et essaiera de rentrer en contact avec sa mère. C'est à ce moment-là qu'il espère la coincer.

— C'est possible. Mais tu connais le tempérament de Nikolaï mieux que personne. Irina représente un danger énorme pour lui, et il a un tempérament imprévisible. J'ai peur que la pression ne lui fasse perdre les pédales. Je ne suis pas tranquille à l'idée de ce qui peut t'arriver si tu vas chez lui.

— Moi non plus, mais tu sais qu'il faut que j'y aille, Galena...

Max s'interrompit. La Passat d'Oleg venait de déboucher dans la rue.

— Je dois raccrocher, Jack. Je te rappelle dès que je serai en route pour l'appartement de Gabriella.

— D'accord. Fais très attention, Max.

Irina était occupée à faire son lit. Elle avait révélé son vrai prénom à Gabi en présence de Sandra et Juanita, mais elle leur avait demandé de ne pas l'utiliser pendant qu'elle était au Village.

— Bonjour, Juanita.

— Où est Sandra ?

— Avec le docteur.

Juanita s'assit sur le lit de Sandra.

— Tu crois qu'elle va accoucher aujourd'hui ?

— Non. Elle n'a pas mal. C'est juste pour voir comment elle va.

— Est-ce que tu veux venir en cours avec nous, aujourd'hui ? Ça commence bientôt.

— Je... Non, merci.

— Je sais que tu t'inquiètes pour ta mère, mais Gabi a dit qu'elle s'en occupait. Elle viendra te donner des nouvelles très vite, tu vas voir. Quand Gabi promet quelque chose, elle le fait toujours.

Irina hocha la tête en se forçant à sourire mais, au fond d'elle-même, elle se sentait prête à éclater en sanglots.

— Ce cours est vraiment amusant, reprit Juanita. Ce n'est pas du tout comme à l'école.

— Qu'est-ce que c'est ?

— Le samedi, nous avons des ateliers. Aujourd'hui, nous allons apprendre comment nous coiffer et nous maquiller pour être très jolies.

Juanita arrondit la bouche et battit des paupières pour faire rire Irina. La jeune fille lui adressa un faible sourire.

— C'est vrai ?

— Oui. Et en plus, les dames qui s'occupent de nous sont de vraies esthéticiennes. Elles amènent plein de produits qu'on a le droit d'essayer. Du rouge à lèvres, du blush, de l'ombre à paupières... Et si c'est la première fois que tu viens, elles te feront un maquillage complet !

— Elles le feront pour moi ?

— Bien sûr, si tu viens avec nous. Elles vont choisir les couleurs qui te vont le mieux et elles te donneront des conseils pour que tu puisses le refaire toute seule. Moi, j'ai eu mon maquillage il y a quinze jours. Aujourd'hui, je dois essayer de le refaire moi-même.

— Salut, les filles !

Sandra venait d'entrer dans la pièce. Elle s'assit sur son lit, tout essoufflée.

— Bonjour, Sandra, dit Irina.

— Tout va bien ? demanda Juanita.

— Oui. Le docteur dit que je vais sûrement accoucher très bientôt. Le bébé est en train de se retourner.

— Tu as peur ?

— Un peu. Mais je suis tellement fatiguée de ressembler à un hippopotame que je suis pressée d'en finir.

Irina la regarda avec curiosité.

— Qu'est-ce que c'est, « hippotame » ?

— « Hippopotame », reprit Juanita. C'est un très gros animal. Mais c'est un peu difficile à décrire.

Elle se tourna vers Sandra.

— Tu n'avais pas pris une photo, le jour où Gabi nous a emmenées au zoo de San Diego ?

— Si. Elle est dans mon album, dans le tiroir du bureau.

Juanita se leva.

— Reste assise. Je vais le chercher.

Elle fouilla dans le tiroir et en sortit l'album qu'elle tendit à Sandra. Irina s'installa sur le lit entre Sandra et Juanita.

— Je le vois ! s'écria Juanita.

— Oui. Regarde, Irina. Voilà un hippopotame.

Irina prit l'album et regarda de plus près.

— Ah, oui. Ils sont dangereux.

— Oui. C'est ce que nous a dit le gardien.

Irina regarda Sandra en souriant.

— Tu ne ressembles pas du tout à l'hippo...

Sandra mit son bras autour de ses épaules.

— « L'hippopotame », reprit Sandra. Merci, Svetlana. Tu es mon amie pour la vie !

— Je peux voir les autres photos ?

— Bien sûr. Pendant ce temps, je vais aller à l'accueil. Tu sais quoi ? Il y a une projection de *Titanic* cet après-midi. Je voudrais savoir à quelle heure ça commence.

Juanita se tourna vers Irina.

— Tu connais l'histoire de ce bateau qui s'est heurté à un iceberg ?

— Oh, oui, oui.

— Tu as vu le film.

— Non.

— Tu voudrais venir le voir avec nous ?

Irina était très absorbée par l'album de Sandra.

— Tu voudrais ? redemanda Juanita.

Elle leva les yeux.

— Oui, je viendrai.

Elle montra une photo à Juanita.

— C'est un grand bateau, ça aussi.

— Oui. Un jour, Gabi nous a emmenées sur le port pour regarder les gens embarquer sur le paquebot *Princess*. Il allait à Mexico.

Irina avait atteint les dernières pages de l'album. Soudain, elle se figea. Montrant une photo à Juanita, elle lui demanda d'une voix terrorisée :

— Cet homme, qui est-ce ?

— C'est une vraie bombe, n'est-ce pas ? C'est le petit ami de Gabi.

— Son petit ami..., répéta Irina d'une voix tremblante.

— Oui. Il est russe, comme toi. La semaine dernière, Gabi nous conduisait à la plage, et la lanière de sa sandale s'est coincée dans l'accélérateur. On a eu un accident. Nous avons percuté son Audi. Quand il est descendu de la voiture, Gabi et lui se sont regardés, et ça a été le coup de foudre, pas vrai, Sandra ?

Sandra venait de rentrer dans la chambre et se rassit sur le lit.

— Ça, tu peux le dire. Ils sont complètement fous l'un de l'autre.

Irina était pétrifiée.

— Vous ne l'aviez jamais vu avant l'accident ? demanda-t-elle.

Juanita leva les yeux au ciel.

— Seulement dans mes rêves.

— Qu'est-ce qui ne va pas, Svetlana ? demanda Sandra. Tu as l'air complètement terrorisé.

— Gabi non plus ne l'avait jamais vu avant l'accident ? insista Irina.

— Non. Sinon, elle nous l'aurait présenté depuis longtemps. Elle nous raconte toujours tout ce qui lui arrive. Son mari est mort il y a plus d'un an. Elle était si malheureuse qu'elle a quitté la Floride pour venir s'installer ici et commencer une nouvelle vie. Anatoli est le premier homme que nous voyons avec Gabi.

« Anatoli ». Le sang d'Irina se glaça.

— Qu'est-ce qui se passe, Irina ? demanda doucement Sandra.

— Gabi est en danger.

Elles sursautèrent.

— Mais pourquoi ?

— Parce que... Anatoli est un homme très méchant. Dangereux.

Sandra se rapprocha d'elle.

— C'est l'un des hommes qui ont essayé de te violer ?

Irina secoua la tête.

— Non. Il n'était pas là. Mais il vient souvent chez ma mère avec les autres, pour les affaires avec Nikolaï.

— Tu es absolument certaine que c'est lui ?

— Oui. Il ne ressemble à personne.

— Peut-être que tu te trompes, Irina. Anatoli a été si drôle et si gentil avec nous. Je ne peux pas croire qu'il soit méchant, dit Juanita.

— Je suis d'accord, renchérit Sandra. Gabi ne sortirait pas avec un homme auquel elle ne fait pas confiance. Ça ne lui ressemble pas.

Les yeux d'Irina se remplirent de larmes.

— Ma mère avait confiance en Nikolaï. Il lui a donné de l'argent et des cadeaux. Et puis il a changé. C'est un criminel. Il est devenu très méchant.

— Madre de Dios ! s'exclama Juanita. C'est un vrai cauchemar. Quel est le nom de famille d'Anatoli ?

— Kuzmina.

— C'est ça ! s'écria Sandra. C'est comme ça que Gabi nous l'a présenté.

Elle jeta un coup d'œil à la photo.

— Pauvre Gabi ! Ça va lui briser le cœur.

— Elle est en danger, dit Irina.

Les trois jeunes filles se regardèrent.

— Il faut la prévenir tout de suite, dit Sandra.

— Non ! dit Irina. Et si elle est avec lui ?

— Tu as raison.

— Mais il faut que quelqu'un la mette en garde ! Il faut appeler la police.

— Non, Juanita. Pas la police. Gabi doit être chez ma mère maintenant.

— C'est vrai. Que faire ?

Juanita se leva et se mit à arpenter la pièce.

— Je sais, dit Sandra après un bref instant de silence. Gabi va probablement venir ici aujourd'hui pour te donner des nouvelles de ta mère, Svetlana. Même si elle est avec Anatoli, elle n'a pas le droit de l'emmener dans les chambres, c'est contre le règlement. Quand nous serons seules avec elles, nous le lui dirons.

— Je ne voudrais pas être celle qui devra lui annoncer cette terrible nouvelle, dit Juanita.

Sandra baissa les yeux et soupira.

— Moi non plus.

Irina se leva.

— C'est moi qui le dirai à Gabi.

— Sœur Paulina ? Voici l'immeuble d'Irina. Garez-vous au coin de la prochaine rue, si vous le pouvez. Nous ferons une partie du chemin à pied, comme si nous étions en tournée dans le quartier.

Sœur Paulina hocha la tête. Elle dirigeait l'école paroissiale de Notre-Dame du Salut, et était également chargée d'aider les religieuses qui cherchaient à enseigner dans des missions à l'étranger. Dès qu'elle avait été au courant de la situation dans tous ses détails, elle avait non seulement accepté de fournir des déguisements à Gabi et à Ally, mais elle avait aussi proposé de les conduire chez Irina avec sa voiture. Celle-ci était plus rapide que celle qu'Ally avait louée pour rejoindre le couvent qui devait l'accueillir à Los Angeles.

— N'oubliez pas les brochures, dit-elle en se garant.

Gabi les prit et sourit.

— Merci infiniment, sœur Paulina.

— Allons-y, Gabi, dit Ally.

Gabi eut quelques difficultés à s'extraire de la voiture dans le long habit noir de religieuse un peu trop grand pour elle. Elle regarda Ally avec affection. Bientôt, c'était ainsi qu'elle la verrait toujours. A cette pensée, les larmes lui montèrent aux yeux.

— Ce n'est pas le moment de pleurnicher, Gabi, murmura Ally alors qu'elle ajustait les plis de son habit noir.

Gabi ravala ses larmes, et les deux jeunes femmes se mirent en route vers l'immeuble d'Irina.

— Pourvu que ça marche, dit Gabi en se mordant les lèvres.

— Ne t'inquiète pas. Laisse-moi faire, c'est mon domaine.

A quelques pas de l'immeuble, des enfants qui jouaient sur le trottoir s'approchèrent d'elles en courant. Ally les salua avec un sourire chaleureux et leur dit de prendre quelques brochures pour les rapporter à leurs mamans.

Tandis qu'ils disparaissaient, Ally se pencha vers Gabi.

— Tu vois comme c'est facile ? Nous répandons déjà la bonne parole !

Ally avait raison, c'était facile. D'autres personnes croisèrent leur chemin, et tout ce que Gabi eut à faire fut de distribuer quelques brochures pendant qu'Ally papotait amicalement avec eux.

Mais, lorsqu'elle furent arrivées au quatrième étage de l'immeuble d'Irina, Gabi se sentit soudain prise de panique. Plus elle se rapprochaient de l'appartement de Galena, plus son cœur battait la chamade.

Enfin, elles s'immobilisèrent devant la porte marquée du numéro 8. Ally jeta un bref coup d'œil encourageant à Gabi, puis frappa à la porte.

Personne ne répondit.

Si la mère d'Irina était retenue contre sa volonté, l'homme qui était avec elle l'empêchait sans doute d'ouvrir la porte.

Ally attendit un instant, puis elle frappa de nouveau, un peu plus fort cette fois.

Toujours aucune réponse.

Elle regarda Gabi et lui fit signe de glisser une brochure sous la porte.

Gabi s'exécuta, en espérant que, s'il y avait quelqu'un à l'intérieur, il serait assez curieux pour venir voir de quoi il s'agissait.

Gabi était toujours accroupie quand la porte s'entrebâilla. Elle se leva. Un homme au visage patibulaire et aux cheveux châtains les examinait avec méfiance. Son visage correspondait à la description de Nikolaï que lui avait faite Irina. Une lueur agressive dansait dans ses yeux bleu acier. Il était effrayant.

A la pensée que cet homme avait pu s'en prendre à Irina, la peur de Gabi se transforma en une terrible colère. Oubliant qu'elle était censée laisser parler Ally, elle se lança :

— Bonjour. Nous sommes les nouvelles religieuses de la communauté de Notre-Dame du Salut. Nous faisons le tour du quartier pour nous présenter. Si vous avez quelques minutes, nous aimerions beaucoup vous parler de cette brochure qui présente notre programme de...

— Ça ne m'intéresse pas, coupa l'homme d'une voix menaçante. Ne vous avisez pas de revenir !

Sur ces mots, il jeta la brochure par terre et leur claqua la porte au nez.

Ravalant sa rage, Gabi lança un regard désespéré à Ally. A ce moment, elles entendirent une voix de femme crier quelque chose en russe de l'autre côté de la porte.

Une voix froide et coupante la réduisit au silence. Il sembla à Gabi qu'elle avait entendu le prénom « Irina ».

Ally adressa un signe victorieux à Gabi. Elles étaient venues vérifier si la mère d'Irina était encore en vie. Elles en avaient maintenant la preuve.

Gabi lui sourit et ramassa la brochure. Toutes deux se dirigèrent vers les escaliers qu'elle descendirent en hâte, n'ayant aucune envie que Nikolaï décide de les jeter hors de l'immeuble de ses propres mains.

Finissant son verre de vodka d'un trait, Nikolaï se dirigea vers la chambre à coucher où Galena était secouée de violents sanglots.

Des éclats de voix puis des bruits de coups parvinrent distinctement aux oreilles de Max et d'Oleg.

Frémissant de rage, Max avait du mal à se retenir d'intervenir pour protéger Galena de la fureur de Nikolaï. Heureusement, les coups s'arrêtèrent et l'on n'entendit bientôt plus que de faibles plaintes étouffées.

La fuite d'Irina avait totalement déstabilisé le fragile équilibre du monde souterrain sur lequel régnait Nikolaï. Tous les conducteurs étaient terrorisés par les révélations qu'elle risquait de faire à la police. La tension était à son comble, et les conflits au sein du gang menaçaient à chaque instant de se transformer en luttes ouvertes.

Même si Irina se taisait, les supérieurs de Nikolaï risquaient d'avoir vent de ce qui s'était passé. Et les représailles étaient une perspective encore bien plus terrible que celle d'être arrêté par la police.

Jack avait raison, la pression qu'endurait Nikolaï était sans doute bien pire que ce qu'il avait pu connaître jusque-là. D'ailleurs, pour la première fois depuis que Max s'était infiltré dans le réseau, il n'avait pas cherché à le provoquer dès l'instant où il l'avait aperçu.

Sans doute se rendait-il compte qu'il n'était pas en position de rejeter la moindre assistance, pas même lorsqu'elle venait de son ennemi mortel.

Le ton semblait monter de nouveau dans la chambre à coucher. N'y tenant pas, Max lança par-dessus son épaule :

— Nikolaï ? Nous perdons du temps. J'ai une idée dont je voudrais te parler avant de repartir.

Nikolaï apparut dans le couloir, une expression cruelle sur le visage.

— Les femmes ! lança-t-il d'une voix furieuse.

Il s'assit à la table du salon et alluma une cigarette.

— Alors, Kuzmina, tu penses que tu peux retrouver cette sale petite peste alors qu'aucun de mes hommes n'a réussi ?

— Est-ce que tu veux de mon aide ou pas ?

— Commence par me dire quelle est ta brillante idée.

— Tu espères qu'Irina va finir par revenir ici pour retrouver sa mère. Mais elle ne viendra pas. Tu ne dois pas oublier qu'elle n'a que seize ans, c'est une adolescente, son image des hommes est romantique, toi et Alexei, vous la terrorisez.

— C'est ça ton idée ? Des fadaises sur la psychologie féminine ?

— Un peu de patience. Je pense juste qu'Irina ne reviendra pas ici parce qu'elle a trop peur de vous. Elle n'ira pas voir la police non plus. Tout ce qu'elle veut, c'est s'enfuir aussi loin que possible. Elle n'a ni argent ni papiers, si j'étais à sa place, j'essayerais de m'embarquer clandestinement sur un bateau et de quitter la Californie.

Nikolaï tira une bouffée de sa cigarette et dévisagea Max.

Oleg se pencha vers lui.

— Je crois que la théorie d'Anatoli est plausible, Nikolaï. Irina est une jeune fille terrorisée, pas une adulte manipulatrice capable de se défendre.

Il y eut un long silence. Nikolaï était manifestement convaincu, mais ne pouvait se résoudre à l'avouer à Max.

— Dis-moi, Nikolaï, combien de temps comptes-tu encore attendre avant de me remettre au travail ?

Nikolaï détourna son regard.

218

— Je ne sais pas encore. Ça ne dépend pas de moi.

A d'autres, Gromiko, songea Max.

— Tu m'avais dit deux semaines. Une semaine est déjà écoulée. Je pourrais prendre des vacances à la boutique et m'occuper exclusivement de rechercher Irina. Ce ne sera pas difficile de savoir combien de bateaux ont quitté le port depuis sa disparition. Quelqu'un pourrait se souvenir d'elle. Je ne négligerai aucune piste.

Il se leva.

— Alors, qu'est-ce que tu décides ? Est-ce que je dois attendre sans rien faire que tu mettes fin à ma suspension, ou dois-je me remettre au travail et retrouver cette fille ?

Nikolaï lui lança un regard impénétrable.

— Pars à la chasse, Kuzmina. Mais j'exige que tu me fasses un rapport tous les jours par téléphone. Si l'un de mes hommes la trouve avant toi, tu reviendras ici immédiatement et tu attendras mes ordres.

— Bien sûr, Nikolaï.

Gabi sortit des toilettes de la station-service, la robe noire et la coiffe sur le bras.

Elle n'était pas mécontente de quitter ce déguisement, car elle avait le sentiment d'en trahir la signification.

Gabi se dirigea vers la voiture de sœur Pauline et rangea les vêtements dans le coffre. Fort heureusement, elle n'aurait pas à répondre aux questions embarrassantes que sœur Pauline n'aurait sans doute pas manqué de lui poser sur le trajet menant à Notre-Dame du Salut, où Ally avait laissé son véhicule.

Elle se rendit à l'avant de la voiture et se pencha vers Ally à travers la fenêtre ouverte.

— Tu es très belle dans ces vêtements, Ally. C'est comme ça que je te verrai quand je penserai à toi désormais.

Les larmes lui montèrent aux yeux.

— Nous avons vécu pas mal d'aventures toutes les deux, mais celle-ci était la meilleure, non ?

— Oui, Gabi. S'il te plaît, ne me parle pas comme ça, je vais me mettre à pleurer.

— C'est justement ce que je voulais éviter. C'est pour ça que je voulais te dire au revoir ici.

— D'accord ! Ally renifla. Redis-moi une dernière fois ce que tu dois faire, en détail.

— Je vais prendre un taxi pour aller au Village. Après avoir parlé à Irina, je prendrai un autre taxi jusqu'à l'aéroport et je sauterai dans l'avion pour Atlanta.

Gabi embrassa son amie.

— Je t'appellerai très bientôt, ou je t'écrirai.

Elle se redressa et fit le tour de la voiture.

— Sœur Paulina ? dit-elle d'une voix où tremblaient des larmes. Je ne pourrai jamais assez vous remercier.

— Savoir que la mère de la jeune fille est en vie me suffit comme récompense.

— Je pourrai venir vous voir un jour ?

— Vous serez toujours la bienvenue.

Elle démarra, et la voiture s'éloigna.

Remerciant le ciel de ne pas être chez elle, où elle se serait sans doute effondrée pour pleurer toutes les larmes de son corps, Gabi prit son téléphone portable et commanda un taxi.

Sur le chemin de l'aéroport, elle appellerait d'abord son assistante, puis quelques collègues avocats pour leur demander de s'occuper de ses clients pendant son absence. Il faudrait aussi qu'elle téléphone au propriétaire de son ancien appartement et qu'elle prévienne sa famille qui ne s'attendait nullement à son arrivée.

En dépit de tous ces problèmes à régler, elle avait le sentiment qu'un vide s'ouvrait en elle, qui se creusait à mesure que se rapprochait la perspective de se retrouver dans un monde où Anatoli n'existait pas. Un monde vide des échos de son rire, vide de sa fantaisie et de sa générosité, vide de la douceur de ses baisers.

Elle se demanda comment elle réussirait à rassembler une deuxième fois les morceaux de son cœur brisé. Elle ne trouva pas de réponse.

12.

Max gravit les escaliers de l'immeuble de Gabi quatre à quatre. Il savait que, dès qu'elle ouvrirait la porte, il n'aurait plus la force de résister au désir qui le dévorait depuis trop longtemps maintenant.

Qu'importe ce qu'elle avait fait ou qui elle était, il l'aimerait et prendrait en retour ce qu'elle voudrait bien lui donner, jusqu'à ce que la preuve de sa culpabilité le force à s'arracher à elle.

Enfin il allait la serrer sans retenue dans ses bras, il allait embrasser cette bouche enfantine, enfin leurs deux corps vibreraient à l'unisson.

Le cœur prêt à exploser, il tambourina à la porte, brûlant d'impatience de presser Gabriella contre lui.

— Gabriella ? Ouvrez !

Il frappa encore une fois.

Quelques minutes plus tard, il dut se rendre à l'évidence : Gabriella n'était pas encore rentrée de son déjeuner avec Ally. Sans doute les deux amies avaient-elles du mal à se dire adieu.

Sa déception était si cruelle qu'il ne supporta pas l'idée d'attendre passivement l'arrivée de Gabriella devant sa porte. Il décida de descendre dans la camionnette et d'appeler les deux hommes qui la filaient. Ainsi, il saurait au moins si Gabriella était déjà en route vers chez elle et, si elle était toujours au restaurant, il irait la chercher en voiture.

Il dévala les escaliers, courut à la camionnette, s'installa derrière le volant et composa le numéro.

— Barr à l'appareil.

— C'est Calder. Où est madame Peris ?

— Nous avons suivi la voiture de location de son amie jusqu'à l'école de Notre-Dame du Salut, sur l'avenue Fairfax. Elles sont entrées toutes les deux et, il y a quelques minutes, l'autre femme est ressortie seule. Elle est montée dans sa voiture et elle est partie. Nous n'avons toujours pas vu ressortir madame Peris.

Max fronça les sourcils. Elles avaient probablement déjeuné là-bas, et Gabi n'était pas encore repartie.

— Restez sur vos gardes et appelez-moi dès que vous la verrez sortir.

— Entendu.

Un des gars de l'équipe lui avait donné le numéro de portable de Gabi tout au début de l'enquête. Pour des raisons de sécurité, Max avait toujours évité de l'utiliser, mais ce genre de préoccupation lui paraissait dérisoire en ce moment. Il fallait qu'il sache ce qui se passait.

Il composa donc le numéro et attendit, le cœur battant.

« Votre correspondant est momentanément indisponible. Veuillez laisser un message après le bip sonore ou renouveler votre appel ultérieurement. »

Max raccrocha d'un geste furieux et lança son téléphone sur le siège à côté de lui.

Comment avait-elle pu couper son portable alors qu'elle devait être joignable en permanence pour ses clients ? Peut-être sa séparation d'avec Ally l'avait-elle tellement affectée qu'elle avait besoin d'un moment pour reprendre ses esprits. C'était une hypothèse vraisemblable. Mais ça ne lui ressemblait pas.

Un pressentiment désagréable l'envahit, étouffant le sentiment d'euphorie qu'il éprouvait encore quelques minutes plus tôt.

Fébrilement, il fit démarrer la camionnette et se lança dans la circulation.

Tandis qu'il avançait péniblement dans les rues encombrées, le sentiment qu'il se passait quelque chose d'anormal devenait de plus en plus net. Il attrapa son téléphone et appela l'agent Barr.

— C'est Calder. Je me dirige vers Notre-Dame du Salut, je suis bloqué dans un embouteillage au début de l'avenue Fairfax. Envoyez-moi une escorte. Deux voitures de police avec sirènes et gyrophares.

— On s'en occupe.

En ouvrant la porte, il fallut un instant à Gabi pour s'habituer à l'obscurité et apercevoir le ventre rond de Sandra, dont le profil se détachait au milieu d'une rangée de sièges assez proches de l'écran.

S'approchant de l'extrémité de la rangée, elle se pencha pour murmurer à l'oreille de la jeune pensionnaire qui y était installée de faire dire à Svetlana qu'elle était attendue dans le hall.

A peine était-elle ressortie que les trois jeunes filles la rejoignaient.

— Venez, les filles, nous allons monter dans votre chambre.

Alors qu'elles montaient les escaliers, Gabi passa son bras autour des épaules d'Irina.

— Ta maman va bien, lui dit-elle.

A ces mots, Irina s'arrêta et éclata en sanglots, libérant la tension qu'elle accumulait sans broncher depuis de longues heures.

Gabi la prit dans ses bras et lui tapota le dos.

— Ne t'inquiète pas. J'ai un plan pour la sortir de là. Mais il faut que tu m'autorises à faire appel à la police.

224

Irina fixa Gabi sans répondre. Mais elle ne dit pas non.

Dès qu'elle furent arrivées dans la chambre, Sandra prit Gabi à part.

— Nous avons quelque chose d'important à te dire.

Juanita ferma la porte et lui lança un regard grave.

— Très bien. Nous sommes seules. Dites-moi de quoi il s'agit.

— Vas-y, Irina, dit Sandra en se tournant vers la jeune fille.

Alarmée par leurs mines sérieuses, Gabi s'assit sur le lit et prit Irina par la main.

— Qu'est-ce qui ne va pas, Irina ? Je pensais que tu serais contente de savoir que ta mère allait bien.

— Je suis contente. Mais maintenant, c'est toi qui es en danger.

Gabi lui sourit.

— Mais non, Irina. Ne t'inquiète pas pour moi.

Irina serra la main de Gabi et la regarda dans les yeux.

— Si, Gabi. Tu connais Anatoli Kuzmina depuis quelques jours. Moi, ça fait trois mois, peut-être plus.

Gabi la dévisagea, interdite.

— Quoi ? Qu'est-ce que tu veux dire ?

Juanita lui tendit l'album de Sandra. Il était ouvert sur les photos de leur après-midi au parc.

— Irina a vu ces photos et a reconnu Anatoli. C'est un des hommes qui viennent à l'appartement de sa mère pour travailler avec Nikolaï.

L'album glissa des mains de Gabi et tomba par terre. Elle secoua la tête.

— C'est impossible.

— C'est vrai, Gabi. Tous les hommes qui viennent voir Nikolaï sont dangereux.

Gabi fut prise d'un vertige si violent qu'elle dut s'agripper aux barreaux du lit.

— C'est impossible, Irina, répéta-t-elle. Tu te trompes.

— Non. Anatoli est un homme important. Très intelligent. Très riche. Il apporte toujours des fleurs à ma mère. Nikolaï le déteste.

Dans le cœur de Gabi, quelque chose se brisa. Elle cacha son visage dans ses mains et se mit à pleurer. Les filles s'assirent à côté d'elle.

— Gabi, nous sommes vraiment désolées. Il fallait qu'on te le dise.

Dès que ses sanglots se furent un peu calmés, Gabi leva la tête.

— Faisait-il partie des hommes qui ont essayé d'entrer dans ta chambre ? demanda-t-elle d'une voix tremblante.

— Non. Il est gentil avec moi et ma mère. Il ne vient que pour les affaires.

Gabi n'aurait pas pu supporter qu'Irina lui réponde autre chose.

— Etait-il présent le soir où tu t'es enfuie ?

— Non. Nikolaï a dit qu'Anatoli avait pris des vacances.

Des vacances..., se dit-elle. C'est ce qu'Anatoli lui avait dit, en effet : « Je viens juste de commencer mes vacances dans l'entreprise où je travaille à la comptabilité, ce qui me laisse disponible pour vous ! »

Le corps secoué de tremblements, Gabi se leva tant bien que mal. Irina la suivit des yeux.

— Si tu restes la petite amie d'Anatoli, tu ne pourras plus jamais lui échapper.

Gabi inspira profondément.

— Merci de me mettre en garde, Irina. Je vais immédiatement appeler mon oncle. Il est inspecteur à la brigade criminelle. Il me dira ce que je dois faire pour nous mettre en sécurité, toi, ta mère et moi. Tu me fais confiance ?

Irina hocha la tête.

— Je dois partir, maintenant. Mais je te promets de t'appeler très vite.

Gabi sortit de la chambre. Dans le couloir, elle dut s'arrêter un instant. Ses jambes pouvaient à peine la porter. La peur, la déception, la douleur, tous ces sentiments se mélangeaient en elle.

Elle appuya son bras contre le mur et respira profondément. Elle ne pouvait pas se permettre de s'abandonner à sa peine. Trois personnes, elle y compris, étaient en danger. Il fallait qu'elle agisse tout de suite, il n'y avait pas une seconde à perdre.

Elle se redressa et s'engagea dans les escaliers. Tout en descendant les marches, elle prit son portable dans son sac et commanda un taxi. Grâce au ciel, elle avait déjà réservé son billet d'avion par téléphone, en donnant le numéro de sa carte bleue.

Sur le chemin de Notre-Dame du Salut, Ally et elle étaient passées à sa banque et avaient retiré assez de liquide pour parer à toute éventualité.

Avant d'arriver au Village, elle avait pu passer tous ses coups de téléphone et prendre les dispositions nécessaires pour que le cabinet continue de fonctionner pendant son absence. Elle avait parlé au propriétaire de son appartement qui avait accepté de faire transporter ses affaires personnelles chez ses parents.

Sur le chemin de l'aéroport, elle appellerait ceux-ci pour les prévenir de son arrivée.

Ses jambes tremblaient. Avoir des doutes sur Anatoli était une chose. Entendre de la bouche d'Irina qu'il s'agissait d'un criminel en était une autre. Elle ne pouvait plus se mentir à elle-même.

Elle descendit péniblement le dernier étage qui donnait sur le hall d'entrée.

— Gabriella ?

Gabi s'arrêta net. Anatoli. Il l'avait déjà retrouvée. Etait-il donc déjà trop tard pour lui échapper ?

En un éclair, elle se composa un visage impassible. La moindre hésitation pouvait la trahir. Tous ses esprits en éveil, elle descendit rapidement les dernières marches et se dirigea vers lui.

La première chose à faire était de le sortir du Village aussi vite que possible. Elle avait promis à Irina qu'elle serait en sécurité ici. Si Anatoli la voyait, elle n'osait même pas imaginer ce qui pouvait arriver.

— Anatoli, dit-elle en lui prenant la main. Je vous dois une explication. Mais pas ici. Vous avez votre camionnette ?

Il lui posa le bras autour des épaules et la guida doucement vers la sortie.

— Elle n'attend plus que vous.

Dès qu'ils furent sortis à l'air libre, un poids quitta la poitrine de Gabi. Irina était sauve.

— Vous êtes pâle, dit-il en lui ouvrant la porte de la camionnette. Vous m'inquiétez.

— Vous n'avez aucune raison d'être inquiet. Juanita m'a appelée pendant qu'Ally et moi étions au restaurant. Elle m'a dit que Sandra commençait à ressentir les premières douleurs et qu'elle voulait que je vienne tout de suite. Ally m'a déposée avant de partir pour Los Angeles dans sa voiture de location.

— Sandra est en train d'accoucher ?

— Non, c'était une fausse alerte, mais je n'avais aucun moyen de vous joindre. Je suis désolée. Vous avez dû m'attendre chez moi. Comment saviez-vous que j'étais ici ?

Anatoli fit le tour de la camionnette et s'installa à côté de Gabi.

228

— Comme vous n'arriviez pas, je vous ai cherchée partout. J'ai eu l'idée de venir ici, pour voir si Sandra ou Juanita savaient où vous étiez.

Elle avait espéré le piéger, mais il avait toujours réponse à tout.

Il tourna son visage vers elle et la couva d'un regard caressant.

— Enfin, nous allons pouvoir être seuls. Mon cœur bat bien trop vite, Gabriella.

Il effleura ses lèvres d'un baiser avant de démarrer la camionnette.

Un frisson moitié glacé, moitié brûlant la parcourut de la tête aux pieds.

Irina avait dit qu'Anatoli était un homme important. Un homme puissant. Il était fort possible qu'il ait plusieurs hommes sous ses ordres, et qu'il les ait chargés de la surveiller en permanence. Dans ce cas, il savait qu'elle venait de lui mentir.

Elle frémit. En reconstituant mentalement ce qui était arrivé depuis leur rencontre, cette hypothèse lui parut de plus en plus vraisemblable. Depuis le moment où Anatoli l'avait surprise sur le pas de sa porte avec un bouquet de roses à la main, il n'avait cessé d'apparaître sur son chemin à des moments où elle ne s'y attendait pas. Chaque fois qu'elle avait décidé de ne plus le voir, il avait surgi comme par magie et s'était montré si charmant que toutes ses bonnes résolutions s'étaient effondrées.

Pour avoir les moyens d'être si présent dans l'existence de quelqu'un, pour disposer ainsi de son temps à sa guise, il fallait forcément qu'il soit son propre maître. N'importe qui d'autre avait des obligations, des horaires à respecter, des contraintes.

Pourquoi donc avait-il fallu qu'elle l'appelle à la boutique de fleurs le jour de l'accident ? se demanda-t-elle en se mordant les lèvres. C'était ce coup de téléphone fatal qui avait déclenché l'engrenage. Elle s'était menti à elle-même en se disant qu'il fallait qu'elle prenne des nouvelles de ses passagers. Sans vraiment se l'avouer, elle avait été si attirée par Anatoli qu'elle n'avait pas pu s'empêcher de l'appeler.

Elle jeta un bref coup d'œil sur son profil finement ciselé. Tant de noblesse, de générosité et d'humanité se dégageaient de ce visage, elle n'arrivait pas à croire qu'il s'agissait des traits d'un criminel.

Un criminel capable d'amour... Cette histoire était vieille comme le monde. Les grands patrons du crime, de toute évidence, avaient aussi des femmes, des enfants, des familles qui les aimaient. Il existait des centaines de films et de livres sur les parrains de la mafia italienne qui décrivaient cette situation.

Et voilà que cette histoire était devenue réelle, et que c'était elle, Gabi Peris, jeune femme ordinaire du New Jersey, qui la vivait. Elle était tombée amoureuse si vite qu'elle n'avait pas eu le temps de mesurer les conséquences d'une telle liaison.

Comme Gabi, la mère d'Irina avait perdu son mari. Sa mort l'avait rendue vulnérable, et elle était tombée sous le charme de Nikolaï, un homme qui s'occupait d'elle et la protégeait. Le temps de comprendre qui étaient ces hommes étranges qui envahissaient son appartement régulièrement, il était déjà trop tard. Sans doute avait-elle essayé de quitter Nikolaï. Et sans doute était-ce à ce moment qu'il avait commencé à la battre.

Pour le moment, évidemment, Gabi n'avait nullement le sentiment qu'Anatoli représentait un danger pour elle. Son désir était réel et intense, tout comme le sien. Trop intense pour qu'il veuille lui faire du mal.

Il était trop tard pour s'enfuir chez ses parents maintenant. Elle allait devoir être extrêmement prudente, afin de ne pas éveiller les soupçons d'Anatoli et de gagner du temps.

Pour ce faire, il fallait qu'elle poursuive ses activités habituelles comme si de rien n'était. Si Anatoli la faisait surveiller, le moindre mouvement inhabituel de sa part, la moindre incohérence dans son emploi du temps pouvait la mettre en danger. Il fallait donc aussi qu'elle évite à tout prix de mentir comme elle avait été forcée de le faire le jour même.

Si elle réussissait à endormir sa vigilance afin qu'il lui voue une confiance aveugle, il relâcherait son attention, et il arriverait un moment où elle pourrait disparaître de son univers.

Anatoli gara la camionnette devant l'immeuble de Gabi. Comme un automate, elle le suivit dans le hall et monta les escaliers. Elle ouvrit machinalement la porte de l'appartement et posa son sac dans le fauteuil club.

— Vous êtes bien silencieuse, Gabriella. Ça ne vous ressemble guère.

Elle parcourut son visage du regard. L'émotion qui s'empara d'elle lui prouva qu'elle était toujours aussi attirée par lui. Mais elle était lucide maintenant. Elle le voyait pour ce qu'il était.

Avait-il deviné que quelque chose avait changé ? L'expression de son visage était-elle altérée ? Gabi mobilisa tous ses talents d'actrice pour ne rien laisser paraître de ce qu'elle savait.

— Peut-être que je suis silencieuse parce qu'aujourd'hui marque la fin d'une époque ? dit-elle.

Les yeux d'Anatoli flamboyaient de désir. Gabi se mit à trembler de tout son corps.

— Cet instant est ma raison de vivre depuis des jours.

Il prit sa main dans la sienne et la serra passionnément.

— Venez près de moi.

Très lentement, comme si elle marchait dans de l'eau, elle suivit Anatoli qui l'attirait vers le canapé. Il s'assit et la prit sur ses genoux. Ses mains se posèrent sur ses cheveux.

— Depuis l'instant où je vous ai vue descendre de votre voiture, j'avais envie de faire cela.

Très délicatement, savourant chacun de ses gestes, il défit l'élastique de sa queue-de-cheval. Aussitôt, les boucles de Gabriella retombèrent sur ses épaules.

Il la contempla un instant, émerveillé devant cette magnifique chevelure brune où s'allumaient de riches reflets cuivrés. Puis il se mit à la caresser avec lenteur, avec attention, comme s'il craignait de laisser échapper quelque infime nuance des mille sensations qu'il éprouvait.

— Vos cheveux sont lourds. Et pourtant si soyeux. Pourquoi les portez-vous toujours attachés ?

Il plongea ses yeux dans les siens. Sa bouche n'était qu'à quelques centimètres des lèvres de Gabriella.

Il sourit et murmura :

— Vous l'avez fait pour me torturer, n'est-ce pas ?

— Non. C'est juste parce que c'est plus pratique. Si vous laissiez pousser vos cheveux, vous vous en apercevriez très vite. D'ailleurs, vous seriez plutôt séduisant avec les cheveux longs.

Il fronça les sourcils.

— Plutôt séduisant ? C'est tout ? dit-il alors qu'il suivait délicatement le dessin de ses lèvres de son index.

— Vous voulez des compliments, maintenant ? demanda-t-elle.

Il soupira. Elle sentit son corps frissonner contre le sien.

— Je veux tant de choses, Gabriella. Je ne sais pas par où commencer.

— N'attendez pas trop longtemps, répondit-elle, d'une voix entrecoupée. Ne dit-on pas que le monde appartient aux audacieux ?

Son cœur battait à un rythme effréné. Elle savait qu'Anatoli allait l'embrasser, et qu'elle le laisserait faire. Mais il n'était pas question qu'ils fassent l'amour. S'il essayait de l'entraîner dans la chambre, elle trouverait une excuse pour lui résister.

Il prit son visage entre ses mains. Elles étaient douces et chaudes.

— Il y a un proverbe russe qui dit que celui qui ne fait qu'une seule bouchée du caviar ne mérite pas de le manger. Il faut en savourer chaque bouchée.

Gabi, les yeux baissés, se mordillait nerveusement les lèvres.

— Ne torturez pas cette bouche si magnifique, Gabriella. Pourquoi êtes-vous si nerveuse ?

Elle ne répondit pas.

— Regardez-moi dans les yeux, Gabriella.

— Non, Anatoli. Je vous en prie, ne me forcez pas.

— Je ne vous forcerai pas. Dites-moi, Gabriella, suis-je le premier homme à poser les mains sur vous depuis votre mari ?

— Oui, dit-elle d'une voix presque inaudible.

— Vous avez peur ?

— Oui, répéta-t-elle.

— Vous n'avez aucune raison d'avoir peur.

Et pour le lui prouver, il posa ses lèvres sur les siennes.

Ce baiser n'avait rien de commun avec celui qu'il lui avait donné le matin même dans l'escalier. Cette fois, il pénétra profondément l'intimité de sa bouche, la serrant toujours plus étroitement contre lui comme s'il voulait se fondre en elle. Gabriella s'abandonna entièrement à ses lèvres brûlantes.

Leur faim l'un de l'autre, si longtemps inassouvie, prolongea leur étreinte passionnée jusqu'à la communion totale. Leurs jambes et leurs bras se mêlaient, leurs baisers avides se succédaient, jusqu'à ce que Gabi ne réussisse plus à les distinguer, se sentant seulement flotter dans un halo de désir incandescent qui se confondait avec le sien.

Quelque part autour d'eux, la sonnerie d'un téléphone retentit. Gabi s'arracha un instant aux lèvres d'Anatoli. La sonnerie n'était pas celle de son téléphone.

Repoussant avec peine un nouvel assaut passionné, Gabi posa les mains sur ses épaules.

— Anatoli, c'est votre téléphone.

— Laissez-le sonner.

Il se pencha sur elle et se remit à l'embrasser avec fougue, à la couvrir de caresses qui embrasaient son corps entier.

Elle savait qu'il fallait qu'ils s'arrêtent, mais son corps avait du mal à obéir à sa raison.

Le téléphone se remit à sonner.

Anatoli arracha finalement ses lèvres des siennes et se leva. Avec un grognement furieux, il empoigna son téléphone et consulta l'indicateur d'appel. C'était Jack.

Dans un état second, Gabi trouva la force de se lever du canapé et de se rendre dans la cuisine.

La peur qu'elle avait ressentie en apprenant ce que lui avait dit Irina au Village n'était rien en comparaison de celle qu'elle éprouvait maintenant.

L'étreinte d'Anatoli avait allumé dans ses veines un feu dont la puissance la terrorisait. Et pourtant, il n'avait fait que l'embrasser.

Depuis le jour où elle l'avait rencontré, elle savait qu'il en serait ainsi. Si elle ne réussissait pas à lui échapper avant que leur relation n'aille plus loin, elle risquait fort de tomber totalement sous son emprise et de ne plus jamais le quitter, quel que soit l'homme qu'il était...

— Qu'est-ce qui se passe ? bougonna-t-il.

— Je rêve ! Tu me demandes, à *moi*, ce qui se passe ? C'est pourtant bien toi qui a posé un micro dans le salon de Gabriella !

Max se sentit rougir jusqu'aux cheveux, ce détail lui était totalement sorti de l'esprit.

— Tu commences à comprendre ? reprit Jack. Allez dans la chambre à coucher ou débarrasse-toi de ce micro, à moins que tu n'aies envie que toute l'équipe continue d'écouter vos ébats. Et crois-moi, ils n'en perdent pas une miette.

— Et comment voulais-tu que je m'y prenne. Gabriella n'a pas quitté le salon une seule seconde.

— Et pour cause ! Bon, écoute, Karl a un plan pour sauver Galena, mais il a besoin de toi. Il veut que toute l'équipe se réunisse.

— Quand ?

— Tout de suite. Prépare-toi pour une nuit blanche.

Il y eut un bref silence.

— C'est ce que tu avais prévu de toute façon, non ? dit Jack d'une voix amusée.

— Très drôle. J'arrive.

Il raccrocha.

Il rejoignit Gabriella dans la cuisine. Elle était occupée à préparer des tacos.

Il s'approcha d'elle, humant avec délices l'odeur de sa peau et de ses cheveux, un parfum de foin coupé et de fraises où vibrait en arrière-fond une pointe épicée. Une odeur à la fois ingénue et brûlante, comme elle.

Il glissa ses bras autour de sa taille et posa ses mains sur son ventre. Elle trembla lorsqu'il attira son corps contre le sien.

— Karin vient de m'appeler. Elle a de gros soucis. La livraison de fleurs qui devait arriver d'Amérique du Sud a dû être chargée sur un autre vol que d'habitude. Elle ne peut pas aller les chercher à l'aéroport et elle voudrait que je m'en charge.

— Voulez-vous que je vous accompagne ?

Ne sachant que penser de sa proposition, il la tourna face à lui pour étudier son visage. Avait-elle vraiment envie de rester avec lui, ou devait-elle obéir aux ordres qui lui intimaient de le surveiller ?

— Rien ne me ferait davantage plaisir. Mais s'il y a un nouveau problème et que le vol soit retardé, je pourrais être retenu à l'aéroport assez longtemps. Sans compter qu'une fois arrivées, les boîtes doivent être inspectées par la police douanière, et c'est un processus plutôt long.

Il caressa la peau soyeuse de ses bras en la regardant avec nostalgie.

— Ce n'est pas comme ça que j'avais imaginé notre première nuit ensemble. Je vous désire tellement, Gabriella.

Il enfouit son visage dans son cou et déposa un baiser sur la chair qui palpitait sous ses lèvres.

— Nous nous rattraperons demain, dit-il en levant la tête.

Elle lui sourit. Le velours de son regard brun lui chavirait les sens.

— Quel est le programme ? Je parie que vous avez déjà tout prévu dans les moindres détails.

— Vous avez donc oublié ? Le tournoi national de stickball ! Les matchs commencent demain matin à 10 heures et se poursuivent jusqu'en début de soirée.

Son visage s'éclaira d'une joie sincère.

— C'est vrai !

— S'il est trop tard pour que je revienne ici après avoir réceptionné les fleurs, je viendrai vous prendre demain matin à 9 h 30. Je n'oublierai pas de mettre ma casquette.

— Et moi, j'apporterai mon fanion.

— Oh, Gabriella ! Je n'ai pas la moindre envie de vous quitter !

Il la serra dans ses bras.

— Vous allez me manquer aussi, mais j'ai quatre nouvelles affaires sur lesquelles je dois travailler. Je profiterai de votre absence pour le faire.

— Merci de votre compréhension.

Sans lâcher ses bras, il l'écarta un peu de lui et contempla son visage.

Il se pencha sur ses lèvres. Sa bouche était irrésistible. Il était impossible de l'embrasser sans avoir envie de la dévorer.

Son ami Jack était intervenu à temps. Le plaisir qu'il avait ressenti tout à l'heure en sentant le corps de Gabriella vibrer sous ses caresses avait éclipsé tous ceux qu'il avait pu éprouver auparavant. Il avait même balayé le souvenir de ses premières étreintes avec Lauren.

Il savait maintenant que, si Gabriella travaillait vraiment pour la mafia, elle avait perdu son chemin, tout comme lui.

Ce genre de choses était déjà arrivé au sein de son département. Il avait entendu des collègues en parler. Des histoires d'amour qui semblaient irréelles et qui, généralement, s'étaient très mal terminées. Max n'aurait jamais pu imaginer qu'un jour ce serait son nom que ses collègues citeraient.

Enfin il réussit à arracher ses lèvres de la bouche de Gabriella. Leurs deux corps frémissaient de désir. Existait-il une chose plus merveilleuse que de sentir la femme qu'il aimait animée de la même soif que lui ?

— Demain, murmura-t-il.

Se faisant violence pour ne pas succomber à un nouvel assaut de ses sens, il s'écarta de Gabriella, tourna les talons et quitta l'appartement sans se retourner.

Fuir, tout de suite, n'importe où… Voilà ce que lui disait chaque fibre de son corps. Mais un seul faux pas pouvait lui être fatal, et transformer Anatoli en une brute aveugle comme celle qu'elle avait aperçue chez la mère d'Irina.

Pourtant, elle avait beau fouiller dans ses souvenirs, elle ne se souvenait pas d'avoir jamais surpris la moindre trace de colère ou de violence sur les traits d'Anatoli.

Il lui était totalement impossible de se représenter son visage déformé par la haine qu'elle avait perçue sur celui de Nikolaï.

Irina avait dit qu'Anatoli s'était montré gentil avec elle, qu'il apportait des fleurs à sa mère.

Peut-être sa personnalité ne recelait-elle aucun aspect caché, peut-être sa vraie nature était-elle celle qu'il lui avait montrée depuis leur rencontre ?

Elle se mordilla pensivement les lèvres, puis se mit à arpenter le salon.

Bon, il était délicat et généreux avec les femmes, et alors ? Cela ne pouvait excuser le fait qu'il soit impliqué dans les agissements de la mafia. Il participait soit à des vols de voiture, soit à l'organisation de faux accidents, et ces activités représentaient des millions de dollars d'escroquerie.

Comment Anatoli pouvait-il être associé à de tels hommes ? Il savait parfaitement qui ils étaient, il ne pouvait pas ignorer qu'Irina courait un danger terrible, que Nikolaï brutalisait Galena. Et que devenaient alors toute cette générosité et cette humanité ? Elle avait beau y réfléchir, elle ne parvenait pas à comprendre.

Mieux valait renoncer. Elle se laissa tomber dans le canapé.

Que faire, maintenant ? Il était hors de question de s'aventurer à l'extérieur, elle était sans doute surveillée. Quant à utiliser son portable, c'était risqué. Anatoli avait peut-être caché un micro à l'intérieur.

Tout à coup, elle eut une idée. Elle pouvait appeler son oncle Frank d'un autre appartement. Mais, une fois dans le couloir, elle se rendit compte qu'à cette heure de l'après-midi tout le monde était sorti.

Elle revint chez elle et, afin de calmer son angoisse, sortit les quatre dossiers de ses nouveaux clients et se plongea dans le travail.

Trois heures plus tard, elle entendit enfin du bruit dans le couloir. Elle se leva et se précipita dans le couloir.

Ses voisins de palier était justement en train d'ouvrir leur porte.

— Bonsoir, Gabi. Comment allez-vous ?

— Très bien, répondit-elle d'une voix neutre, espérant couper court à tout commentaire. Ecoutez, je suis navrée de devoir vous déranger, mais mon téléphone portable ne fonctionne plus, et je dois absolument passer un coup de fil important. Puis-je utiliser votre téléphone ? C'est un numéro à Atlanta, mais j'ai une carte téléphonique. L'appel sera débité sur mon compte.

— Bien sûr, Gabriella, entrez.

Avec un soupir de soulagement, Gabi suivit le couple dans l'appartement.

— Le téléphone est là-bas, sur le bureau. Prenez tout votre temps, nous serons dans le salon en train de regarder la télévision.

— Merci infiniment, madame Arnold.

Gabi s'installa dans le fauteuil devant le bureau et décrocha le téléphone. Elle composa le numéro, impatiente d'entendre la voix chaleureuse de son oncle.

Malheureusement, son oncle et sa tante avaient branché le répondeur. Il ne servait à rien de laisser un message, elle ne réussirait qu'à les inquiéter, et par la même occasion ses parents, à qui son oncle ne manquerait pas de parler de son appel.

Elle essaya de le joindre à son bureau. Elle appela les renseignements pour avoir le numéro et dut patienter dix minutes avant que quelqu'un ne lui réponde.

Lorsqu'elle l'eut enfin obtenu, elle le nota, puis demanda à l'opérateur de la mettre directement en relation. De nouveau, elle tomba sur un répondeur.

Elle allait devoir patienter jusqu'au lendemain. Anatoli ne verrait sans doute rien d'anormal à ce qu'elle s'absente un instant pendant le match. Alors, elle se débrouillerait pour trouver une cabine et appeler son oncle.

13.

— Allez les Gents ! C'est vous les meilleurs !

Les joues roses de plaisir, Gabi agitait vigoureusement le fanion de son équipe favorite.

Max posa sa main sur sa nuque. Assister aux matchs en sa compagnie était encore plus agréable qu'il ne l'avait imaginé.

Il ne pouvait s'empêcher de promener son regard sur sa chevelure lustrée. Elle portait de nouveau une queue-de-cheval. Mais pas pour longtemps... Ce soir, il n'y aurait plus de coups de téléphone imprévus. Ce soir était leur soir.

Il déposa un baiser sur le lobe de son oreille et un autre à la naissance de son cou.

Craignant de ne pouvoir s'arrêter, il s'écarta.

— Vous avez faim, Gabriella ? Voulez-vous que j'aille vous chercher un autre hot dog en attendant le prochain match ?

Elle se tourna vers lui, une expression de feinte compassion sur le visage.

— Je suis vraiment désolée que les Bronx Knights soient en train de perdre, Anatoli. Mais que voulez-vous, ils sont mauvais ! Un autre hot dog n'y changera rien.

— Alors peut-être que ceci changera quelque chose.

Il se pencha vers elle et s'empara de ses lèvres. Sa bouche avait un délicieux goût de jus d'orange et de caramel.

Quand il interrompit son étreinte, l'expression taquine avait disparu de son visage. Elle semblait bouleversée, tout comme lui. Comme chaque fois qu'ils se touchaient, la force de leur désir les surprenait tous deux.

Hier soir, au cours de la réunion, en apprenant que Max avait dit à Nikolaï qu'il prendrait un congé pour rechercher Irina, Karl lui avait dit que c'était exactement ce qu'il devait faire. Il allait laisser l'équipe s'occuper de Galena et surveiller madame Peris. Max en profiterait pour s'éloigner un peu d'elle et se reposer tout en faisant semblant de chercher Irina.

Max savait que Karl avait raison. Quelques jours sans Gabriella lui permettraient sans doute de remettre un peu d'ordre dans ses idées. Mais à quel prix ! Il ne pouvait supporter l'idée d'être séparé d'elle quelques heures, alors plusieurs jours étaient inenvisageables.

— Il y a des vendeurs de pop-corn dans l'allée centrale. Je vais nous en acheter.

Elle le regarda avec de grands yeux.

— Je sais, moi aussi j'ai toujours trouvé les couples qui faisaient cela ridicules. Mais avec vous, j'ai envie de le faire.

— Vraiment ? Qu'est-ce que vous mijotez encore, Anatoli ?

Son visage prit une expression blessée.

— Pourquoi pensez-vous toujours que j'ai des raisons cachées de faire les choses ?

— Ne me faites pas le coup du Slave offensé au plus profond de son âme, ça ne marche plus.

Elle avait dit cela d'un air tellement sérieux qu'il en fut troublé.

— Que voulez-vous dire ?

— Je vous ai percé à jour, Anatoli.

Une sensation étrange l'envahit. Il eut le sentiment très net qu'elle cherchait à lui dire quelque chose.

Etait-il possible qu'elle soit amoureuse de lui au point de vouloir l'avertir que la mafia envisageait de le faire supprimer ? Avait-il suffisamment d'importance à ses yeux pour qu'elle veuille lui donner une chance de leur échapper ?

S'il avait deviné juste, alors il y avait un espoir que Gabi Peris ne soit pas un agent aussi inflexible qu'il avait pu le penser. Peut-être même qu'elle lui adressait une sorte d'appel au secours, cherchant à lui faire comprendre qu'elle désirait s'en sortir sans pouvoir le faire seule.

Cloué sur place par les émotions contradictoires qu'il ressentait, il ne remarqua pas le vendeur de pop-corn qui passait à leur hauteur à quelques rangées de leurs sièges.

— Pop-corn ! Esquimaux ! Boissons fraîches !

Gabriella leva des yeux brillants de malice sur Max.

— Alors ? Vous l'achetez, ce pop-corn ?

Les yeux de Max se posèrent sur sa bouche.

— Et comment !

Il se leva pour sortir son portefeuille de sa poche arrière. En faisant signe au vendeur, Max remarqua une silhouette massive familière dans l'allée centrale.

Nikolaï ! Que faisait-il ici ? Pour qu'il se déplace en personne, il devait être arrivé quelque chose de très sérieux. D'habitude, lorsque Nikolaï souhaitait le voir, il envoyait Oleg ou Alexei le chercher.

Sans doute l'avait-il fait suivre depuis son appartement, et était-il furieux que Max prenne du bon temps avec Gabriella au lieu de se rendre au port pour chercher des informations sur Irina.

Le vendeur était arrivé au niveau de leurs sièges. Nikolaï était juste derrière lui.

— Combien, le pop-corn ? demanda Max

— Deux cinquante la boîte.

— J'en prends une, s'il vous plaît.

Le vendeur baissa les yeux quelques secondes pour prendre la boîte de pop-corn dans son panier. Ce fut le moment que choisit Nikolaï pour glisser un papier dans la main de Max. Il n'y avait que deux mots griffonnés à la hâte sur le bout de papier : « Parking Ouest ».

Tandis que Nikolaï disparaissait, Max retourna à côté de Gabi avec la boîte de pop-corn et la lui tendit.

— Allez-y, donnez-m'en un, dit-il d'un air de défi.

— Que se passera-t-il si je le fais ?

— Vous verrez bien...

Elle hésita quelques secondes, puis elle prit un grain de pop-corn entre ses doigts et le mit dans la bouche de Max. Il déposa un baiser sur le bout de ses doigts, puis au creux de sa paume. A sa surprise, il sentit que la main de Gabi tremblait, non d'émotion, mais de peur.

Soudain, les pièces d'un puzzle qu'il essayait de reconstituer depuis une semaine se mirent en place dans son esprit.

Nikolaï avait été envoyé par quelqu'un de haut placé, et chargé de se débarrasser de lui. Cela devait se passer aujourd'hui, dans le parking. Une partie de la mission de Gabriella consistait à informer Nikolaï de l'endroit où il se trouvait. Mais le mettre en garde ne faisait pas partie de son travail.

Pendant un instant, il songea à essayer de convaincre Gabriella de prendre la fuite avec lui. Il devait bien exister un endroit sur cette terre où ils pouvaient se réfugier et vivre leur amour en paix. Mais cette idée était une folie. Trop de gens comptaient sur lui au département, les enjeux étaient trop importants. Et si Gabriella et lui tentaient de s'enfuir, la mafia les pourchasserait jusqu'au bout du monde.

Max libéra la main de Gabriella.

— Anatoli, dit-elle, je vais aller me rafraîchir avant le début du prochain match. J'ai la main pleine de caramel à cause du pop-corn.

— J'aimerais me laver les mains moi aussi. Je vous accompagne.

Ils se levèrent et descendirent les escaliers vers l'aile Ouest du stade.

Gabi était silencieuse. Max sentait qu'elle avait peur. Elle avait peur pour lui. Il aurait voulu la prendre dans ses bras et la rassurer, lui dire que ses collègues le protégeaient. Mais c'était impossible.

Ils étaient arrivés devant les lavabos.

Gabi lui lança un regard indéchiffrable.

— Je n'en ai pas pour longtemps.

— Prenez votre temps, Gabriella. Je vais aller me laver les mains, puis j'irai nous acheter quelques boissons. Je vous retrouverai ici.

Dès qu'elle eut disparu à l'intérieur, Max se mit en route vers le parking.

Nikolaï l'attendait, installé au volant d'une Mercedes blanche. Le moteur tournait. Nikolaï allait lui dire de monter, et dès qu'il serait installé à côté de lui, il l'abattrait avec un silencieux. A sa surprise, Nikolaï descendit de la voiture en le voyant approcher.

Il alluma une cigarette et attendit que Max soit arrivé à sa hauteur.

— Qu'est-ce qui se passe ? demanda Max. Je pensais que tu avais autre chose à faire que de me suivre pour voir si je faisais correctement mon travail.

Il tira une bouffée de sa cigarette, et exhala nerveusement un nuage de fumée bleue.

— Tu m'as menti.

— Non, Nikolaï. Moi aussi, j'ai des hommes qui travaillent pour moi. L'un d'entre eux a localisé un bateau en partance pour l'Australie, qui signale la présence d'un passager clandestin. Une mineure, blonde, taille moyenne, les yeux bleus. Elle va être débarquée à Hawai et rapatriée en avion. Dès que mon informateur aura pu l'identifier catégoriquement, tu pourras décider ce qu'il convient de faire. Maintenant, si tu veux bien m'excuser, je passe l'après-midi avec ma petite amie.

Nikolaï lança un regard méfiant à Max, comme s'il hésitait à le croire.

— Tu te crois le plus intelligent, n'est-ce pas ? Eh bien, j'ai des nouvelles qui vont peut-être calmer ton arrogance. N'es-tu pas curieux de connaître la vraie raison pour laquelle je ne t'ai pas encore remis au travail ?

— Pas vraiment, non. Mais apparemment, tu meurs d'envie de me la dire. Alors vas-y.

— Cette femme qui a percuté ta voiture. Ta « petite amie », comme tu dis. Les patrons pensent que c'était un coup monté, une manœuvre pour t'approcher.

Un instant, Max eut l'impression que son cœur avait cessé de battre.

— C'est toi qui me mens, maintenant.

— Non, dit Nikolaï en tirant sur sa cigarette. J'ai suivi la procédure ordinaire pour transmettre le procès-verbal de l'accident à Boris. Il a fait les vérifications de routine et a communiqué le tout aux patrons. Quelqu'un a reconnu le nom de Mme Peris. C'est une avocate qui a échoué à défendre un de nos gars. Il a été expulsé.

Le jeune homme de la prison... Max se souvint du soir où il avait emmené Gabriella le voir.

— Les patrons pensent qu'il a pu lui donner des noms de certains conducteurs au cours d'une négociation de remise de peine qui a finalement échoué, continua Nikolaï. Maintenant, Mme Peris suit ses pistes pour essayer d'en savoir plus sur le réseau.

246

— Tout ça me semble un peu tiré par les cheveux, Nikolaï. Et même si c'était vrai, tu ne penses tout de même pas que je vais lui dire quoi que ce soit ?

Nikolaï détourna les yeux.

— Ce que je pense n'a pas la moindre importance. Boris veut que tu la laisses tomber dès ce soir. Les patrons ne veulent pas qu'elle nous crée des problèmes.

Max fut incapable de prononcer un mot. Nikolaï le regarda avec un sourire mauvais.

— Alors, tu fais moins le fier maintenant, hein, Kuzmina ? Tu as commis une grave erreur en t'amourachant d'une avocate. Tu peux dire adieu à ton poste de régisseur !

— C'est ce que Boris a dit ?

— Les patrons ne sont pas contents du choix que tu as fait en t'attachant à cette femme. Ils pensent que tu as besoin d'un peu de temps pour comprendre ton erreur avant qu'ils ne te confient des responsabilités plus importantes. Tu garderas donc ton poste de conducteur pour le moment, et tu seras sous mes ordres.

Nikolaï fit quelques pas en arrière pour pouvoir contempler à loisir l'effet que produisaient ces nouvelles sur son pire ennemi.

— Tu sais, Kuzmina, nous nous sommes souvent demandé pourquoi tu n'avais pas de petite amie. Certains étaient même plutôt admiratifs, ils disaient que tu ne voulais pas t'encombrer d'une femme, que tu préférais te concentrer sur ton travail. Et voilà que tu te jettes dans les bras de celle-là ! Elle doit remercier le ciel d'être tombée sur une cible aussi naïve. Après une bourde pareille, tu peux dire adieu aux promotions. Tu ne seras jamais régisseur, Kuzmina.

Il jeta sa cigarette par terre, l'écrasa du pied, puis remonta dans sa voiture. Dès qu'il eut quitté le parking, Max saisit son téléphone. Les mains tremblantes, il composa le numéro de

Jack. Il fallut plusieurs sonneries qui semblèrent interminables à Max avant que Jack ne décroche.

— Max ? Il paraît que Nikolaï t'a rendu une petite visite au stade ?

— Oui. Et j'en remercie le ciel. Mon cauchemar est terminé.

— Comment ? Que s'est-il passé ?

— J'ai l'impression de renaître. Gabriella ne travaille pas pour la mafia, Jack. C'est toi qui avais raison depuis le début. Elle a juste eu la malchance de se trouver au mauvais endroit au mauvais moment.

Il y eut un silence.

— Comment peux-tu en être sûr ?

— L'un des patrons a envoyé Nikolaï me mettre en garde. Ils veulent que je quitte Gabriella dès ce soir, ils pensent qu'elle est en contact avec la police et qu'elle essaye d'avoir des informations sur le réseau. Mais je t'expliquerai ça en détail plus tard.

— Eh bien ! Certains contes de fées deviennent réalité, on dirait. Je suis content pour toi, Max. C'est trop bête que tu doives la quitter avant même d'avoir pu profiter de ta joie.

— Je peux tout supporter, maintenant que je connais la vérité.

— Nous allons l'envoyer chez ses parents dès ce soir.

— Je dois d'abord lui parler.

— D'accord, mais seulement dans la camionnette. Allez faire un tour pendant que Karl et moi décidons comment nous organiser. Je t'appellerai dès que nous aurons un plan d'action.

— Merci, Jack.

Il raccrocha. Gabriella devait commencer à se demander où il était. Il fila vers les lavabos Ouest.

Il déboucha dans le couloir et s'arrêta, troublé. Gabriella n'était pas là.

Il reprit aussitôt son téléphone et appela Wilkins.

— Wilkins ? Mme Peris est-elle retournée à la camion-nette ?

— Non, monsieur. Après avoir quitté les lavabos, elle est allée dans le parking Sud. Un homme au volant d'une Honda bleue est venue la chercher. Nous sommes juste derrière eux.

Max sentit comme un coup au ventre. Quelque chose lui avait fait peur avant qu'elle n'aille aux lavabos. Il l'avait senti. Mais pourquoi n'avait-elle pas attendu son retour ? Ça n'avait pas de sens.

— Est-elle montée dans la voiture de son plein gré ?

— Oui, monsieur. Elle lui a fait signe et a couru vers lui.

Max n'y comprenait rien.

— Décrivez-moi cet homme.

— Il est d'origine sud-américaine. Environ trente-cinq ans.

La main de Max se crispa sur son téléphone.

— Dans quelle direction vont-ils ?

— Vers la vieille ville.

— Je me mets en route tout de suite. Ne bloquez pas la ligne.

— Entendu.

— On nous suit, Luis. Je suis désolée de t'avoir appelé. En plus, c'est ton jour de congé. Mais je ne savais pas à qui m'adresser.

— Je suis heureux que tu aies pensé à moi. Je suis flic, Gabi, je peux t'aider mieux que personne.

Luis Aguirre, marié et père de deux enfants, était l'un des officiers de police qui travaillaient avec la cour sur les affaires d'immigration clandestine. Gabi et lui était devenus amis. Mais elle s'en voulait de lui demander un service qui pouvait le mettre en danger.

— Cet homme est une grosse pointure de la mafia. Ce n'est pas vraiment ton calibre habituel.

— C'est un criminel, un point c'est tout. D'ailleurs, nous avons des hommes qui travaillent avec la police fédérale sur ce genre de cas. Quand nous arriverons au poste, nous trouverons quelqu'un qui pourra te mettre en contact avec un expert.

— Merci infiniment d'être venu, Luis. J'ai tellement paniqué lorsque je n'ai pas réussi à joindre mon oncle !

— Tu n'as pas à me remercier, Gabi. Nous sommes presque arrivés.

— Si jamais il t'arrivait quelque chose par ma faute, je...

Il lui sourit.

— Peris, tu vas finir par me vexer. J'ai de quoi me défendre, tu sais. Nous y voilà.

La voiture s'engagea dans un parking souterrain. Luis se gara dans la section réservée à la police.

Une fois descendus, Gabi et Luis prirent l'ascenseur jusqu'au troisième étage. Luis l'accompagna dans un bureau juste à l'entrée du poste et lui dit de l'attendre un moment.

Dix minutes plus tard, il revint avec un gobelet de café qu'il tendit à Gabi.

— Merci, Luis.

— Pas de quoi. On m'a dit que quelqu'un allait bientôt venir te voir et écouter ce que tu as à dire. Est-ce que je peux faire autre chose pour toi ?

— Tu en as déjà fait bien assez, Luis. Merci. Tu as été formidable. Va rejoindre ta famille. Mais sois prudent, d'accord ?

— Tu parles comme ma femme. J'ai droit à la même litanie tous les matins avant de partir travailler !

— Désolée.

Il sourit.

— Ne t'excuse pas. Je serais très malheureux si elle arrêtait. Je te verrai au tribunal.

Il lui fit une pression chaleureuse de la main sur l'épaule et s'en alla.

Gabi s'installa sur la chaise en face du bureau et attendit.

Elle n'arrivait pas à se remettre du choc d'avoir vu Nikolaï entrer en contact avec Anatoli au stade.

— Madame Peris ?

Elle leva vivement les yeux. Devant elle se tenait un homme très séduisant, brun aux yeux bleus, vêtu d'un jean et d'une chemise bleue.

Il lui tendit la main.

— Bonjour, je suis l'inspecteur Jack Poletti.

Elle posa son gobelet et son magazine et lui serra la main.

— Il paraît que vous avez eu une belle peur.

Elle hocha la tête.

— Vous allez tout me raconter, dit-il en s'installant en face d'elle, derrière le bureau. Ne négligez aucun détail, tout peut avoir son importance. Je vais enregistrer votre déposition, qui sera mise par écrit plus tard.

Il sortit un petit magnétophone d'un tiroir et appuya sur la touche d'enregistrement.

— Veuillez donner vos noms, prénoms et adresse, puis commencez à raconter au moment où vous avez perdu le contrôle de votre véhicule.

Gabi se mit à parler. Au début, c'était un peu difficile, puis bientôt, elle eut même du mal à s'arrêter, tant elle était soulagée de pouvoir tout raconter à quelqu'un.

L'inspecteur Poletti ne l'interrompit pas une seule fois. Elle lui raconta absolument tout ce dont elle se souvenait, et ne s'arrêta que lorsqu'elle en fut arrivée au moment où Luis l'avait amenée au poste de police.

— Vous dites que vous avez vu Nikolaï au stade tout à l'heure ?

— Oui.

— Vous pensez qu'il a pu vous reconnaître ?

— Je ne pense pas. Le costume que je portais la première fois que je l'ai vu me cachait presque entièrement, on ne voyait que mon visage. Et quand je l'ai aperçu, j'ai eu tellement peur que j'ai immédiatement tourné la tête.

Il se pencha en avant sur le bureau.

— Ce que vous avez fait pour Irina est très courageux.

Gabi se mordit la lèvre.

— Si vous aviez vu dans quel état elle était, vous aussi vous auriez fait n'importe quoi pour la rassurer.

— Je ne parle pas seulement de votre visite chez sa mère. Je pense aussi au moment où vous êtes allée la repêcher dans ce container à ordures. Tous les hommes de Nikolaï étaient sur la brèche pour la retrouver. Ils auraient pu vous voir.

— Je m'en rends compte maintenant. Mais je ne savais rien de tout cela quand je suis allée chercher Irina. J'avais déjà fait ce genre de chose pour le Village, ça n'avait rien d'inhabituel.

— C'est bien dommage qu'il n'y ait pas davantage de gens comme vous dans cette ville.

— Vous semblez oublier que j'ai fait prendre un risque énorme à Sandra et à Juanita en les emmenant au parc avec Anatoli. Et je préfère ne pas penser à ce qui aurait pu arriver s'il avait vu Irina au Village.

— Vous n'étiez pas au courant de la situation. D'ailleurs, tout le monde est en sécurité à l'heure qu'il est.

Il s'interrompit un instant.

— A votre avis, Irina sait-elle beaucoup de choses ?

— Sans doute plus que nous ne l'imaginons.

— Vous pensez qu'elle vous parlerait ?

— Je sais qu'elle me fait confiance. Elle se débrouille en anglais, mais son niveau n'est pas encore suffisant pour lui permettre de s'exprimer tout à fait librement.

252

— Pensez-vous qu'elle parlerait si nous faisions appel à un traducteur ?

— C'est possible. Mais, jusqu'à maintenant, elle n'a pas eu beaucoup de raisons de faire confiance aux gens. Et elle a très peur qu'une intervention de la police ne fasse qu'aggraver la situation de sa mère.

— La police est déjà impliquée, et nous avons un plan pour sauver Galena Pedrovna. Mais les informations que pourrait nous fournir Irina nous donneraient bien plus de chances de réussir.

— C'est évident, un tel argument pourrait la pousser à témoigner.

— Si vous pouvez l'appeler et lui demander de témoigner par téléphone, je ferai venir un traducteur qui suivra toute la conversation.

— Je ne sais pas si elle acceptera.

— Vous disiez qu'elle a confiance en vous.

Gabi poussa un soupir oppressé.

— D'accord. Je vais essayer de la convaincre.

Il poussa le téléphone vers elle.

— Appelez-la tout de suite. Expliquez-lui ce que nous voulons faire. Pendant ce temps, je vais aller chercher le traducteur. Nous pourrons commencer dans un instant.

Gabi attendit qu'il soit sorti du bureau et composa le numéro du Village. Elle demanda à parler à Liz qui, fort heureusement, était de service et lui expliqua qu'elle devait impérativement avoir une conversation discrète avec Irina.

Pendant que Liz allait chercher Irina, Gabi essaya de réfléchir au meilleur moyen de convaincre la jeune fille de témoigner.

— Gabi ? s'écria soudain celle-ci d'une voix angoissée. Tu es avec ton oncle ?

Irina venait de lui donner une idée. Gabi allait lui mentir, mais c'était pour la bonne cause.

— Oui. Je suis à la maison avec l'oncle Frank. Je suis parfaitement en sécurité, comme toi au Village.

La porte du bureau s'ouvrit sur Jack Poletti. Il portait un deuxième téléphone, et il y avait une autre personne avec lui. Jack brancha le téléphone sur une deuxième prise, le décrocha et activa le haut-parleur. Le magnétophone enregistrait toujours.

— Il va aider ma mère ? demanda Irina.

— Oui. En fait, il est juste à côté de moi et il voudrait te parler. Je vais te le passer. Il ne parle pas russe, mais l'un de ses meilleurs officiers est avec lui, et il va suivre la conversation. Il traduira ce que vous direz, d'accord ?

— D'accord.

La voix tremblante d'Irina résonnait dans toute la pièce.

Jack adressa un sourire de félicitations à Gabi.

— Bonjour, Irina. Gabi m'a raconté combien tu avais été courageuse, dit Jack dans le deuxième téléphone.

— Elle aussi est courageuse.

Jack avait réussi à briser la glace.

— Gabi dit qu'elle ne m'adressera plus jamais la parole si je n'aide pas ta mère. C'est donc ce que je voudrais faire. Tu es d'accord ?

— Oui.

— Bien. J'ai besoin d'avoir un certain nombre de renseignements pour pouvoir l'aider. Commence par me donner les noms de tous les hommes qui sont venus chez ta mère. Si tu connais également leurs prénoms et leurs surnoms, quand ils en ont, ce sera merveilleux.

Irina hésita.

— Surnoms ? Qu'est-ce que c'est ?

— Je vais te passer le traducteur. Il va t'expliquer.

— D'accord.

254

Pendant toute l'heure qui suivit, Gabi observa, fascinée, Jack murmurant une question après l'autre à l'oreille du traducteur, qui la posait ensuite à Irina.

Maintenant que la jeune fille pouvait parler dans sa langue maternelle, sa voix semblait celle d'une autre personne. Elle avait gardé tout cela pour elle pendant si longtemps qu'elle parlait avec précipitation, s'exprimant en de longues phrases parfois entrecoupées de sanglots.

En écoutant Jack, Gabi comprit que cet homme n'était pas un banal inspecteur de police. Les questions qu'il posait révélaient qu'il travaillait sur cette affaire depuis longtemps. Sans doute faisait-il partie d'une équipe spéciale chargée d'enquêter sur les réseaux mafieux dans la région.

— Irina, tu as été formidable. Merci d'avoir été si patiente. Je te garantis qu'avec les renseignements que tu nous as donnés, nous allons libérer ta mère très vite. Tu pourras la revoir très bientôt. D'accord ?

— D'accord, répondit Irina d'une voix tremblante.

— Ma nièce voudrait te dire au revoir.

— Oui.

Gabi prit une profonde inspiration.

— Irina ?

— J'ai bien répondu, Gabi ?

— C'était parfait, Irina. Tu as été très courageuse, je suis fière de toi. Il faut que tu tiennes le coup encore un tout petit peu. Je te promets de t'appeler très vite. Dis bonjours à Sandra et à Juanita pour moi.

— D'accord.

Gabi raccrocha.

L'inspecteur Poletti la regardait avec admiration.

— Joli travail, madame Peris. Avez-vous jamais songé à rejoindre la police ? Vous feriez un inspecteur du tonnerre. Ça doit être de famille !

Elle détourna les yeux et fit un geste d'impatience.

— Comment pouvez-vous dire ça alors que j'ai été en relation avec un truand notoire sans me rendre compte de rien ? Pire encore, j'ai mis trois jeunes filles sans défense en danger. Je ne pense pas que ça mérite une quelconque médaille.

— Vous êtes tombée sur le plus habile de tous. Anatoli Kuzmina est connu pour avoir de vrais doigts de fée.

Gabi piqua du nez, sentant son visage s'enflammer.

— A qui le dites-vous... Je me suis laissé ensorceler mais, depuis le début, j'avais le sentiment qu'il y avait quelque chose de louche dans tout ça. Ces étrangers dans une élégante voiture neuve, qui ont disparu en fumée juste après l'accident...

Jack hocha la tête.

— Nous le surveillons depuis un moment. Mais les gars de la mafia sont rompus à toutes les manœuvres. Dès que nous avons l'impression d'avoir mis la main sur quelque chose de solide, ça nous glisse entre les doigts comme par magie.

— Je vois de quoi vous parlez. Sur ce chapitre, je crois qu'Anatoli pourrait donner des leçons à Houdini.

Jack se mit à rire, mais fut aussitôt dégrisé par l'expression accablée de Gabi.

— Je suis désolé. Je comprends que vous n'ayez pas envie de rire. Je dois dire que je ne suis pas surpris qu'il ait été séduit par vous. L'homme est connu pour ses choix exigeants en matière de femmes.

— Quelle horreur ! Je suis sûre qu'il y a des dizaines de pauvres filles avant moi qui s'y sont laissé prendre sans rien voir venir.

Jack sourit.

— Rien voir venir ? Il me semble que c'est plutôt lui qui ne vous a pas vu venir. C'est vous qui avez percuté sa voiture, non ?

— Ne m'en parlez pas.

Elle soupira.

— Il faut croire que ce n'était vraiment pas mon jour, reprit-elle. Pourquoi n'est-il pas resté en Russie pour épouser sa fiancée ? Vous savez ce que je crois ? Il a dû quitter la Russie avant qu'elle ne s'aperçoive de ses activités. Maintenant qu'il est millionnaire, et qu'il possède probablement la moitié de la côte Sud de la Californie, il a décidé de la faire venir ici. Il m'a dit qu'il avait rompu ses fiançailles, mais je n'en crois pas un mot. Anatoli a pensé qu'il pouvait s'octroyer un dernier petit plaisir de célibataire avant de se marier. Quand je pense que j'ai fait des pieds et des mains pour annuler son visa !

— Madame Peris ?

Elle sursauta et rougit. Elle s'était laissé aller, oubliant qu'elle était en public…

— Désolée, je me suis emportée.

— C'est tout à fait compréhensible. Mais, pour votre information, Anatoli Kuzmina n'a jamais été fiancé.

Elle resta bouche bée un instant.

— C'est impossible, j'ai vu une photo de sa fiancée, elle s'appelle Natacha.

— Il est né à New York, continua Jack. Plus tard, il a quitté Brighton Beach pour travailler avec la mafia.

Elle n'en croyait pas ses oreilles.

— New York ?

— Exactement.

— Vous voulez dire que toutes ces choses qu'il m'a racontées à propos de sa vie avec son grand-père n'étaient qu'un tissu de mensonges ?

Jack hocha la tête.

Gabi bondit sur ses pieds.

— Mais enfin, j'ai trouvé leurs deux noms dans le fichier des services d'immigration !

257

— Kuzmina a des relations partout. Fabriquer de fausses fiches d'immigration est un jeu d'enfants pour lui.

— Il m'a fait faire tout ce travail pour rien ? s'écria-t-elle.

— Oui. C'est un citoyen américain.

Gabi repoussa sa chaise et se mit à arpenter furieusement le bureau. Elle entendait encore Anatoli lui demander d'assister à sa cérémonie de naturalisation.

— Ce n'est pas fini, continua Jack. Il a plusieurs identités, qu'il utilise au gré de ses besoins.

— Lesquelles ?

— En réalité, il est d'origine russo-irlandaise. Parfois, il utilise le nom de Max Calder.

— Max ! Vous plaisantez ? dit-elle en partant d'un rire amer. C'était le nom de mon basset. Il est mort de vieillesse quand j'avais douze ans. Il était devenu à moitié fou... Mon père le surnommait Mad Max.

— Ça ne conviendrait pas si mal à Max Calder, dit Jack d'un air songeur.

Il se leva.

— Madame Peris, nous allons devoir vous mettre en sécurité à Atlantic City, chez vos parents. Vous voulez bien patienter ici pendant que je prends les dispositions nécessaires ? Un agent fédéral qui travaille sur cette affaire depuis le début va venir vous parler dans un moment. C'est mon meilleur ami, nous nous connaissons depuis nos débuts à la police de New York… Grâce à vous et au témoignage d'Irina, nous pouvons considérer toute cette affaire comme résolue. Nous n'allons pas tarder à arrêter les premiers coupables. Mon ami voudrait vous remercier en personne pour votre aide. Vous nous avez fait gagner une bonne année de travail. Notre enquête a déjà fait un mort l'année dernière, vous nous en avez évité d'autres. Je ne serais pas surpris que vous receviez une décoration, vous avez fait preuve d'un courage exemplaire.

Jack lui serra chaleureusement la main.

— Vous avez du cran, madame Peris. C'est un vrai plaisir de vous connaître.

Il prit le magnétophone et quitta le bureau.

Pendant une bonne demi-heure, Gabi resta clouée sur sa chaise, repassant dans sa tête les événements de la semaine passée, revoyant chaque seconde passée avec Anatoli, sentant son corps trembler au souvenir de ses caresses et de ses baisers.

Dans l'espoir de calmer le tourbillon d'émotions qui l'assaillait, elle se leva et se mit à arpenter le bureau. Peine perdue ! La rage, la déception, l'incrédulité continuaient de danser la sarabande dans sa tête.

Un ami écrivain lui avait dit un jour que le fait de jeter ses sentiments sur le papier avait un effet libérateur.

Voilà donc ce qu'elle allait faire. Ecrire un roman qui raconterait son histoire avec Anatoli.

Elle s'assit et se mit à chercher un titre.

Une semaine dans la vie de Gabi Peris, reine des imbéciles.

Elle fronça les sourcils. Qui s'intéresserait à l'histoire de la reine des imbéciles ? Il fallait quelque chose qui puisse rendre son expérience utile, une sorte de manuel, peut-être...

Dix leçons pour démasquer un homme qui vous mène en bateau...

C'était déjà mieux. La première mise en garde concernerait les bouquets de roses apportés à l'improviste...

Soudain, la porte du bureau s'ouvrit.

— Gabriella ? Je suis désolé. Je n'ai pas eu le choix. J'espère que vous pourrez comprendre et me pardonner. Je vous ai apporté ceci.

Des roses...

14.

Le regard de Gabi se porta du magnifique bouquet de roses rouges vers le badge officiel fixé à la poche de la veste de flanelle gris foncé.

Elle était là, l'explication des sous-entendus qu'elle avait confusément senti poindre dans le discours énigmatique de l'inspecteur Poletti.

Il était là, « Anatoli », photographié en noir et blanc, à côté du logo officiel du FBI et d'une inscription qui disait : « Max Calder, agent spécial ».

Elle n'eut pas la force de lever les yeux vers son visage.

— Votre ami m'a déjà dit tout ce que je devais savoir.

— Il avait pour mission de vous préparer.

— Il l'a fait. Mais j'ai encore une dernière chose à vous demander. Ensuite, je m'en irai.

— Gabriella, je vous en prie...

Elle détourna la tête. Sa façon de prononcer son prénom ne faisait plus que la blesser.

— Pourquoi ne m'avez-vous pas laissée tranquille après l'accident ?

Max poussa un soupir accablé.

— Je pensais que la mafia me soupçonnait. J'ai cru qu'ils vous avaient envoyée pour faire une enquête, me séduire, obtenir des renseignements et m'éliminer. Je devais essayer d'en savoir davantage sur vous.

Elle porta les yeux sur lui. Son visage était toujours aussi beau, mais c'était celui d'un traître... Et d'un menteur. Frémissante, elle lui lança :

— Et vous avez fait un excellent travail. Je me suis livrée à vous comme une parfaite imbécile. Comment avez-vous pu penser que j'avais percuté votre voiture volontairement ?

Ses traits étaient restés totalement impassibles.

— Envoyer des agents féminins pour ce genre de mission est une pratique courante dans la mafia. Cela s'est déjà produit. Si la personne est bien choisie, elle parvient généralement à faire perdre la tête aux plus endurcis.

— Vous ne semblez pas avoir perdu la vôtre, agent Calder, continua Gabi. Dites-moi, comment fait-on pour simuler l'émotion aussi parfaitement ? Le FBI vous soumet-il à un entraînement intensif ? Je dois dire que les résultats sont impressionnants.

Il s'approcha du bureau et posa le bouquet de roses.

— Je sais que vous m'en voulez, Gabriella, et je...

Il s'avança vers elle, mais elle leva aussitôt la main pour le tenir à distance.

— Non !

Son visage s'assombrit.

— Il faut que nous parlions.

Elle leva le menton d'un air de défi.

— Il n'y a rien à dire. Votre ami m'a remercié pour les services rendus à votre département. Je suis une citoyenne dévouée, prête à me sacrifier pour la justice, mais il y a des limites à tout, et je suis ravie que ce coup de téléphone providentiel de l'autre soir m'ait fait échapper à la nécessité de lui sacrifier mon corps !

La mâchoire de Max se contracta.

— Par ailleurs, les micros que vous avez sans doute cachés dans tous les coins de mon appartement et de mon bureau ont dû fournir bien des distractions aux membres de votre équipe. J'espère que l'on en tiendra compte lorsqu'on me remettra une décoration pour services rendus à la société : Gabriella Peris, enquêtrice modèle et gardienne du moral des troupes, un vrai petit soldat.

Indifférente au visage sinistre de Max, Gabi continua sur sa lancée.

— Je suppose que le héros, c'est vous. Personne ne devrait avoir à faire ce que vous avez dû accomplir, et si brillamment, encore. Agent Calder, l'humble petit soldat de l'Amérique vous salue !

Ses yeux lançaient des éclairs.

— Mais la veuve qui, depuis plus d'un an, essaye péniblement de recoller les morceaux de son cœur pour atteindre au moins un état intermédiaire — ni plaisir, ni douleur — ne vous salue pas. Vous m'avez fait croire que je pouvais encore être heureuse et vous m'avez trompée.

— Gabriella...

— Non ! N'essayez pas ! Vous êtes très fort, mais ça ne marchera plus. Où peut-être devrais-je plutôt dire qu'Anatoli Kuzmina était très fort. Lui m'a vraiment donné l'impression d'être aimée. Quelle ironie, n'est-ce pas, sachant qu'il s'agissait d'un criminel de la pire espèce.

Elle essuya rageusement une larme qui menaçait de couler sur sa joue et reprit :

— Il pourrait donner des leçons à tous les hommes qui ne savent que faire pour obtenir un amour inconditionnel de la part de leurs femmes et de leurs fiancées. La plupart d'entre eux ne savent pas s'y prendre. Anatoli le savait, lui. Il maîtrisait son personnage d'amoureux transi à la perfection, jusqu'à ce côté tragique, cette pointe d'âme slave et cet accent russe que je trouvais si charmant. Je doute que les meilleurs comédiens aient pu tenir leur personnage aussi longtemps sans commettre la plus petite erreur. Il était parfait. Il va me manquer.

— Il est en face de vous, Gabriella.

— Non. Max Calder est un étranger pour moi. Je ne le connais pas. Je ne *veux pas* le connaître. C'est peut-être un chic type, mais il a manifestement une maîtresse contre laquelle je ne pourrai jamais lutter… Je vais retourner dans ma famille. Après la mort de Paul, il m'a semblé que j'étais trop adulte pour courir chez ma mère en espérant qu'elle allait tout arranger. Je me suis dit : Gabi, tu es une grande fille, tu dois affronter la vie seule. Alors je me suis installée ici, et j'ai rencontré Ally.

Elle lutta une fois de plus pour ravaler ses larmes.

— Hier, elle est partie continuer sa vie ailleurs. Elle a suivi son chemin. Aujourd'hui, je pars continuer la mienne. J'ai la chance d'avoir une maison et une famille qui m'attendent. Je suis venue à San Diego pour m'arracher à cette famille après la mort de Paul. Il fallait que je comprenne de nouveau qui j'étais, ce que je pouvais ressentir. Je ne pouvais y parvenir en restant dans un cocon préservé. Grâce à Anatoli Kuzmina, je l'ai compris. Mais cet homme était un fantôme, un mirage. Chez mes parents, au moins, les choses sont ce qu'elles paraissent être, il n'y a pas de mirages. Adieu et bonne chance pour la fin de cette affaire.

Max était devant la porte, immobile, et lui barrait le passage.

Elle serra les poings.

— Vous êtes venu me dire ce que vous aviez à me dire, Monsieur Calder. Je vous prie de me laisser sortir. J'ai déjà donné ma déposition à l'inspecteur Poletti.

— Je ne bougerai pas, Gabriella. Vous avez parlé, maintenant, c'est mon tour.

— Ça ne m'intéresse pas. Vous ne fonctionnez pas comme un homme normal. Si c'était le cas, nous ne nous serions jamais revus après l'accident.

— Je suis au contraire un homme *extrêmement* normal, lui lança-t-il. A la seconde où nos regards se sont croisés, nous avons été attirés l'un par l'autre, comme un homme et une femme. Ne le niez pas, je le sais. Ce que j'ai ressenti était si fort que cela m'a fait peur.

— Oh, Anato...

Elle s'interrompit. Si elle le laissait continuer, il réussirait à l'émouvoir, elle le savait.

Sans lui laisser le temps de réagir, il se pencha sur la chaise et posa ses deux mains sur les accoudoirs. Prisonnière, elle ne put échapper à ses lèvres qui s'emparèrent des siennes et l'embrassèrent avec fougue.

— Non, dit-elle dans un souffle, dès qu'elle fut en mesure de respirer.

Il se redressa, le souffle court.

— Voilà ce que j'ai voulu faire la première fois que je vous ai vue. Avez-vous une idée de ce que cela signifie d'être face à une femme que vous désirez comme un fou, et de ne pas pouvoir lui faire l'amour parce que vous avez peur qu'elle vous plante un couteau dans le dos ?

Ses yeux étincelaient.

— Ne comprenez-vous pas que j'aurais donné n'importe quoi pour vous rencontrer dans d'autres circonstances ?

— Vous auriez utilisé une de vos nombreuses autres identités ? Votre ami m'a parlé de vos divers personnages...

Une expression de résignation douloureuse envahit le regard de Max.

— Vous ne me laissez aucune chance de m'expliquer.

— Expliquer quoi ? J'ai peut-être été naïve, mais je ne suis pas folle. Vous avez un travail à accomplir. Il ne convient pas à tout le monde, mais il faut bien que quelqu'un le fasse. Vous êtes la personne idéale pour vous en charger, j'en suis témoin. Alors poursuivez votre vie, et laissez-moi poursuivre la mienne. N'oubliez pas d'être aussi délicat qu'Anatoli avec votre prochaine conquête.

— Ça ne m'intéresse pas.

— Vous voyez ? Vous n'êtes pas du tout comme lui. Il aimait le plaisir, il savourait chaque parcelle de la vie. Il était trop beau pour être vrai.

Un voile se posa sur le visage de Max, comme un épais manteau de nuages masquant le soleil. Puis il tourna les talons et disparut.

La mère de Gabi passa la tête par la porte de sa chambre.

— Descends déjeuner, j'ai fait de la salade de poulet. Je t'en prie. Tu n'as rien pris, ce matin. Il faut que tu manges.

— J'arrive dans un instant, Maman. Merci. Vous êtes tous si gentils avec moi. Je suis désolée. Je suis une vraie catastrophe.

— Ça fait trois semaines que tu es ici. Tu es en vacances. Tu devrais te reposer, t'amuser. Mais peut-être n'était-ce pas une bonne idée de revenir ici, après tout... Cet endroit est rempli de souvenirs de Paul.

Elle laissa la porte entrebâillée et s'engagea dans l'escalier.

Toute la famille de Gabi pensait qu'elle était encore torturée par la mort de Paul. L'idée de les tromper la mettait mal à l'aise, mais son oncle Frank, à qui elle s'était confiée en arrivant, lui avait conseillé de garder l'histoire d'Anatoli pour elle.

Elle tressaillit en songeant à ce prénom. Dans ses souvenirs, l'homme qui l'avait ensorcelée n'en avait pas d'autre. Et pourtant, il n'y avait pas d'Anatoli, c'était une chimère !

Décidant qu'elle ne pouvait rester dans cet état plus long-temps, elle attrapa son téléphone et appela le Dr Karsh. Par chance, il avait un peu de temps entre deux rendez-vous, et pouvait donc lui parler.

— Eh bien, Gabi, comment-allez-vous ? Je parie qu'il y a eu des éléments nouveaux depuis votre dernier appel. En quoi puis-je vous aider ?

Elle voulut parler, mais un sanglot irrépressible l'en empê-cha.

— Je suis désolée, docteur Karsh, dit-elle en essayant de se calmer. Je vous fais perdre votre temps. Je ne vous aurais pas appelé si j'avais su que j'allais me transformer en fontaine.

— Ne vous inquiétez pas, certains de mes patients passent la séance entière à pleurer sans pouvoir prononcer un mot. Vous souhaitez que nous parlions du même homme que la dernière fois ?

Elle respira profondément, ferma les yeux un instant, puis se lança.

— Oui. Figurez-vous qu'en réalité, c'est un agent du FBI. Anatoli n'est qu'un personnage qu'il a créé pour pouvoir s'in-filtrer dans la mafia.

Il y eut un bref silence.

— Je dois vous avouer que je suis plutôt soulagé de l'ap-prendre.

— Moi aussi, bien sûr. Mais il m'a utilisée et trompée. C'est quelqu'un qui est prêt à faire n'importe quoi pour son travail, sans se soucier de savoir si c'est moral ou pas.

— Gabi, le problème que vous devez affronter n'a strictement aucun rapport avec la morale. Ce que vous ressentez, c'est la peur d'être rejetée et l'angoisse de la perte.

— La peur d'être rejetée ? dit-elle en reniflant.

— Oui. Votre mari et vous viviez un amour partagé, réciproque. Vous et votre Russe aviez également des liens très forts.

Mais il s'avère qu'Anatoli est un personnage imaginaire que vous devez maintenant écarter, parce qu'un troisième homme est apparu. Il représente l'inconnu, il fait un métier dangereux. C'est pour toutes ces raisons que vous avez peur.

Gabi se sentit complètement percée à jour.

— J'aimerais que nous revenions sur votre état d'esprit avant votre déménagement pour San Diego. Vous avez plus d'éléments pour avancer maintenant.

— Avancer ? Je ne comprends pas. J'ai l'impression d'être revenue exactement au même point qu'avant.

— Pas du tout Gabi. Vous êtes tombée amoureuse, ce qui est une première chose. Mais surtout, vous avez tenu le coup, vous avez survécu. La première fois que vous êtes venue me voir, vous étiez persuadée que vous n'y arriveriez pas. Vous vous souvenez ?

— Vous avez raison, docteur Karsh. J'avais oublié. Merci de me l'avoir rappelé.

— Je suis là pour ça, Gabi.

« Evguéni Babichenko sous les verrous. Les interrogatoires du parrain de la mafia russe commenceront demain !»

« Evguéni Babichenko, chef du réseau de Californie du Sud arrêté. La police et le FBI démantèlent un immense réseau d'escroquerie aux assurances. »

Les premières pages des quotidiens du jour, empilés sur le bureau de Jack, ne parlaient que du coup de filet des agents spéciaux du FBI. Il était tard, le poste de police était en ébullition depuis les premières heures de la matinée. Maintenant qu'ils avaient arrêté Evguéni, il fallait agir vite avant que les derniers membres du réseau ne prennent la fuite.

Jack baîlla, se leva et fit le tour de son bureau.

— Je vais aller chercher d'autres pizzas, et quelque chose à boire.

Max hocha la tête.

— Bonne idée.

Quelques heures plus tôt, plus de quarante agents s'étaient réunis dans le bureau de Jack pour fêter leur victoire. Tous savaient que, sans l'aide de Gabriella et d'Irina, il leur aurait fallu encore de longs mois pour arriver à ce résultat.

Max avait toutes les raisons d'être satisfait. Seize sous-chefs, dix régisseurs et vingt-cinq conducteurs avaient été arrêtés. Le réseau était démantelé.

Sans doute d'autres se chargeraient-ils de le reconstruire, mais, dans l'immédiat, tous ceux qui avaient travaillé pour obtenir ce résultat pouvaient être fiers.

La semaine précédente, l'équipe avait arrêté Nikolaï alors qu'il sortait de l'appartement de Galena, qui avait enfin pu être libérée. Les retrouvailles avec sa fille avaient été très émouvantes, Max n'oublierait jamais leur joie et leur soulagement.

Leurs deux témoignages étaient incontournables, même par les plus rusés et les plus corrompus des avocats. Galena et sa fille avaient quitté la région et avaient été placées sous la protection du FBI.

Quant à Max, il vivait un cauchemar.

— Dis donc, il y a une ambiance folle ici ! dit Jack en revenant dans le bureau.

Il avait beau essayer, il ne réussissait pas à dérider Max. Pourtant, il faisait tout ce qui était en son pouvoir pour y arriver depuis des semaines.

Il s'assit à côté de Max.

— On parle d'organiser une cérémonie en l'honneur de Gabriella et du personnel du Village, pour services rendus à la communauté.

— Excellente idée, grommela-t-il. Mais il faudrait d'abord la trouver.

— Tu sais très bien où elle est.

— Ne te fatigue pas, Jack. Je n'irai pas la voir. Je t'ai déjà expliqué qu'elle ne veut plus entendre parler de moi.

— Je n'en crois pas un mot. Elle est tombée amoureuse d'un type qui s'appelle Anatoli, d'accord. Elle a juste besoin d'un peu de temps pour comprendre que ce type et Max Calder ne font qu'un.

Max secoua la tête.

— Les dernières minutes que nous avons passées dans cette pièce m'ont laissé une impression de déjà-vu.

— Tu veux parler de ta rupture avec Lauren ?

— Oui.

— Ça n'a rien à voir ! Lauren t'a quitté parce qu'elle ne supportait pas ton métier.

— Gabriella non plus ne le supporte pas.

— Tu plaisantes ? Gabriella est ton alter ego féminin ! Est-ce que tu imagines un seul instant Lauren déguisée en bonne sœur en train d'affronter un parrain de la mafia ?

Max ferma les yeux.

— Tu as raison, Jack. Bon sang, Gabriella est la plus...

— C'est une fille épatante. Elle est unique ! Tu sais au fond de toi que vous êtes faits l'un pour l'autre.

— Si seulement elle pensait la même chose. Ça fait plus d'un mois qu'elle a disparu. J'ai le pressentiment terrible qu'elle a décidé d'ouvrir un cabinet à Atlanta et d'y rester.

— Il faut que tu passes à l'action. Envoie-lui un bouquet de fleurs, tu verras bien comment elle réagit.

— Elle est tellement en colère contre moi qu'elle serait capable de tordre le cou au livreur.

— Ecoute, j'ai une idée. Tu pourrais demander à Karl de te confier une affaire dans le New Jersey. De cette manière, tu serais en mission officielle là-bas et tu trouverais bien un prétexte pour lui rendre visite.

— Si elle ne veut pas me voir, il vaut mieux que je reste ici à faire des livraisons pour Karin. Elle au moins, elle se réjouit de ma présence.

Jack le considéra d'un air préoccupé.

— je ne comprends pas ce que tu veux…

— Je veux revenir en arrière et tout recommencer.

— Gabriella, mon ange ! Entre !

Généralement, Gabi aimait beaucoup rendre visite à son oncle à son bureau. Mais, ce jour-là, elle était plutôt mal à l'aise. En effet, elle lui avait demandé de lui communiquer tout ce qu'il pourrait trouver sur l'agent Max Calder, et appréhendait de nouvelles déceptions.

— Assieds-toi, ma chérie. Il n'y a pas grand-chose dans son dossier. Il a commencé dans la police de New York. C'est un excellent élément. Tu voulais savoir pourquoi il avait quitté son poste, tu trouveras la réponse dans cette coupure de journal.

La lecture de l'article mit le cœur de Gabi à l'envers.

Deux officiers avaient été suspendus après avoir été injustement accusés de violences policières. Malgré leur acquittement, ils avaient dû démissionner de leurs fonctions, et les deux collègues qui avaient témoigné en leur faveur au procès, Max Calder et Jack Poletti, n'avaient pas, eux non plus, repris leur poste à la police de New York. D'après le récit du journaliste, l'affaire avait eu un tel retentissement que les conséquences sur la vie privée de certains avaient été lourdes. Il y avait eu plusieurs divorces, dont celui de Max Calder.

Ainsi Max avait été marié. Gabi avait peine à le croire.

— C'est une triste histoire, dit-elle en rendant l'article à son oncle.

270

Il hocha la tête.

— Ce genre d'affaires fait partie des risques du métier. Fort heureusement, tous ceux qui ont été mêlés à ce procès ont réussi à refaire leur vie ailleurs.

Elle hocha la tête et se pencha vers lui pour l'embrasser sur la joue.

— Merci beaucoup, oncle Frank.

— On dirait que tu es en train de me dire adieu.

— Oui. Je retourne à San Diego.

— Excellente décision. Reviens avec lui pour Noël…

— Je ne demanderais pas mieux, mais les choses ne sont pas si simples. Je crois que je lui ai fait beaucoup de mal.

— Il s'en remettra.

— Je l'espère. Il faut que je m'en aille, maintenant. J'ai rendez-vous avec papa pour le déjeuner, ensuite il m'emmènera à l'aéroport. Mais il fallait que je te voie avant de partir. Fais attention à toi.

— Toi aussi, mon ange.

— Qu'est-ce que je peux faire, maintenant ?

Karin le regarda avec des yeux étonnés.

— Vous voulez dire que vous avez déjà terminé de nettoyer l'arrière-boutique ?

— Oui, j'ai besoin de m'activer.

— Je suis inquiète pour vous, Anatoli. Je veux dire, Max. Je n'arrive pas à m'habituer à ce nouveau prénom. Vous n'avez toujours pas de nouvelles de Mme Peris ?

— Non. Après que je lui ai révélé ma véritable identité, elle a quitté la Californie. Je suis sûre qu'elle a déménagé définitivement. Je suis passé à son bureau, et quelqu'un d'autre y travaillait. Personne n'a pu me renseigner sur ses projets.

— Je n'arrive pas à croire que les choses se soient passées de cette façon. J'avais une intuition si positive à propos de vous deux. J'étais persuadée que vous étiez faits l'un pour l'autre.

— Moi aussi. Il faut croire que nous nous sommes trompés tous les deux.

— Haut les cœurs ! J'ai encore beaucoup de travail pour vous. Il y a toutes les livraisons de l'après-midi à faire. Quand vous aurez terminé, vous pourrez garder la camionnette.

— Merci, Karin.

— C'est moi qui vous remercie. L'arrière-boutique avait besoin d'être rangée depuis des siècles.

Et cela faisait des siècles qu'il n'avait pas serré Gabriella dans ses bras... Une douleur cuisante lui envahit la poitrine. Il fallait qu'il fasse quelque chose, ou cette souffrance aurait raison de lui.

Il décida d'appeler le Village dès qu'il aurait terminé ses livraisons. Peut-être Sandra ou Juanita avaient-elles des nouvelles de Gabi ? En dépit des pronostics du docteur, Sandra n'avait toujours pas accouché.

Jack ne cessait de le pousser à prendre des vacances. Mais il ne pouvait pas s'y résoudre. S'éloigner de San Diego aurait été comme tourner la page sur son histoire avec Gabi, avouer qu'il n'y avait plus d'espoir. Au fond de son cœur, il pensait qu'il y avait peut-être encore une possibilité pour que Gabi cherche à le joindre chez lui.

Il ne voulait pas partir, mais il avait besoin de se noyer dans le travail. L'inactivité lui laissait trop d'occasions d'être torturé par les souvenirs.

Le lendemain à la première heure, il irait voir Karl et lui demanderait de lui confier une nouvelle affaire.

— Elle est comme neuve, cette voiture, n'est-ce pas ma p'tite dame ?

— En effet, si vous ne m'aviez pas dit que c'était la mienne, je ne l'aurais pas reconnue !

Gabi sourit au mécanicien et alla régler sa facture. Puis elle s'installa derrière le volant de la Chrysler et se lança dans la circulation.

C'était une sensation agréable d'être de nouveau autonome. Dès le lendemain, elle irait à son bureau, passerait les événements des dernières semaines en revue avec son assistante et ferait le point avec les collègues qui s'étaient chargés de ses clients pendant son absence.

Mais pour le moment, elle avait une chose plus importante à faire.

Elle devait trouver Max.

Elle avait appelé Mrs Bills qui n'avait pas encore loué son appartement. D'après elle, Anatoli avait insisté pour qu'elle le garde libre, en lui disant que Gabi avait juste pris quelques vacances et qu'elle reviendrait bientôt.

Cette nouvelle lui avait redonné un peu d'espoir. Elle savait qu'elle s'était montrée dure et injuste envers Max, et qu'elle ne méritait pas vraiment une deuxième chance. Mais elle était déterminée à tenter le tout pour le tout, ne serait-ce que pour pouvoir se dire qu'elle avait essayé.

Lorsqu'elle arriva en vue de *La Fleur Bleue*, son cœur se mit à battre à un rythme effréné. La camionnette n'y était pas, mais peut-être Max était-il présent malgré tout. Le souffle court, elle se gara et poussa la porte de la boutique.

— Bonjour ! Puis-je vous aider ? demanda une vendeuse en la voyant entrer.

— Je l'espère. Anatoli est-il ici ?

— Non, il est en livrai...

— Quelqu'un cherche Anatoli ?

273

Une voix sonore avait retenti depuis l'arrière-boutique et, quelques secondes plus tard, la corpulente silhouette de Karin surgit comme un diable de sa boîte d'une porte derrière le comptoir.

Elle portait deux magnifiques azalées qu'elle fourra sans ménagement dans les bras de la vendeuse.

— Bonjour ! Je suis Karin Vriend, dit-elle en serrant chaleureusement la main à Gabi. Vous êtes Gabriella, n'est-ce pas ?

Gabi sourit. Cette femme respirait la bonté et la joie de vivre. Elle n'avait aucun mal à comprendre pourquoi Max l'appréciait autant.

— Oui. Comment avez-vous deviné ?

— J'ai reconnu votre voix. Vous vous souvenez ? Vous avez appelé ici après l'accident. Et une deuxième fois quelques jours plus tard.

— Quelle mémoire !

— Je n'oublie jamais une voix. Vous venez de rentrer à San Diego ?

— Oui.

— Anatoli va être tellement heureux. Depuis que vous êtes partie, il n'est plus vraiment lui-même.

Gabi buvait les paroles de Karin.

— Puisqu'il n'est pas là, je voudrais en profiter pour acheter quelques fleurs.

— Bien sûr. C'est pour offrir ?

— Oui. C'est pour Anatoli.

Le visage de Karin s'éclaira d'un sourire rayonnant.

— Je comprends pourquoi il était si malheureux. Une femme qui veut offrir des fleurs à un homme ne peut être que quelqu'un d'exceptionnel.

— Un jour, il m'a parlé de son amour des plantes. Il m'a dit que c'était vous qui le lui aviez communiqué. Savez-vous quelles sont ses fleurs préférées ?

— Les roses, sans hésitation. Quand elles arrivent d'Amérique du Sud, il adore ouvrir les paquets et les contempler. Un jour, je l'ai entendu pousser un cri d'admiration lorsqu'il a ouvert une boîte de roses jaunes pour la première fois. Il s'est tourné vers moi et il m'a dit : « Karin, voilà des fleurs qui ne peuvent exprimer que l'amour le plus profond et le plus sincère. Si jamais une femme pouvait m'aimer un jour de cette façon, je voudrais qu'elle m'offre exactement ces roses-là. » Vous voyez, je crois que votre choix s'impose !

Toujours souriante, elle reprit :

— Anatoli a des idées très arrêtées sur le langage des fleurs. Les roses blanches sont pour les femmes enceintes, les rose pâle expriment un amour naissant. Les rouges un sentiment plus intense.

— Avez-vous suffisamment de roses jaunes en réserve pour faire un bouquet ?

— Je crois. Combien en voulez-vous ?

— Deux douzaines.

— Je vais voir.

Pendant que Karin disparaissait dans l'arrière-boutique, la vendeuse se mit à disposer les azalées dans la vitrine tout en regardant Gabi à la dérobée.

— Je m'appelle Sylvia. C'est moi qui ai préparé le bouquet de roses qu'Anatoli m'a commandé pour vous le mois dernier.

Gabi se mordit la lèvre. La dernière fois qu'elle avait vu Max, elle avait refusé tout ce qu'il avait essayé de lui donner. Comme elle avait été stupide ! Elle leur avait fait perdre tellement de temps !

— Elles étaient magnifiques, dit-elle à Sylvia.

— Il m'a dit que c'était pour une occasion très spéciale. Il m'a demandé de lui souhaiter bonne chance parce qu'il allait en avoir sacrément besoin.

Gabi était au supplice. Ce jour-là, son cœur lui avait dit qu'elle l'aimait plus que tout. Et qu'avait-elle fait ? Elle était partie.

— Voilà, Gabriella.

Karin s'avança vers elle avec les roses d'un jaune lumineux qu'elle avait disposées dans une grande boîte en carton.

— Elles sont magnifiques. Je suis impatiente de les lui donner. Ne lui dites pas que je suis venue, voulez-vous ? Je voudrais lui faire une surprise.

— Nous serons muettes comme des tombes, pas vrai, Sylvia ?

La jeune fille hocha la tête.

Karin enveloppa la boîte dans un joli papier-cadeau et attacha un ruban de satin jaune autour.

Gabi sortit son portefeuille de son sac, mais Karin secoua la tête.

— Vous êtes de retour. Je suis tellement heureuse pour Anatoli. Laissez-moi vous faire cadeau de ce bouquet.

Karin semblait l'aimer presque autant que Gabi.

— Merci infiniment, Karin. Je me souviendrai de votre générosité.

Elle se tourna vers Sylvia.

— J'ai été heureuse de vous rencontrer. J'espère vous revoir bientôt toutes les deux.

— Nous aussi ! lui lança Karin alors qu'elle quittait la boutique.

Il avait beau avoir été très malheureux lorsque tout son univers s'était effondré quelques années auparavant, et qu'il s'était retrouvé sans travail et sans compagne, il n'en était jamais arrivé au point d'avoir le sentiment que chaque journée était un supplice et qu'il n'aurait pas la force d'en supporter une nouvelle.

Il était en dépression et il lui paraissait impossible de continuer ainsi. Il décida que, dès qu'il aurait pris une douche et se serait changé, il irait voir son ami Jack pour lui parler et lui demander de l'aide.

Couvert d'une sueur glacée, il appuya à fond sur l'accélérateur et emprunta un raccourci pour arriver chez lui le plus vite possible.

— Bonsoir, Anatoli, lui lança gaiement Mrs Bills lorsqu'il passa dans le hall.

— Bonsoir, Mrs Bills. Je suis un peu fatigué ce soir, excusez-moi.

Il se dirigea rapidement vers son appartement. Bavarder était au-dessus de ses forces en ce moment.

Une fois chez lui, il se débarrassa de ses vêtements, se précipita sous la douche, ferma les yeux et se laissa apaiser par le jet d'eau chaude qui coulait sur son corps.

Soudain, il entendit des coups frappés à la porte.

« Pas maintenant, Mrs Bills », songea-t-il.

Les coups persistaient.

— Une livraison pour vous !

Il sortit de la douche, enfila son pantalon et ouvrit la porte.

Une créature d'une beauté irréelle, vêtue d'une magnifique robe noire et d'escarpins à talons hauts se tenait devant lui. Une douce flamme brune brillait dans ses yeux veloutés. Des éclats cuivrés étincelaient dans sa chevelure, dont les boucles flottaient librement sur ses épaules. Sa bouche enfantine et pulpeuse, qui semblait si douce qu'il avait peine à en détacher les yeux, lui souriait.

Gabriella...

Son cœur lui martelait la poitrine, le sang battait à ses tempes et faisait bourdonner ses oreilles.

— Vous vous souvenez de moi ? demanda l'apparition. Un beau matin, j'ai failli réduire votre voiture en miettes et vous avec. Après, vous m'avez apporté des fleurs. Ce soir-là, je vous ai dit que c'était moi qui aurais dû vous en offrir. Alors...

— Alors je vous ai dit qu'un jour, ce serait vous qui me feriez une surprise.

C'est seulement à ce moment qu'il s'aperçut qu'elle portait une boîte marquée du logo de *La Fleur Bleue*.

— Ceci est pour vous.

— Entrez.

Lorsqu'elle passa devant lui, il huma son parfum de fraises et d'épices. Instinctivement, il se retint de la toucher. Il fallait préserver ce moment fragile, ne rien précipiter. Il n'osait pas encore croire qu'elle était revenue vers lui pour de bon, et avait le sentiment confus qu'un seul faux pas pouvait dissiper cet instant magique et tout faire partir en fumée.

Il ferma la porte et la regarda poser la boîte sur le lit. Son cœur faillit cesser de battre lorsqu'elle en souleva le couvercle.

Des roses jaunes...

Avec la démarche solennelle d'une mariée rejoignant son époux devant l'autel, elle se dirigea vers lui, le bouquet de roses appuyé au creux de son bras.

Plus elle s'approchait, plus il sentait la chaleur de son corps.

— L'homme qui m'a donné des roses rouges un soir n'y avait pas accroché de message. Mais c'était inutile. Je sais ce qu'il y avait dans l'âme de mon bel étranger. Moi non plus, je n'ai pas écrit de message. Il n'y a pas assez de mots pour traduire ce qu'il y a dans mon cœur.

Elle était tout près de lui maintenant. Elle mit le bouquet entre ses bras et murmura en approchant son visage du sien :

— Pour toi, Max, avec tout mon amour.

Chère lectrice,

Vous nous êtes fidèle depuis longtemps?
Vous venez de faire notre connaissance?

C'est pour votre plaisir que nous avons
imaginé un rendez-vous chaque mois
avec vos auteurs préférés, vos
AUTEURS VEDETTE dans les
collections Azur et Horizon.

Les AUTEURS VEDETTE vous
donneront rendez-vous pour de
nouveaux livres vedette.

Pour les reconnaître, cherchez
l'étoile... Elle vous guidera!

Éditions Harlequin

ROUGE PASSION

De fiévreuses histoires d'amour sensuelles!

De provocantes histoires d'amour passionnées et romantiques qu'on lit d'une seule traite. Aventureuses, parfois humoristiques, et sensuelles, elles mettent en vedette des hommes et des femmes d'aujourd'hui.

ROUGE PASSION... quatre nouveaux titres chaque mois.

COLLECTION
HORIZON

Des histoires d'amour romantiques qui
vous mènent au bout du monde!

Découvrez la passion et les vives
émotions qu'apportent à la Collection
Horizon des auteurs de renommée
internationale!

Captivantes, voire irrésistibles, ces
histoires d'amour vous iront
assurément droit au coeur.

Surveillez nos quatre nouveaux titres
chaque mois!

GEN-H

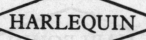

COLLECTION
ROUGE PASSION

- • Des héroïnes émancipées.
- • Des héros qui savent aimer.
- • Des situations modernes et réalistes.
- • Des histoires d'amour sensuelles et provocantes.

**LAISSEZ-VOUS TENTER
par 4 titres irrésistibles
chaque mois.**

RP-1

L'ASTROLOGIE EN DIRECT
TOUT AU LONG
DE L'ANNÉE.

(France métropolitaine uniquement)
Par téléphone 08.36.68.41.01
0,34 € la minute (Serveur SCESI).

Composé et édité
PAR LES ÉDITIONS HARLEQUIN
Achevé d'imprimer en juillet 2003

BUSSIÈRE
GROUPE CPI

à Saint-Amand-Montrond (Cher)
Dépôt légal : août 2003
N° d'imprimeur : 33598 — N° d'éditeur : 10019

Imprimé en France